古典文獻研究輯刊

二　編

曾永義　主編

第 **17** 冊

李伯元的小說與報刊研究

周明華　著

國家圖書館出版品預行編目資料

李伯元的小說與報刊研究／周明華 著 — 初版 — 新北市：花
木蘭文化出版社，2010〔民 99〕

目 2+220 面；19×26 公分

（古典文學研究輯刊 二編；第 17 冊）

ISBN：978-986-254-504-1（精裝）

1.（清）李寶嘉 2. 晚清小說 3. 文學評論

820.8　　　　　　　　　　　　　　　　　　100001057

古典文學研究輯刊

二 編 第十七冊　　　　　　　ISBN：978-986-254-504-1

李伯元的小說與報刊研究

作　　　者	周明華	
主　　　編	曾永義	
總 編 輯	杜潔祥	
出　　　版	花木蘭文化出版社	
發 行 所	花木蘭文化出版社	
發 行 人	高小娟	
聯 絡 地 址	新北市永和區中正路五九五號七樓之三	
	電話：02-2923-1455／傳眞：02-2923-1452	
網　　　址	http://www.huamulan.tw 信箱 sut81518@ms59.hinet.net	
印　　　刷	普羅文化出版廣告事業	
初　　　版	2011 年 3 月	
定　　　價	二編 30 冊（精裝）新台幣 48,000 元	版權所有·請勿翻印

李伯元的小說與報刊研究

周明華　著

作者簡介

周明華，台灣台東人。中國文化大學中文所畢業，現任職於景文科技大學通識教育中心，主要教授「本國文學與經典選讀」，另外開設「文學與人生」、「自然步道」等通識課程。個人研究方向以晚清小說、晚清時期報刊為主。大學至研究所時期，陸續參與教育部《重編國語辭典修訂本》、《異體字典》及《成語典》十餘年編輯工作，故對辭典編輯亦小有心得，期待未來之研究以晚清小說、報刊及辭典編輯研究為主。《李伯元小說與報刊研究》乃以晚清小說家與報刊編輯者—李伯元做為論述對象，呈現晚清時期特殊的小說文藝與報刊互利共生之關係，由李伯元本人出發，探討其小說與報刊發行之關係。

提　要

從中國小說的發展來看，晚清小說不僅在數量上激增，也取得晚清文學正宗地位。在此同時，中國的報刊事業，亦於晚清時期蓬勃發展起來，不論是改良維新派或革命派人士均加以運用此一新興宣傳武器 作為其鼓動改良或革命思想的工具。由於晚清時人有意的利用小說與報刊，使得晚清小說與晚清報刊產生相互影響。因此，本論文以晚清小說家與報刊編輯家的代表人物之一——李伯元為論述重心，探討晚清報刊的小說文學與小說的報刊形式關係。

本論文分為本文及附錄兩大部分，第一部分為本文，共分七章：

第一章《緒論》，說明本論文研究動機、目的與「晚清」、「晚清小說」的範圍與名義。

第二章《李伯元傳略及年譜》，則透過前人研究成果加以彙整統合，分別以傳略、年譜的方式，將李伯元的生平及其文學創作活動經歷呈現出來。

第三章《李伯元的小說研究》，首先說明晚清小說與晚清社會的關係，次則探討李伯元創作小說的動機及其小說在報刊的刊行情形與內容主題，最後從小說理論、翻譯小說的大量產生及李伯元的生活經歷三方面，評價其小說。

第四章《中國報刊的發展概述》，則透過文獻資料說明「報刊」的名義與中國各時期報刊的發展概況與特性，以明其差異。末則探討晚清報刊興盛的因素及發展盛況。

第五章《李伯元的報刊研究》，首先說明李伯元所創辦編輯的報刊，再經由報刊的讀者消費觀點探討，說明李伯元報刊受歡迎且暢銷的原因，並比較晚清四大小說報刊的特色與異同。

第六章《李伯元的小說及其報刊在晚清的地位》，則透過晚清報刊與小說的統計圖、表，說明李伯元小說及報刊在晚清的地位。從宏觀的角度，比較說明晚清四大小說家、四大譴責小說與四大小說報刊之間的影響，證明晚清最主要的四大小說家、四大譴責小說與四大報刊之間有直接關係。

第七章《結論》，則對本論文作一簡要回顧。

第二部分為附錄，分為四部分：

附錄一為《晚清四大小說報刊登載之小說目錄索引》，將晚清最重要的四大小說報刊中所登載之小說，依小說名稱筆劃順序排列，作為本文之統計分析數據的依據，並利於研究者尋找四大報刊中的小說，及小說刊行流布之情形。

附錄二為《晚清小說研究書目聞見錄（初稿）》，主要是將撰寫論文期間，由各相關篇章目錄中所鉤錄之有關於晚清小說的研究目錄匯集成編，以利於同領域學者利用，並呈現晚清小說的研究成果。

附錄三為《臺灣地區近十年來（1992～2001）的「晚清小說」研究概況概述》，主要是將筆者當時論文完成後之 10 年內出版之晚清小說專著、論文、期刊相關篇章對近並加以說明 10 年來之研究概況做一敘述說明。

附錄四為《臺灣地區近十年來（1992～2001）的「晚清小說」研究期刊論文與研究書目》，可視為附錄二的「補編稿」與附錄三的補充。

目次

第一章　緒　論

第一節　研究緣起

　　近代中國從鴉片戰爭以來，即面臨了前所未有的大變局，由於滿清統治下的封建王朝，自道光以來即積弱不振，引起西方歐美各國的覬覦，以蠶食鯨吞的方式侵略中國，因而帶來一個充滿危機的時代，促使有識之士爲了救亡圖存、振衰起弊而努力。近人李永熾曾云：

> 自鴉片戰爭以還，中國面臨了三千年來的大變局，在這變局的危機
> 意識壓迫下，中國知識份子與民眾孜孜不息所追求的，就是如何克
> 服外來危機，重整國家體制，以建立一個完全獨立、自主、免受外
> 國侵略的國家。〔註1〕

當時這種危機壓迫的大變局，在十九世紀後半期，也就是在晚清時期，中國的官紳即已意識此一前所未見的「大變局」的危機壓迫〔註2〕，處處以憂國憂民的態度來關心國事。這種情況，引起晚清的作家們藉由各種不同的文學形式，表達他們的意見、看法與奮激之志，充分反映時代的文學寫實精神。而當時之文學又受當時文藝思潮的震盪，表現了「適應外勢、主變倡逆」、「新

〔註 1〕　李永熾《清末知識分子與民眾》，《知識分子與中國》（周陽山編，台北，時報，
　　　　　1985 年），頁 315。
〔註 2〕　據王爾敏指出：「十九世紀後半，中國官紳認識了當前的世界是亙古以來所未
　　　　　經見的大變局，或稱爲千古之創局。」他並指出有三十七位晚清時人，曾提
　　　　　出此項言論。詳見王爾敏《中國近代思想史論》（台北，華世，1972 年），頁
　　　　　64，附注 26。

舊並陳、東西交雜」、「革弊啓蒙、務實重用」、「終古萌新、變中過渡」的晚清文學特色〔註3〕。所以文學受時局影響，是不爭的事實，而文學也以反映時代的實況爲主。正如顧炎武云：「詩體代變緣於時勢」，因而「用一代之體，則必似一代之文，而後爲合格」。王國維云：「凡一代有一代之文學」及胡適云：「一時代有一時代之文學」、「今人當造今人之文學」〔註4〕。三人皆以爲各時代有各時代文學的風格，因時代不同而有不同的文學表現，是以文學是時代的反映，而時代是文學的表現背景。

晚清處在一個內憂外患頻仍、新舊交替的時代中，在晚清以前，小說向來爲中國人所輕視，以小說爲小道，難登大雅之堂，然經梁啓超等人的提倡，小說理論正式建立，紮下根基，爲小說取得了文學正宗的地位，小說創作蔚爲風潮，於是作者紛紛在小說內容和形式上尋求新的嘗試，雖未取得新的突破，未曾架構新的典範，也未掙脫古典文學的牢籠，但是卻在小說的數量方面獲得很大的成果，完成了過渡的歷史使命，所以林明德視晚清小說爲「五四小說的先河」〔註5〕，是一個由傳統的文學過渡到現代文學的關鍵。肯定了晚清小說在文學發展史上承先啓後的地位。

由於晚清小說理論家，視小說爲新民的利器，將小說作爲啓蒙教化的工具，所以小說的內容多以描述時代狀況、歷史現實爲主，顯示了小說「載道」內容的文學特性，於是晚清小說就以譴責小說爲主流；另一方面，小說處中西接觸頻繁之際，在有意無意間，學習了西方小說的技巧，使得晚清小說在表現技巧上，攙入一些西方文學技巧，使晚清小說得以稍微掙脫傳統的束縛，

〔註3〕 詳見葉易《中國近代文藝思潮史》（北京，高等教育，1990年），頁8～12。
〔註4〕 顧炎武語見《日知錄·卷二十二·詩體代降》條，云：三百篇之不能不降而楚辭，楚辭之不能不降而漢魏，漢魏之不能不降而爲六朝，六朝之不能不降而唐也，勢也。用一代之體，則必似一代之文，而後爲合格。（台北，文史哲，1979年，頁606）。王國維語見《宋元戲曲考·序》，云：凡一代有一代之文學，楚之騷，漢之賦，六代之駢語，唐之詩，宋之詞，元之曲，皆所謂一代之文學，而後世莫能繼焉者也。（台北，藝文，1974年，頁1）。胡適語見《胡適文存·第一集·卷一·歷史的文學觀念論》，云：居今日而言文學改良，當注重「歷史的文學觀念」。一言以蔽之，曰：一時代有一時代之文學。此時代與彼時代之間，雖皆有承前啓後之關係，而決不容完全抄襲；其完全抄襲者，決不成爲眞文學。愚惟深信此理，故以爲古人已造古人之文學，今人當造今人之文學。（出版時地不詳，頁33。）
〔註5〕 林明德《彌補中國文學史的一頁空白——編序》，《晚清小說研究》（台北，聯經，1988年），頁3。

而迎向一個嶄新的世界。

晚清小說除了繼承中國小說的傳統與吸收西方小說營養外，晚清報刊的發達，間接促進晚清小說的繁榮與小說形式的革新。晚清報刊的發達，一方面因爲印刷術的進步，更大的原因在晚清的時代背景，動盪不安的環境，使得有識之士發行報刊以救亡圖存，推廣新知以教育民眾。所以大量的報刊興盛，特別是小說文藝報刊的創辦發行，改變了小說的傳播方式。這種空前的傳播方式，晚清小說的讀者（或可言閱讀消費者）頗能適應這種分回刊載，逐段閱讀的情況，晚清小說作家創作小說時，也必須考慮小說在報刊發表的方式而改變小說寫作技巧，使得晚清小說表現新的風貌。

小說在報刊登載，也形成一批專職作家，有了稿費制度，養活了小說作家，使作家得以專心從事寫作小說，這是中國文學史上第一次專業作家的出現。再者，晚清的報刊發達，帶動了小說理論的興起，重要的小說理論如梁啓超《譯印政治小說序》、《論小說與群治之關係》〔註6〕，或者別士（按：即夏曾佑）《小說原理》〔註7〕，都是先發表在報刊上，倡導「小說界革命」，將晚清小說導入新的境地，促進晚清小說的繁榮。晚清小說理論，是晚清改良思潮在小說上的反映，一方面總括晚清以前的小說經驗，一方面提出新觀念，鼓勵小說爲政治改革服務。由此可見晚清報刊對小說及小說理論有極大的影響。

綜上所述，晚清文學正宗——晚清小說的發達及晚清小說理論的充實都與晚清報刊的興盛有密切的關係，於是成爲本論文的關注焦點。在儼然成爲一代文學的晚清小說中，李伯元創作的譴責性質小說，爲晚清小說的代表作品，李伯元又爲晚清小說四大家之首，而且是晚清重要的報刊編輯、創辦者，集作家與編輯於一身，有很大的代表性；其次，李伯元雖位列晚清小說四大家之首，然相較於吳趼人、劉鶚、曾樸三人的研究篇章，似乎略顯不足（參見本論文附錄二之研究目錄）。所以本文即選擇李伯元爲研究對象，希望透過對李伯元小說及其報刊的觀察，藉由小說的傳播概念，探求小說與報刊二者在晚清的關係與相互之間的影響；再者對於晚清小說與報刊這兩種文藝形式

〔註6〕 梁啓超《譯印政治小說序》，原載《清議報》第一冊（光緒二十四年十一月十一日刊），今收錄於《晚清文學研究叢鈔·小說戲曲研究卷》（阿英編，台北，新文豐，1989年），頁13～14。又《論小說與群治之關係》一文，則載於《新小說》第一卷第一期（光緒二十八年，西元1902年），前載書，頁14～10。
〔註7〕 別士《小說原理》，載於《繡像小說》第三期（光緒癸卯潤五月初一日，1903年）。

互相結合的組成特色，加以探討了解，說明其優缺點，並解釋晚清報刊的興盛及其對小說的繁榮與小說理論發達的影響；晚清報刊的登載小說，如何影響小說作家的生活與小說創作，連帶的使小說的形式發生變化。

第二節　研究範圍與名義

中國的近代，自清代鴉片戰爭（西元 1840 年）起至辛亥革命前（西元 1912年）止，約有七、八十年的時間。但就文學史分期的角度來看，有關於時間的上限，下限卻有三種不同的看法，且差異頗大。在時間上限方面主要有：

1. 從鴉片戰爭開始（西元 1840 年）〔註8〕。
2. 從甲午戰爭開始（西元 1895 年）〔註9〕。
3. 從庚子事變開始（西元 1900 年）〔註10〕。

持第一種看法者，以爲鴉片戰爭是中國一連串急劇動盪變化的開端，是中國轉變的契機，由傳統邁向現代的分水嶺；持第二種說法者，以爲甲午戰後，中國敗於東方新興國家日本，給中國帶來啓示，是中國近代維新的開始，也使晚清文學思想，起了重大的變化，是小說理論發端的年代；持第三種說法者，則以爲庚子事變引起國人徹底覺悟，表現在小說上的是譴責小說大量的出現。

至於下限時間的問題，則有如下兩種：

1. 辛亥革命前止（西元 1912 年）〔註11〕。
2. 五四運動前止（西元 1919 年）〔註12〕。

第一種說法，主要是依據歷史的分期，以爲辛亥革命是封建時期的結束，新時期的來臨，是傳統與現代的交界過渡的結束，故以此作爲下限年代。第二種說法，則認爲五四運動才是文學新思想的開始，與前此的文學觀和主要文

〔註8〕以鴉片戰爭爲晚清起始者有：阿英《晚清小說史》、鄭方澤《中國近代文學史事編年》、林明德編《晚清小說研究》與康來新《晚清小說理論研究》等屬之。

〔註9〕以甲午戰爭爲晚清起點者有：李瑞騰《晚清文學思想之研究》及邱茂生《晚清小說理論發展試論》等。

〔註10〕以庚子事變作爲晚清起點的，主要以時萌《晚清小說》爲主。

〔註11〕持辛亥革命前爲晚清下限時間者，主要以台灣學者較多，如：林明德、李瑞騰、康來新等人，另如阿英、時萌等大陸學者亦以 1912 年爲下限時間。

〔註12〕以五四運動前爲晚清下限時間者，以大陸地區學者居多，如侯忠義、葉易、鄭方澤等人皆是。

學表現上截然不同。

由於本編主要在探討李伯元小說與報刊的關係，所以在時間上限的斷代上採取第二種說法，主要以李伯元生活的時間爲主要依據，尤其是李伯元的最後十年在上海的時間。因爲李伯元於甲午戰敗後，決定辦報及寫作小說來喚起民眾（關於此點，詳第二章）。再者晚清主要的小說作家也是在甲午戰爭後，才積極創作小說或發表小說理論。如嚴復、夏曾佑長達萬餘言的《本館附印說部緣起》，發表於一八九七年；梁啓超《變法通議・論幼學》第五部分－說部，亦於此年發表，此後小說及小說理論便如雨後春筍般產生。

在時間下限方面，則以五四運動前爲止，主要是以五四運動與晚清時期的要求改革呼聲雖然相同，然五四運動開展了中國文學新面貌，在文學風格上卻大異其趣，故以此作爲晚清時期的下限。

至於晚清的名稱，有「晚清」、「近代」及「清末」的差異，在名義上卻無差別。「清末」一詞，多爲日本學者所用，如樽本照雄《清末小說閑談》及《清末小說研究》的刊物皆是；「近代」與「晚清」二詞，幾乎同義，如阿英《晚清小說史》、康來新《晚清小說理論研究》或如《中國近代文學論文集》所觸及的都是指自鴉片戰爭以來的文學狀況而言。

關於晚清小說的範圍，晚清文人對於「小說」一辭的概念，往往包含彈詞、傳奇與雜劇在內，然而上述三種文學和小說文體有所不同，李伯元作品中也包括這些種類的文學作品，是以有必要加以釐清。

早在晚清時期，別士（按：即夏曾佑）即指出其間各別差異。他說：

> 曲本、彈詞之類，亦攝於小說之中，其實與小說之淵源甚異。小說始見於《漢書・藝文志》，書雖散佚，以魏晉間之小說例之，想亦收拾遺文，隱喻託諷，不指一人一事言之，皆子史之支流也。唐人《霍小玉傳》、《劉無雙傳》、《步非煙傳》等篇，始就一人一事，紆徐委備，詳其始末，然未有章回也。章回始見於《宣和遺事》，由《宣和遺事》而衍出者，爲《水滸傳》（原注：元人曲有《水滸記》二卷，未知與《傳》孰先。）由《水滸傳》而衍出者，爲《金瓶梅》，由《金瓶梅》而衍出者爲《石頭記》，於是六藝附庸，蔚爲大國，小說遂爲國文之一大支矣。彈詞原於樂章，由樂章而有詞曲，有詞曲而有元、明人諸雜劇。……。〔註13〕

〔註13〕同註 7 引書。

這段話很清楚地比較出小說、傳奇、雜劇及彈詞的源流與差別，所以本編專以李伯元的小說為討論重點，將李伯元《庚子國變彈詞》、《醒世緣彈詞》及《前本經國美談新戲》等其它文學類型之著作排除在外，不列入討論的範圍。

第二章　李伯元傳略及年譜

　　關於李伯元，《清史稿》傳記中並無李伯元任何傳記資料記載，僅時萌編有《李伯元年譜》，刊載於《清末小說研究》第九號，其餘相關事蹟片斷或散見於晚清時期的報刊，或見載於同時期報人的篇章中，頗為凌散雜亂。民國以來，研究晚清作家及作品者，甚為活絡，然關於晚清各作家之傳記年譜，仍付闕如。其他有關作家生平記錄，亦散見各期刊雜誌：有記載於小說史者；有後世族人之回憶者；有學者之研究發表者，不一而足。所以將各散亂篇章加以統合整理是刻不容緩的事。經由譜傳的記錄，除了認識作家所處生活背景及當時社會環境關係外，還能讓讀者熟悉作家的創作緣由。作品的時代意義及作家所欲表達之企圖，也可經由傳譜傳達於讀者。

　　關於李伯元一生活動經歷，約略可以分為三個時期[註1]：

　　1. 成長求學期——同治六年至光緒十八年（西元 1867 年～1892 年）
　　　　——在山東；

　　2. 鄉居應試期——光緒十八年至光緒二十二年（西元 1892 年～1896年）——在常州；

　　3. 辦報寫作期——光緒二十二年至光緒三十二年（西元 1896 年～1906 年）——在上海。

本章搜羅整理有關李伯元之傳記資料，採先《傳略》後《年譜》的方式寫作。《傳略》採條列傳主活動紀要，並收錄相關的篇章資料，藉以證明傳事，無關或有錯誤者不錄，有疑者則存錄待考。《年譜》是傳記的長編，因此本文《年譜》則採以年繫事方式，後附譜主該年大事及說明事項，以明變革的梗概及

─────────────────

〔註 1〕　此依魏紹昌所言李伯元經歷之分期，見《李伯元研究資料》（魏紹昌編，上海古籍，1980 年，以下略稱《研究資料》），頁 4。

同時期之小說家活動概況。

第一節　李伯元傳略

李伯元，名寶嘉，原名寶凱，小名凱。別號南亭亭長。

- 顧頡剛《〈官場現形記〉之作者》〔註2〕（以下略稱《〈官場現形記〉之作者》）：李伯元，名寶嘉，原名寶凱，別字南亭亭長。
- 魏紹昌：李寶嘉，又名寶凱，小名凱，別號南亭亭長〔註3〕。
- 澄碧《小說家李伯元》〔註4〕：凱，是伯元的奶名。

江蘇武進（今江蘇省常州市）人。

- 吳沃堯《李伯元傳》〔註5〕：武進李徵君，諱寶嘉，字伯元。
- 李錫奇《李伯元生平的回憶》〔註6〕（以下略稱《李伯元生平的回憶》）：常州李氏其先本出於唐朝宗室昭王李汭之後。……至明末清初，世居休寧之一支有李遇龍（仲徵）者遷居常州，始入籍武進。
- 其他如：魯迅、顧頡剛等人，說法亦同，不另錄出。唯阿英《晚清小說史》、胡適《官場現形記‧序》皆將李伯元爲誤江蘇上元人。

生於清同治六年（西元 1867 年）。三歲失怙，全家隨堂伯父念仔共同生活。幼敏慧，擅制藝、詩賦。能書畫、工詞曲、精篆刻。

- 《〈官場現形記〉之作者》：（李伯元）生於同治六年丁卯。三歲失怙。
- 李錫奇《李伯元生平事蹟大略》〔註7〕（以下略稱《李伯元事蹟大略》）：

〔註2〕《〈官場現形記〉之作者》一文，原爲顧頡剛與趙孟頫之書信內容。趙孟頫，爲李伯元繼室莊竹英女士之內姪婿。此封書信爲趙孟頫致顧頡剛之信件。後爲顧頡剛《〈官場現形記〉之作者》轉錄載於《小說月報》第十五卷第六號之《讀書雜記》專欄。轉引自《研究資料》，頁 16。

〔註3〕見魏紹昌《魯迅之李寶嘉傳略箋注》（以下略稱《箋注》）注二，《研究資料》，頁 3。

〔註4〕澄碧，爲《常州日報》記者，原名陳弼。此文原名《小說家李伯元》，原載《常州日報》1957 年 7 月 18 日，轉引自《研究資料》，頁 41。

〔註5〕吳沃堯《李伯元傳》載於《月月小說》第三號（1906 年 11 月）。

〔註6〕李錫奇，李伯元族弟。關於現存的李伯元生平資料，多賴李錫奇口述或提供。《李伯元生平的回憶》一文現已遺佚，今所見者爲魏紹昌所整理的。本文轉引自《研究資料》，頁 35。

〔註7〕李錫奇《李伯元生平事蹟》原載《雨花》月刊 1957 年第四期，轉引自《研究資料》，頁 30。

年三歲喪父，由堂伯父念仔（山東道員、東昌府知府）撫養。

- 《李伯元生平的回憶》：迨嗣卿去世後，全家由念仔獨負全責。念仔篤於舊禮教，視子姪如一體，對李伯元憫其孤而愛其慧，平時管教甚嚴。幼敏慧。少擅制藝、詩賦。能書畫、工詞曲、精篆刻。餘如金石、音韻、考據之學，無不觸類旁通。

- 《〈官場現形記〉之作者》：其堂伯李念之任濟南知府有年，愛其敏慧，挈入署中讀書。

- 《李伯元事蹟大略》：（李伯元）學業精進，擅制藝、詩賦，能書畫，工詞曲，精篆刻，餘如金石、音韻、考據之學，無不觸類旁通。

- 胡適《官場現形記‧序》：少年時，他在詩文與詩賦上都做過工夫〔註8〕。

- 澄碧《小說家李伯元》：擅長八股詩賦，能書畫，工詞曲。

弱冠以第一名中秀才，旋補廩。後累舉不第。適遇山東籌餉開捐，念仔為李伯元捐納功名，籤分山東，李伯元志不於此，未應召報到而喪失資格。

- 魯迅《中國小說史略》：（李伯元）以第一名入學，累舉不第〔註9〕。

- 《〈官場現形記〉之作者》：弱冠後遊泮宮，旋食廩餼。屢試省門不售，納貲為縣丞。籤分山東，未赴。

- 《李伯元生平的回憶》：適遇山東遵籌餉例開捐，念仔便為李伯元捐納了一個本省府經略的功名，在家候補，可是李伯元本人卻無意於此，終於未去辦理報到手續。

- 胡適《官場現形記‧序》：他中秀才時，考的是第一名。他曾應過幾次鄉試，終不得中舉人。

念仔辭官退休後，李伯元隨之返回祖籍江蘇武進。未及二年，念仔逝世，李伯元內傷門庭多故，外感國勢日蹙，慨然有問世之志。

- 《李伯元事蹟大略》：光緒壬辰年（西元1892年），念仔先生自山東辭官回里，李伯元一家亦同返故鄉。……越二年，念仔先生去世。李伯元內傷門庭的多故，外感國勢之阽危，慨然有問世之志。

李伯元於獨立門戶後，旅居上海。從事《指南報》編務工作。不久創辦《游戲報》，為上海小報之首創。隨後並創設「藝文社」及「海上文社」，設立

〔註8〕見胡適《官場現形記‧序》，《晚清小說全集》第六冊，博遠出版社，頁9。
〔註9〕見魯迅《中國小說史略》第二十八篇，頁286。

《海上文社日報》為「海上文社」之機關報。因《游戲報》一紙風行，繼踵者多，乃別辦《世界繁華報》，為上海識者所稱許。

- 吳沃堯《李伯元傳》：（李伯元）夙抱大志，俯仰不凡，懷匡救之才，而恥於趨附，故當世無知者，遂以痛哭流涕之筆，寫嬉笑怒罵之文，創為《游戲報》，為我國報界闢一別裁，踵起而效顰者，無慮數十家，均望塵不及也。君笑曰：『一何步趨而不知變哉！』又別為一格，創《繁華報》。

- 魯迅《中國小說史略》：（李伯元）乃赴上海辦《指南報》，旋輟，別辦《游戲報》，為俳諧嘲罵之文，後以「鋪底」售之商人，又別辦《海上繁華報》（按：魯迅將《世界繁華報》誤為《海上繁華報》）〔註10〕。

- 周桂笙《書繁華獄》〔註11〕：昔南亭亭長李伯元徵君，創《游戲報》，一時靡然從風，效顰者踵相接也。……遂設《繁華報》，別樹一幟。一紙風行，千言日試，雖滑稽玩世之文，而識者咸推重之。

- 張乙廬《李伯元逸事》〔註12〕：上海小報，創於常州李伯元氏之《游戲報》。其體裁略如舊式大報，銷路甚廣。

- 孫玉聲《李伯元》〔註13〕：（李伯元）乃獨闢蹊徑，創《游戲報》於大新街之惠秀里。風氣所趨，各小報紛紛蔚起，李顧而樂之。又設《繁華報》。

- 《〈官場現形記〉之作者》：入泮後旅寓滬濱，創辦《指南報》館、《游戲報》館、《繁華報》館。

- 胡適《官場現形記‧序》：（李伯元）後來在上海辦《指南報》，不久又停了；又辦《游戲報》，是上海「小報」中最早的一種。他後來把《游戲報》賣了，另辦《繁華報》。《李伯元事蹟大略》：（李伯元）遂於光緒二十二年（西元 1896 年）赴上海創辦《指南報》，不久改辦《游戲報》，繼又改辦《繁華報》。

李伯元因編辦報刊及創作小說而名揚於上海。光緒辛丑開經濟特科，湘鄉曾慕濤侍郎薦之，李伯元笑辭不應召。時人以為高尚，以「徵君」稱之。

〔註10〕同註9引書。魯迅文中將李伯元所編《世界繁華報》誤為《海上繁華報》。
〔註11〕周桂笙《書繁華獄》原載《新庵筆記》卷三，轉引自《研究資料》，頁12。
〔註12〕張乙廬《李伯元逸事》原載《小說日報》第五十四號之《天涯芳草館筆記》，轉引自《研究資料》，頁14。
〔註13〕孫玉聲《李伯元》原載《退醒廬筆記》，轉引自《研究資料》，頁18。

- 吳沃堯《李伯元傳》：光緒辛丑朝廷開特科，徵經濟之士，湘鄉曾慕濤侍郎以君薦，君謝曰：『使余而欲仕，不及今日矣。』辭不赴。
- 魯迅《中國小說史略》：嘗被薦應經濟特科，不赴，時以爲尚。
- 《李伯元事蹟大略》：光緒辛丑年（西元 1901 年），清廷開經濟特科，湘鄉曾慕濤侍郎曾出奏保薦，伯元辭不應召，時人以爲高尚，俱以「徵君」稱之。

後應商務印書館之聘，主編《繡像小說》。自是肆力於小說創作，以開智譎諫爲旨。後以瘰癆卒於光緒三十二年丙午，享壽四十。李伯元卒後，因家貧，得北京伶人孫菊仙代爲料理喪事。李伯元所編各報先後停刊或轉讓他人。

- 魏如晦（按：即阿英）《清末四大小說家》〔註14〕：後又應商務印書館之約，編輯《繡像小說》半月刊。
- 《李伯元事蹟大略》：（李伯元）並應商務印書館之聘，編輯《繡像小說》半月刊。
- 魯迅《中國小說史略》：（光緒）三十二年三月以瘰卒，年四十（西元 1867～1906 年），書遂不完；亦無子，伶人孫菊仙爲理其喪，酬《繁華報》之揄揚也。
- 《〈官場現形記〉之作者》：越二年，寶嘉以癆瘰卒。時光緒三十二年丙午，年方四十。妻妾均無出。
- 魏如晦《清末四大小說家》：庚子後始致力小說。光緒三十二年以瘰卒，年四十，伶人孫菊仙爲理其喪。
- 胡適《官場現形記·序》：李寶嘉死時只有四十歲，沒有兒子，身後也很蕭條。當時南方戲劇界中享盛名的鬚生孫菊仙，因爲對他有知己之感，出錢替他料理喪事。

著作〔註15〕：

小說：

《官場現形記》六十回

《中國現在記》十二回

〔註14〕阿英《清末四大小說家》原載《小說月報》第十二期，轉引自《研究資料》，頁 24。

〔註15〕以下所列李伯元各本著作，闢有專章討論說明，故本章不另出註詳述。

《文明小史》六十回

《海天鴻雪記》二十回

《活地獄》四十二回

彈詞：

《庚子國變彈詞》四十回

《醒世緣彈詞》（原名《俗耳針砭彈詞》）

戲曲：

《前本經國美談新戲》

另有筆記雜著：《南亭筆記》十六卷、《南亭四話》九卷。先後編有《指南報》、《游戲報》、《海上文社日報》、《世界繁華報》及《繡像小說》半月刊等報刊。

筆名〔註16〕：

南亭、南亭亭長、游戲主人、芋香、謳歌變俗人、酒醒炎消之室主人、二春居士、願雨樓主、北園、溉花客等。

筆者說明：

1. 「南亭亭長」用於《官場現形記》、《文明小史》、《活地獄》三書。
2. 「游戲主人」為主持《游戲報》編務時所使用。又李伯元有一方章，上鑴「世界之游戲主人」〔註17〕。
3. 「芋香」，為李伯元作畫、鑴印時所署。李伯元有「芋香作畫」、「芋香室印」二枚方章〔註18〕。
4. 「謳歌變俗人」，則署名於李伯元主編之《繡像小說》中連載的《醒世緣彈詞》及《經國美談新戲》。
5. 「酒醒炎消之室主人」，此據張靜廬所輯錄之《清末明初重要報刊作者筆名字號通檢》（正、續編）。然據《庚子國變彈詞》李伯元自序，則似應作「酒醒香銷之室主人」。
6. 「二春居士」一名，僅用於《海天鴻雪記》一書。唯「二春居士」是否為李伯元之筆名及《海天鴻雪記》是否為李伯元所作，仍存疑待考。

〔註16〕 李伯元筆名資料主要根據張靜廬所輯之《清末民初重要報刊作者筆名字號通檢》（正、續篇）。

〔註17〕 此方章見錄於《芋香室印存》，《研究資料》，圖片頁9。

〔註18〕 同註17。

7. 「願雨樓主」，李伯元署於所著《活地獄》一書每回後所附之加評。若李伯元有自作自評的習慣，那麼李伯元又多了一個「自在山民」的筆名。因為《文明小史》一書後之加評，署「自在山民」。

8. 「北園」及「溉花客」，錄自時萌《李伯元年譜》。時萌云：「『北園』乃李伯元親鑴印章，據澄碧《李伯元和篆刻》注云，常州方言『伯元』與『北園』發音近似」〔註19〕。又《研究資料》頁九亦載李伯元之「北園」方章一枚，應是。另「北園」似為「南亭」之對稱，蓋「南亭」之號取名或即由「北園」之對稱而得。

表一：李伯元著作及筆名對照表

著　作	筆　名	連載報刊	連載之起迄時間
海天鴻雪記	二春居士編 南亭亭長著	游戲報	1899 年 7 月～？
庚子國變彈詞	南亭亭長著	世界繁華報	1901 年 10 月～1902 年 10 月
官場現形記	南亭亭長著	世界繁華報	1903 年 4 月～1905 年 6 月
醒世緣彈詞	謳歌變俗人著	繡像小說	1903 年 5 月～1906 年 2 月
前本經國美談新戲	謳歌變俗人著	繡像小說	1903 年 5 月～1904 年 8 月
文明小史	南亭亭長著 自在山民評	繡像小說	1903 年 5 月～1905 年 9 月
活地獄	南亭亭長著 願雨樓主加評	繡像小說	1903 年 5 月～1906 年 2 月
中國現在記	（未署名）	時報	1904 年 6 月 12 日～1904 年 11 月 30 日

第二節　李伯元年譜

清同治六年丁卯　西元一八六七年　一歲

同治六年丁卯四月二十九日（西元 1867 年 6 月 1 日）李伯元出生於山東〔註20〕。

〔註19〕見時萌《李伯元年譜》，《清末小說研究》第九號（日・清末小說研究會編，1985 年）。

〔註20〕李伯元本籍江蘇，其先祖因避太平天國之亂事，由江蘇武進僑寓山東，所以

父李申之，母吳氏。據李伯元族弟李錫奇所言〔註21〕：

> 李伯元先祖爲唐朝宗室之後。李伯元家世中最早定居於常州者，爲明末清初之時李遇龍（仲微）從安徽休寧遷居常州北門青山橋蘿蔔壩。五傳至李文喆（吉甫）爲李伯元曾祖。

文喆有三子，長子早亡，次子錫琨（嗣卿），三子李芸（德卿），即爲李伯元祖父。德卿有一子李翼辰（申之）即李伯元之父。嗣卿亦有一子李翼清（念仔）。

按：（1）曾祖父文喆，字吉甫，嘉慶丁卯中舉，任教諭。

祖父芸，字德卿，邑庠生。

父翼辰，字申之，自幼由伯父嗣卿撫養，避太平天國之亂僑寓山東。

母吳氏，甘泉人，候選通判吳燊之女。

表二：李伯元家族世系表

李遇龍（仲微）－（五傳）－李文喆（吉甫）

長子（早夭）

李錫琨（嗣卿）－李翼清（念之）

李　芸（德卿）－李翼辰（申之）－李寶嘉（伯元）⋯⋯李祖佺（期軒）

說明：（一）本世系表以實線（—）代表屬直系血親系統；以虛線（⋯⋯）代表非直系血親，爲同家族中其它支系過繼而來。

（二）本世系表中，以李伯元家族世系爲主。表中李錫琨一支，與李伯元有關者，僅其伯父李念之，故錄至李翼清爲止。

（2）是年，劉鶚十一歲，吳趼人二歲。

同治八年己巳　西元一八六九年　三歲

李伯元父李申之病逝。卒時年僅二十七歲。遺腹女淑方出生，李伯元一家三口，依堂伯父念仔爲生。

按：（1）李伯元一脈，皆早亡。祖父（德卿）卒時二十九歲，父親（申

李伯元出生於山東。

〔註21〕李錫奇《李伯元生平的回憶》，《研究資料》，頁35。

之）卒時二十七歲，李伯元當時僅三歲。

（2）李伯元父親申之，因返江蘇原籍赴試，於試畢歸途中染風寒，回山東後因傷寒去世。

（3）由於舊時凡屬府縣及院試，外出於他地者，須返原籍考試。由李伯元父申之返原籍江蘇武進考試，足以證明李伯元爲江蘇武進人。阿英、胡適言李伯元爲江蘇上元人，誤也。

同治十一年壬申　西元一八七二年　六歲

《申報》創刊於上海。梁啓超出生，一歲；曾樸出生，一歲。

光緒十一年乙酉　西元一八八五年　十九歲

李伯元娶妻鍾氏〔註22〕。中法安南戰爭結束。

按：鍾氏，山東雒口批驗所鹽大使鍾履祥之女。

光緒十二年丙戌　西元一八八六年　二十歲

中秀才，以第一名入學。旋即補廩。後累試不第。堂伯父納貲，爲李伯元捐納了經略功名，在家候補。後籤分山東，未赴報到。

按：（1）李伯元自幼敏慧，堂伯父督教甚嚴，而母親亦勤加督導，故鄉試以第一名中秀才。

（2）自胡適、魯迅、顧頡剛、阿英等學者〔註 23〕皆以爲李伯元中秀才後，考了好幾次舉業，但都未考取。唯魏紹昌先生引述李錫奇的說法，以爲李伯元只應考過江陰院試一次〔註 24〕，二者說法不一，存疑待考。然而就李伯元的經歷來看，應考一次並非不可能。李伯元補廩後，未赴捐官之業及不應經濟特科之薦及李伯元小說中對官場的不屑看來，可能性不可謂不大。

光緒十八年壬辰　西元一八九二年　二十六歲

堂伯父念仔辭官退休返原籍故鄉常州，李伯元偕母親、妻鍾氏及妹淑方一併返回。

按：李伯元隨堂伯父返回故鄉，因老家青山橋蘿蔔壩毀於太平天國之亂，

〔註22〕見《〈官場現形記〉之作者》，《研究資料》，頁 17。
〔註23〕諸家說法分見魯迅《中國小說史略》、顧頡剛《〈官場現形記〉之作者》、胡適《官場現形記·序》及阿英《晚清小說史》。
〔註24〕見《箋注》註四，《研究資料》，頁 4。

故居於常州市青果巷二五七號〔註25〕。

光緒二十年甲午　西元一八九四年　二十八歲

李伯元堂伯父念仔去世，李伯元一家謀自立。中日甲午戰爭爆發。

按：念仔的去世，對李伯元打擊很大，蓋因念仔視李伯元子姪如親子般的照顧，且李伯元一家三代皆早亡而感傷。所以李錫奇云：「伯元內傷門庭多故，外感國勢之阽危，慨然有問世之志」〔註26〕。

光緒二十二年丙申　西元一八九六年　三十歲

李伯元居常州至此年，前後共計五年，後赴上海謀生。展開其報人生涯。參與《指南報》編務工作。

按：（1）李伯元自山東返常州定居，自光緒十八年至光緒二十二年止，共五年。在五年間，李伯元曾從傳教士學習英文；又協助族人編修李氏宗譜；並籌辦其妹淑方之婚事，其妹許配同里惲毓異爲繼室〔註27〕。

（2）李伯元憤於清朝政府之無能，外有列強欲瓜分中國及甲午之戰敗於日本；內有戊戌變法之失敗。「國家瓜分之禍迫在眉睫，非大聲疾呼，不能促使全國上下覺悟，而欲喚起民眾，須以報紙爲宣傳之利器」〔註28〕。故李伯元赴上海創業時，即以報業維生。

（3）李伯元開始在《指南報》工作，任編輯之務。

（4）梁啓超發表《變法通議》。

光緒二十三年丁酉　西元一八九七年　三十一歲

李伯元於是年離開《指南報》，另創《游戲報》，爲上海小報之首創，執上海小報之牛耳，並創辦「藝文社」。自號「游戲主人」。

按：（1）《指南報》創刊於光緒二十二年丙申四月二十五日（西元 1896年 6 月 6 日）〔註29〕。據梁啓超《中國各報存佚表》（1901 年）〔註30〕云：《指南報》於西元 1901 年時，已佚（按：大概指停

〔註25〕據澄碧《小說家李伯元》，《研究資料》，頁 40。
〔註26〕見《事蹟大略》，《研究資料》，頁 30。
〔註27〕詳見魏紹昌所整理的李錫奇《李伯元生平的回憶》遺稿，《研究資料》，頁 36。
〔註28〕同註 27。
〔註29〕見《箋注》註五，《研究資料》，頁 4～5。
〔註30〕《清議報》第一百冊《中國各報存佚表》，原文並未署名作者，不過一般以爲

刊），而李伯元在《指南報》的時間，大約一年左右。所以李伯元於《指南報》僅任編輯工作，而非創辦《指南報》。

（2）五月，創《游戲報》，欲「以詼諧之筆，寫游戲之文。」〔註31〕爲「小報鼻祖」，開中國文藝小報之先河，所謂「花報時期」即由此時開始〔註32〕。

（3）李伯元於創辦《游戲報》後，於十一月開始籌創「藝文社」，將喜愛文藝創作者，加以組織成爲一個社團，以散文、駢文、詩詞、雜著及書畫之交流爲主〔註33〕。

（4）嚴復、夏曾佑於本年在天津《國聞報》發表《本館附印說部緣起》一文，開啓大量刊載小說作品於報刊之風氣。

（5）商務印書館本年成立於上海。

光緒二十五年己亥　西元一八九九年　三十三歲

李伯元於《游戲報》館內設「書畫社」。十二月，魯迅獲《游戲報》徵詩獎得獎名單中。

按：（1）《游戲報》三月二十一日告白：「本館創設書畫社，惟以提倡後起爲心，凡有一藝之長，咸樂爲標榜」〔註34〕。

（2）本年十二月十九日《游戲報》公布之徵詩得獎名單中，魯迅名列前十名〔註35〕。

光緒二十六年庚子　西元一九〇〇年　三十四歲

李伯元在上海辦《海上文社日報》。納妾王氏。義和團庚子事變發生。

按：（1）張乙廬謂：「海上文社」爲「藝文社」之擴大，「海內人才，一

梁啓超所撰。

〔註31〕見阿英《晚清小報錄》之《游戲報》條《晚清文藝報刊述略》（阿英著，北京中華，1957年），頁58。

〔註32〕阿英《晚清小報錄·引言補充》云：「讀者也許會問：『你所記錄的這些報紙，幾乎每一種都是談風月，說勾欄，顯然是後來黃色小報之類，有什麼必要呢？』話是不錯的。但也必須理解，若不談這些『風月』、『勾欄』，這些小報在當時就不會存在了，就失卻物質基礎了。」所以當時小報的流行時期，後來的人稱之爲「花報時期」。

〔註33〕見《游戲報》第一四〇、一四一、一五〇號，《研究資料》，頁53～57。

〔註34〕見時萌《李伯元年譜》，《清末小說研究》第九號。

〔註35〕詳見《箋注》註六魏紹昌語。魏氏轉引自路工《魯迅與民間文學》一文之資料，並推測認爲魯迅得獎詩作可能是《惜花四律》。

時畢集」〔註36〕。據阿英《晚晴小報錄》云：《海上文社日報》
創刊於庚子三月。係「海上文社」之機關報，爲當時小型報中
的別裁〔註37〕。

（2）李伯元妾王氏，台灣人，爲李伯元族弟李錫奇姊李靜珊之侍女
〔註38〕。

光緒二十七年辛丑　西元一九○一年　三十五歲

李伯元將《游戲報》讓售於他人，另創辦《世界繁華報》，並發表《庚子
國變彈詞》於《世界繁華報》上。本年，清廷特開經濟特科，湘鄉曾慕濤出
奏保薦李伯元，但爲李伯元辭謝。

按：（1）李伯元於本年，將《游戲報》售於他人。因爲模仿《游戲報》
體製者多，但均不及《游戲報》。李伯元云「一何步趨而不知
變哉！」〔註39〕，乃另創《世界繁華報》。

（2）本年召經濟特科之事，湘鄉曾慕濤侍郎舉薦李伯元，後遭御史
周少樸彈劾云：「（李伯元）文字輕佻，接近優伶」，李伯元云：
「是乃眞知我者」。時人以「徵君」稱之〔註40〕。

（3）八國聯軍之役結束，清廷與各國簽訂辛丑條約，爲歷來賠款數
目最大者，影響民生甚鉅。李伯元寫《庚子國變彈詞》。

光緒二十八年壬寅　西元一九○二年　三十六歲

李伯元《庚子國變彈詞》四十回，由《世界繁華報》館出單行本。

按：（1）《庚子國變彈詞》連載於一九○一年至一九○二年的《世界繁華
報》。一九○二年十月由該館出版排印線裝巾箱本六冊。「《庚子
國變彈詞》爲記庚子事變最有成就之文學著作」〔註41〕。

（2）同年，梁啓超在日本橫濱創辦《新小說》，並發表晚清時期最
重要的小說理論《論小說與群治之關係》，提出「小說界革命」
主張。

〔註36〕見張乙廬《李伯元逸事》，《研究資料》，頁 14。
〔註37〕見阿英《晚清小報錄》，《晚清文藝報刊述略》，頁 72。
〔註38〕見《李伯元生平的回憶》，《研究資料》，頁 35。
〔註39〕見吳沃堯《李伯元傳》，《月月小說》第三號。
〔註40〕見《箋注》註 20，《研究資料》，頁 9。
〔註41〕阿英語。載《庚子八國聯軍戰爭書錄》（按：該文未發表，收錄於張靜廬所編
《中國近代出版史料初編》，頁 139。）

光緒二十九年癸卯　西元一九〇三年　三十七歲

李伯元妻鍾氏去世。《官場現形記》亦於今年起在《世界繁華報》刊載，並於同年底開始陸續發行單行本，共五編。後應商務印書館之聘請，主編《繡像小說》半月刊，《活地獄》、《文明小史》開始於《繡像小說》連載。

按：（1）《〈官場現形記〉之作者》：三十七，鍾卒。

　　（2）四月，《官場現形記》始刊於《世界繁華報》。

　　（3）五月，應商務印書館之請，編輯《繡像小說》並將自著《活地獄》、《文明小史》、《醒世緣彈詞》、《前本經國美談新戲》等小說、彈詞及戲本於《繡像小說》刊載。

　　（4）本年為李伯元最繁忙的一年，發表的小說及其他作品也最多。

光緒三十年甲辰　西元一九〇四年　三十八歲

李伯元娶莊氏為繼室。《中國現在記》分回刊載於《時報》。《海天鴻雪記》本年由《世界繁華報》館印行單行本出版，共四冊，每冊五回。

按：《〈官場現形記〉之作者》：三十七，鍾卒。翌年，續娶莊。

光緒三十一年乙巳　西元一九〇五年　三十九歲

李伯元為《官場現形記》被盜印事，控告於公堂。

按：（1）李伯元的《官場現形記》，在當時極為轟動，流傳甚廣。據李錫奇所述，因《官場現形記》遭盜刻出版，李伯元為此曾對簿公堂〔註42〕。又據《新小說》第八號（西元1905年8月）亦載有此事，且所言更詳細〔註43〕。

　　（2）劉鶚於正月十二日，來訪李伯元〔註44〕。

光緒三十二年丙午　西元一九〇六年　四十歲

李伯元因長期療瘵，病逝於光緒三十二年丙午三月十四日（西元1906年6月4日），享年四十歲。妻妾均無出，乃以從兄寶章（穀宜）之子祖佺（期軒）為嗣〔註45〕。喪葬事宜，則賴伶人孫菊仙籌辦。

〔註42〕見《事蹟大略》，《研究資料》，頁34。

〔註43〕《新小說》第二年第八號（1905年8月出版），《研究資料》，頁106。

〔註44〕劉鶚《乙巳日記》正月十二日載：「午前，張公東來。午後，二高來。發鍾笙叔函。訪李伯元、龐芝閣，皆遇。」，見《劉鶚及老殘游記資料》（劉德隆、朱禧、劉德平合編，四川人民，1985年），頁212。

〔註45〕見《〈官場現形記〉之作者》，《研究資料》，頁17。

第三章　李伯元的小說研究

第一節　晚清社會與晚清小說的關係

　　中國向來以天朝自居，至康、雍、乾三朝，封建社會達於顛峰，由於故步自封，不知求進步的結果，造成晚清內憂外患頻仍的局面。當時國內有太平天國之亂，還有四處為禍的捻亂與回變，弄得元氣大損。相反地，西洋各國因工業革命帶來了長足的進步，在「船堅砲利」之下，展開其侵略各國的野心，當時的中國也不例外地成為侵略目標中的一塊大餅。所以自清道光二十年起的鴉片戰爭、英法戰爭，賠款割地，開闢通商口岸，無不以遂行其帝國主義心態而侵略中國。及至中日甲午戰爭，東方新興國家的日本，都能打敗中國；八國聯軍之役，更使中國淪於「次殖民地」的命運。晚清在內憂外患的危機中，自然使得當時的文學思潮產生變化，社會有識之士自然想從各方面來力求圖強、救世化民，喚起民心國魂，作為挽救國家的一線生機。影響所及，文字成為最佳的鼓吹工具。尤其是康有為、梁啟超等發起提倡的「小說界革命」，使小說在晚清時期提升為文學之最上乘，小說作家用小說作為教化人民之工具，小說取得了文學「合法的身分證」〔註1〕，不僅進入了文學的中心，達到與詩、文同等的地位；而且小說在數量上，創造了空前的記錄。根據不完全的統計，晚清的小說數目，大約在一千一百餘種左右〔註2〕。

　　正因為此一劇烈的社會轉變，激盪了文學思潮，造成了晚清小說，成為

〔註1〕 林明德語。見《彌補中國文學史的一頁空白——編序》，《晚清小說研究》（林明德編，台北，聯經，1988年），頁2。

〔註2〕 晚清小說數目係根據阿英《晚清戲曲小說目》。包括創作小說與翻譯小說目，二者共約為一千一百四十五種小說。

中國小說史上，最繁榮發達的時代。阿英概括的指出晚清小說繁榮的因素：

> 第一，當然是由於印刷事業的發達，沒有前此那樣刻書的困難；由於新聞事業的發達，在應用上需要多量產生。第二，是當時智識階級受了西洋文化影響，從社會意義上，認識了小說的重要性。第三，就是清室屢挫於外敵，政治又極窳敗，大家知不足與有為，遂寫作小說，以事抨擊，並提倡維新與革命。〔註3〕

魯迅亦說明晚清的小說與社會的關係。他說：

> 光緒庚子後，譴責小說之出特盛。蓋嘉慶以來，雖屢平內亂，亦屢挫於外敵，細民暗昧，⋯⋯戊戌政變既不成，越二年即庚子歲而有義和團之變，群乃知政府不足與圖治，頓有掊擊之意矣。其在小說，則揭發伏藏，顯其弊惡，而於時政，嚴加糾彈，或更擴充，並及風俗。〔註4〕

也指出晚清的小說與晚清社會有密切的關係，晚清小說的主要用意在「揭發伏藏，顯其弊惡」，晚清小說創作的內容是「於時政嚴加糾彈，或更擴充，並及風俗」。不過仍要補充說明的是：晚清知識份子的銳意改革，除了一方面是受西洋文化的刺激之外，另一方面卻是小說理論提倡的結果。晚清小說理論促進了晚清小說的繁榮，晚清小說與小說理論又幾乎都在報刊登載、宣傳，才有如此顯著的效力。因此，報刊形式的晚清小說在晚清文學佔有一舉足輕重的地位。而晚清社會變動，促使新的城市興起，連帶使城市新興市民階級興起。加以科舉的廢除，文人轉而以寫作小說謀生，使得「市民文學」大量的產生，取代了以往偏向傳統的「士大夫文學」。這些改變促使晚清的小說與晚清的社會更緊密結合，產生一批反映社會實況的小說。有識之士，紛紛寫作小說，以之抨擊時政，譴責晚清官僚的腐化現象；另有一批文人，則專以創辦報刊來鼓動改革風潮或推廣新知新學，以滿足新興都市興起的市民階級需要，於是不僅一般普通新聞紙競載小說，專門的小說報刊，亦應運而生。

第二節　李伯元的小說概述

一、李伯元創作小說的動機

〔註3〕阿英《晚清小說史》，頁1。
〔註4〕魯迅《中國小說史略》第二十八篇，頁286。

　　就李伯元創作小說的動機而言，主要是可以從小說寫作中取得養家活口之資。這點從《傳略》中可以知道，他雖幼年喪父，然在伯父念仔的照顧下，並不愁吃穿。當念仔辭官返鄉，李伯元才產生了經濟上的壓力，爲了全家將來的生計須預作計畫，體察當時社會環境及潮流，所以才會想到創辦報刊。因報刊剛剛發展不久，由於李伯元素來對官場事務不屑一顧，甚至從小說作品中，還可以感受到李伯元對官場的絕望，不抱樂觀的情形來看，李伯元所樂意從事的必定是官場以外的事業。再則，在晚清一片改革圖治的時候，以報刊作爲宣傳新知新學及勸諫的利器，達到「勸世諷俗」的目的，晚清報刊有意識地登載小說，可以使晚清小說作家賺取稿費，也促使晚清小說作家團隊的產生，晚清小說作家樂意以創作小說維生。所以辦報刊、寫作小說並不違背李伯元的志趣，而且李伯元隱隱然掌握到社會的潮流，並且加以把握運用。茲歸納李伯元創作動機的因素如下：

　　第一，李伯元對科舉官場不感興趣。清代八股廢除於光緒二十七年（西元 1901 年），當時文人頓失所依，因此必須以創作小說作爲營生工具。張玉法在《晚清文學的歷史動向及其與小說發展的關係》一文中說：

　　當時的小說作者有兩類人：一是受西式教育或留學回來從事寫作或文化出版事業的；一是受傳統教育卻在科考中失敗或拒絕科考的。他們創作小說的動機通常有三種：（1）找不到合適的職業，賣文爲生；（2）對文學非常有興趣，想在文學創作有所表現；（3）具有改良社會、政治的理想，想藉小說宣傳鼓吹。〔註5〕

李伯元即屬於後一類的小說作者，他雖曾考過科考，卻志不在功名，因此後來拒絕了科考功名之路，一心要以小說創作來改良社會，宣傳鼓吹新思想。且以報刊編輯爲業，以創作小說爲生。正如寅半生在《小說閑評·敘》中所言，頗爲貼切傳神地描繪出當時小說家之心態：

　　十年前之世界爲八股世界，近則忽變爲小說世界，蓋昔之肆力於八股者，今則鬥心角智，無不以小說家自命。〔註6〕

　　第二，晚清時期梁啓超提出「小說界革命」口號後，在晚清小說理論的

〔註5〕張玉法《晚清小說發展的背景》，《聯合文學》第一卷第六期（1985 年 4 月），頁 16。本文爲晚清小說座談會發言整理稿。
〔註6〕寅半生《小說閑評·敘》轉引自《二十世紀中國小說理論資料》（第一卷）（1867～1916），頁 182。

推波助瀾下，使晚清小說成爲文學正宗，提昇了晚清小說的地位，小說作者直到晚清時才得到應有尊重與地位。在此之前，小說處於一種街談巷語、道聽塗說，不入流的地位，到了晚清時期由於「小說界革命」的提出，將小說置於文學之最上乘，加以小說理論的指導，「魁儒碩士」〔註7〕及失去當班列朝機會的八股文士，紛紛爲小說界挺身而出。由這些知識分子樂於創作小說的現象觀察，此時小說被認爲是重要的改革利器，實不言可喻，此亦李伯元之所以從常州初到上海謀生時，立即投身報刊編務後，繼之創作小說的原因之一。

第三，小說的需求量大增，由於小說文藝報刊大量創刊發行，而且以登載小說爲報刊的主要內容。又因爲出版刊物的劇增而競相給與小說作者稿費，使創作小說成爲有利可圖的營生方式。在這「以刊物爲中心的文學時代」下，文藝期刊不僅需要小說稿件來增加內容以促進銷售量；小說作家亦經由文藝報刊登載其作品，獲取稿費，二者互動關係甚爲明顯。張玉法言：

> 都市化的發展增加小說的讀者，是小說發展的重要條件；新聞出版
> 事業的發展，則使小說的傳播便利，能激使更多的小說撰寫、出版
> 和發行。〔註8〕

在新聞出版興盛的「生產條件」下，配合晚清的都市擴展與市民階層興起的「市場條件」，爲晚清小說的發展，起了很大作用。也由於小說及報刊的配合，造就了晚清的文藝市場。所以李伯元不但在報刊登載自己的小說作品，更同時身兼數家報刊編輯的身分，經濟上的誘因實不容忽視。

第四，翻譯小說的大量出版，引起了李伯元創作的模倣。我們從阿英《晚清戲曲小說目》〔註9〕統計，晚清小說目收錄約有一千一百餘種，其中創作小說僅有四百七十九部，翻譯小說有六百二十七部，從這一數字可以看出：晚

〔註7〕「魁儒碩士」爲多數晚清小說作家或小說理論家經常出現的術語，梁啓超、李伯元等人，皆曾言及。蓋當時提倡小說，以小說爲文學正宗，小說可以用來新民，自然必須是「魁儒碩士」始能擔當此一神聖工作。

〔註8〕見張玉法《晚清的歷史動向及其與小說發展的關係》一文。收錄於《漢學論文集》第三集《晚清小說討論會專號》（政大中文系所編，1984年），頁22。另外，邱茂生亦有相同看法，他在《晚清小說理論發展試論》中云：晚清印刷新聞事業的發達，提供晚清小說以生產出版及傳播的便利條件。都市擴展與市民階層之興起，增加了小說的讀者群，提供晚清小說之市場條件。（中國文化大學中文所碩士論文，1987年，頁16）

〔註9〕《晚清戲曲小說目》，阿英編，上海文藝聯合出版社，1954年8月。

清時期翻譯小說爲文壇主流。而外國小說的故事情節、敘事架構與描述方式自然會影響到國內小說的創作模式，引起晚清小說在內容、架構及敘事方面受到一定的影響而改變。東海覺我（即徐念慈）《丁未年（西元 1907 年）小說界發行書目調查表》〔註 10〕所載之創作小說與翻譯小說數目之比，分別是四十一比八十，更可以看出在李伯元去世（西元 1906 年）前的大概狀況，仍是翻譯小說壓倒創作小說的情形，這種翻譯小說大量的產生，必然影響到晚清小說家的創作。

　　大體而言，分析晚清時期的翻譯小說來源，主要翻譯自英、法、日之小說。也就是說晚清小說一部分受到這三個國家的小說觀念影響，其中最大的影響應該來自近鄰日本。梁啓超云：

> 戊戌政變，繼以庚子拳禍，清室衰微益暴露，青年學子，相率求學海外。而日本以接境故，赴者尤眾。壬寅、癸卯（西元 1902 至 1903年）間，譯述之業特盛，定期出版之雜誌不下數十種。日本每一新書出，譯者動數家，新思想之輸入，如火如荼矣。〔註11〕

因爲日本「以接境故，赴者尤眾」所以影響最大。嚴復在《本館附印說部緣起》一文中也指出「本館（指《國聞報》館）同志，知其若此，且聞歐、美、東瀛，其開化之時，往往得小說之助」〔註 12〕。梁啓超《飲冰室自由書》云：

> 於日本維新之運有大功者，小說亦其一端也。明治十五、六年間，民權自由之聲，遍滿國中。〔註13〕

由上述引文可以看出日本小說對晚清小說的影響極大，特別是日本的政治小說，是當時晚清作家注意之焦點。如矢野文雄的《經國美談》即被翻譯發表於《清議報》上，後又被李伯元改編成戲劇《前本經國美談新戲》登載於《繡像小說》上，即可見日本政治小說在晚清的影響。而李伯元在此風潮影響下，也難免起而模倣，並進行創作。

〔註 10〕東海覺我《丁未年小說界發行書目調查表》，《小說林》第九期（西元 1908 年）

〔註 11〕梁啓超《清代學術概論》二十九，（華正書局，台北，民國 73 年 2 月），頁 71
　　　　文字強調爲筆者所加。

〔註 12〕嚴復《本館附印說部緣起》，《國聞報》光緒二十三年（西元 1897 年）十月十六日至十八日，轉引自《二十世紀中國小說理論資料》（第一卷）（1867～1916），頁 12。

〔註 13〕梁啓超《飲冰室自由書》，原載《清議報》第二十六冊，轉引自《二十世紀中國小說理論資料》（第一卷）（1867～1916），頁 23。

　　第五，李伯元本身的生活經歷，使他有不吐不快之感。作家生活經歷入於小說之例從古至今都有，這是非常普遍而屢見不鮮的，李伯元於此亦然。佚名《官場現形記序》云：

> 僕嘗出入卑鄙齷齪之場，往來奔競夤緣之地，耳之所觸，目之所炫，五花八門，光怪萬狀，覺世間變幻之態，無有過於中國官場者。口吶吶不能道，筆蕾蕾鈍椎，胸際穢惡，腕底牢騷，……。今日讀南亭之《官場現形記》，不覺喜曰：是不啻吾意中所出。吾一生歡樂愉快事，無有過於此時者。〔註14〕

由佚名此序中，可見與李伯元的經歷相類似，雖不能確知佚名真正身分，然其所言之心態，亦可作為李伯元之寫照。李伯元《中國現在記》第八、九、十回描寫整治黃河的情形。劉鶚是治河專家，所以《老殘遊記》亦不時提到整治黃河的情形，但是鷹隼（按：即阿英）則云：

> 尤其重要的，是關於黃河逐年培修的黑暗暴露，有許多一般人不知道的材料，也曾寫到這一方面。除掉描寫了「短衣匹馬與徒役雜作」的許多場面，還積極地提出了他的治河主張。但對於河政的黑暗，卻沒有李伯元暴露得徹底。〔註15〕

這一段話中可以看出李伯元《中國現在記》在某些方面的描寫較《老殘遊記》深入，若非李伯元親身目見或經歷，斷不能將治河情形描述得比有治河經驗的劉鶚《老殘遊記》還深入徹底。

　　以上五點說明，概略指出李伯元創作小說的動機，可藉以瞭解李伯元創作小說原因所在。

二、李伯元的小說刊行情形

　　晚清以前的小說作家，往往將小說作品完成以後，再整理後印刷出版或僅在朋友同好間傳閱。然而晚清大部分的小說，每於結集成書出版之前，往往先行在報刊登載，作家一邊寫，一邊刊行於報刊上，有些刊載於新聞報紙上，有些登載在小型報紙上，有些則刊登於文藝期刊上，不一而足。這說明晚清小說的傳播方式與以往小說的傳播有很大的差異。就李伯元而言，他不僅是一個小說作家，而且是一位出色的報刊編輯者，因此李伯元小說都是先

〔註14〕佚名《〈官場現形記〉序》，《研究資料》，頁87。
〔註15〕鷹隼《〈中國現在記〉的發現》，《研究資料》，頁222～223。

在報刊發表連載後，再結集成書。所以在瞭解李伯元的小說之前，必須先瞭解他的小說在報刊上的刊行情況，故將其小說刊行情況加以整理說明如下：

（一）《官場現形記》

《官場現形記》，六十回，署南亭亭長著。連載於李伯元編辦的《世界繁華報》上，連載時間大約在一九○三年四月至一九○五年六月〔註16〕。

後因閱讀者眾，乃由《世界繁華報》館分編出書。全書共分五編，每編線裝六冊十二回，共計三十冊，於一九○三年九月至一九○五年年底前陸續印行〔註17〕。該書出版後，曾因購買者眾，銷售狀況甚佳，因而坊間出現盜印的問題，李伯元曾為此與盜印者對簿公堂。

（二）《文明小史》

《文明小史》，六十回，署南亭亭長著，自在山民加評。連載於《繡像小說》半月刊第一期至第五十六期。根據筆者統計後發現，《文明小史》是李伯元登載於《繡像小說》的諸小說中，唯一連續刊登而未曾中斷的小說。於一九○三年五月至一九○五年九月刊畢。

李伯元於一九○六年三月逝世，商務印書館於當年秋季印行單行本，分上、下兩冊出版。

（三）《活地獄》

《活地獄》，四十三回，未完。署南亭亭長著，顧雨樓主加評。李伯元僅寫至第三十九回，即因病去世；第四十回至第四十二回由吳趼人續作；第四十三回則由茂苑惜秋生（按：即歐陽巨源）續成，因《繡像小說》停刊而終止。

《活地獄》一書，刊載於《繡像小說》第一至第五期、第七、九、十一至十六、二十六、三十七、三十九、四十三至五十八、六十至六十一、六十三至六十五、六十八至六十九期，共三十九回；吳趼人所撰之第四十至四十二回則載於第七十至七十一期；茂苑惜秋生所撰之第四十三回則刊於第七十二期的《繡像小說》中。

（四）《中國現在記》

《中國現在記》，十二回，未完。登載於《時報》創刊號至第一七二號止

〔註16〕此乃據魏紹昌《〈官場現形記〉的寫作與刊行問題》一文中的推算。《研究資料》，頁115。
〔註17〕同註16引書，頁115。

（西元 1904 年 6 月 12 日至 1904 年 11 月 30 日）。該書是李伯元的小說中，唯一未在自己創辦或主編之報刊中連載者。

《中國現在記》爲阿英發現整理〔註 18〕，後刊載於阿英所編之《晚清文學叢鈔・小說一卷》中〔註19〕，仍有八處闕文，後由魏紹昌補齊〔註20〕。

（五）《海天鴻雪記》

《海天鴻雪記》，二十回，未完。署二春居士編，南亭亭長加評，爲一吳語小說。先分回登載於《游戲報》，後由《世界繁華報》館於一九〇四年出版單行本，共四冊，每冊五回。

阿英言《海天鴻雪記》雖署二春居士編，南亭亭長加評，實李伯元所作〔註21〕。卻未提出證據資料來源及緣由。然就《游戲報》第七四四號（西元 1899 年 7 月 22 日）的出書廣告上載「是書（按：即指《海天鴻雪記》）爲浙中二春居士所著」〔註 22〕，那麼《海天鴻雪記》就不是李伯元的著作了；且根據澄碧轉述李伯元繼室莊竹英女士的話，認爲李伯元上海話說不大慣〔註 23〕，所以《海天鴻雪記》是否爲李伯元所作之小說，仍有很大疑問。只好期待更新之資料出現，方能判定其爲何人之作品，故今姑存之，待考。

三、李伯元的小說內容分析

自鴉片戰爭以後的晚清小說，約略可以分爲三個時期發展：第一期以俠義、公案及狹邪小說爲主，諸如《三俠五義》、《包公案》及《花月痕》等屬之；第二期以譴責小說爲主流，主要以暴露官場黑暗面爲描述內容，晚清的四大小說《官場現形記》、《二十年目睹之怪現狀》、《老殘游記》、《孽海花》等屬之；第三期則淪於以揭發黑幕內容或鴛鴦蝴蝶派的才子佳人的言情小說

〔註18〕 詳見阿英《〈中國現在記〉的發現》一文。《小說二談》（上海古籍，1985 年），頁 64～69。

〔註19〕 《中國現在記》是阿英將《時報》登載的小說剪報輯錄而成。後收錄於《晚清文學叢鈔・小說一卷》（阿英著，北京中華書局，1906 年）。

〔註20〕 《中國現在記》闕文，見《研究資料》頁 226～232。

〔註21〕 詳見阿英《海天鴻雪記》，原載《大晚報》副刊《火炬・通俗文學》（1936 年 7 月 22 日），今收錄於《研究資料》，頁 234～237。

〔註22〕 《海天鴻雪記》的廣告，原載於《游戲報》第七四四號（西元 1899 年 7 月 22 日），今收錄於《研究資料》，頁 257。

〔註23〕 見澄碧《小說家李伯元》（《研究資料》，頁 41）。他轉述李伯元的繼室莊竹英女士的話，說：（李伯元）說話一直操常州口音，上海話說不大慣。

為主，以《玉梨魂》較為著名。

　　李伯元的小說，即屬第二期。李伯元為著暴露官場黑暗面，必須透過一群大大小小的官僚醜惡的生活為題材，描寫官場中「迎合、鑽營、矇混、羅掘、傾軋」〔註24〕等現象，是以在李伯元的小說中，我們看到的都是官場中大大小小的官吏畫面的笑話。正如李伯元經由小說中人物口中說出他的創作目的：

> 原來這部教科書，前半部是專門指摘他們作官的壞處，好叫他們讀
> 了知過必改。後半部方是教導他們作官的法子。……還是把這半部
> 書印出來，雖不能引之為善，卻可以戒其為非。〔註25〕

在這個創作目的下，使李伯元的小說成為教育官場的「教科書」。經由各類型的官吏造型〔註26〕，一個即將滅亡的封建王朝，即被揭露出來。根據阿英《晚清小說史》中的分類，他將晚清各類型小說分類為：描述晚清社會概觀、庚子事變的反映、反華工禁約運動……等共有十一類之多〔註27〕。這十一種類型的小說，都有一共通點──譴責的精神。李伯元的小說也具有這種譴責的精神，對官場中的官僚加以「揭發」、「糾彈」作為其表現內容。今就其各部小說的內容分述如下：

（1）捐官、鬻官之風

　　晚清時期，由於遭逢內亂及國外列強侵略，需不時為籌措軍餉而要求民眾捐輸。由於捐例廣開，因此為使人民踴躍捐錢、捐糧，乃開「捐官」之例。但是捐例盛行，使得賣官鬻爵的不正當行為到處可見。說穿了，捐官的目的只是為了要得官位好斂財罷了。只要捐個錢成為候補官，待取得正式官職後，運用各種途徑再將之前捐的錢連本帶利賺回來。李伯元即看清楚捐官的流弊，於是在小說中盡情揭露。《官場現形記》一開頭，李伯元即透過王孝廉說：「千里為官只為財」〔註28〕，於是官場中種種聚寶發財的醜惡形象，不時出現在李伯元的小說裡。無論什麼手段伎倆，全為了謀得一官半職，再從中豪奪巧取一番。所以有將自己女兒送給統領作小老婆的冒得官，也有為求好於

〔註24〕魯迅語。詳見《中國小說史略》，頁287。
〔註25〕見《官場現形記》第六十回，頁951。
〔註26〕有關於晚清小說中的官吏造型的問題，因非本文重點，故從略。可參閱鍾越娜《晚清譴責小說中的官吏造型》（東海大學中文所碩士論文，西元1977年，4月）。
〔註27〕阿英《晚清小說史》中將晚清小說分為十一種類型，若包含翻譯小說，則有十二種。
〔註28〕《官場現形記》第一回。

長官，而要求自己的老婆認長官十八歲的丫頭作乾娘的瞿耐庵〔註 29〕。爲保有那卑微卻可斂聚無數財富的職差，使盡各種方法來巴結上司，以確保其生財的工具，讓他們可以爲所欲爲的橫徵暴斂一番。晚清官場的黑暗腐化如此可見一斑。

（2）武官無勇

國家的強大，需要武力來維持，因此須有英明果決之領導與勇敢善戰之兵士。但晚清時期國勢不振，更因任官制度的不健全，造成晚清時「將無謀略，兵無餘勇」，成爲一群只會欺壓善民，掠奪民財的殘兵敗將。《官場現形記》載胡統領嚴州剿匪事及《文明小史》開頭，因洋人探採礦脈而引發武兵捉拿鬧事的武試考生，描寫了武官無勇的形象，只見武將兵丁在事起時，害怕忌諱盜匪而遲遲不往救援，沿途還以狎妓爲樂，待探得盜匪一空，才發兵入城燒殺擄掠一番，弄得民不聊生，怨聲載道〔註 30〕。這樣的兵將怎堪負起保國衛家的重責大任呢？李伯元對此有深入的描寫揭露，不僅顯示晚清時文官的無能貪污，也顯示武官的無勇與殘害人民的一面。

（3）治河敷衍與偷工減料

由於黃河的屢次泛濫成災，歷來時常造成人民流離失所，清廷爲照顧百姓而加以整治，原是良政美意，體恤民眾的作法。無奈卻遭執行者從中牟利，層層剝削，而使得整治黃河的工程，全然不見應有的效果。我們都知道劉鶚是治河專家，在《老殘游記》中對於治河情形有所描寫，李伯元的小說也有描述，《中國現在記》第八、九、十回，即對整治黃河工程中的黑暗經過，描寫的非常清楚。李伯元出生於山東，自小在黃河泛濫最嚴重的區域生活，親身經驗過或耳聞這種偷工減料，暗中剋扣的不正當行徑，當然會加以披露、譴責一番。從故事描寫中，甚至見到皇帝親派的欽差大臣，查訪治河成效時，深懂官場簡中三昧，「僅開弓而不放箭」，還說是積「陰功」呢！〔註 31〕其他的治河官員就更不用說了，李伯元還記錄了一首十六個字治河的謠諺：「既鑲復蟄，既蟄復鑲，隨鑲隨蟄，隨蟄隨鑲」〔註 32〕來說明這個治河騙局，治河只不過是斂財與虛應故事的另一種把戲。

〔註 29〕分見《官場現形記》第三十回、第三十八回。
〔註 30〕分見《官場現形記》第十六至十八回，《文明小史》第三回。
〔註 31〕見《中國現在記》第九回，頁 21。
〔註 32〕同註 31 引書，頁 111。

（4）對維新、洋務的虛應故事

晚清的維新運動，原是國家為救亡圖存而推行；洋務運動也是在同樣狀況下產生，但最後終歸失敗，原因乃在各階層官吏作法與想法不同而遭到挫折。李伯元筆下呈現了這種矛盾心態，只見官場中人不是奴顏屈膝，就是相應不理，一副崇洋媚外或不理不睬的兩極化反應，為洋務維新運動的失敗作了最佳注腳。小說中還經由小說人物，影射康有為、梁啟超等維新的「新思想家」。我們只看到主張新政的官員說：「將來外國人，果然得了我們的地方，他百姓固然要，難道官就不要麼？……他們要瓜分，就讓他們瓜分，與兄弟毫不相干。」〔註33〕透過這樣的對話，我們可以看到作家的極端失望，對國家前途不抱希望，所以加以諷刺一番。

（5）殘害百姓，無所不用其極

官，本來是用來解決百姓糾紛、主持正義公理的。官是皇權社會制度的執行者，然而在晚清的社會中，官卻是殘害人民的劊子手，一方面迫害人民，一方面卻從人民身上壓榨非法利益。《活地獄》中，藉由諸如「三仙進洞」、「五子登科」等酷刑，描繪當時的官僚體制下的社會實況，這樣官逼民反的例子處處可見，是晚清現實社會中活生生的社會史料。李伯元透過這些實況史料，加以整理編寫，呈現了一個即將覆滅的皇朝社會形象。

由以上有關李伯元的小說內容分析，可知其小說著重在反映社會的實際狀況。徐念慈曾云：

> 于為平心論之，則小說固不足生社會，而惟有社會始成小說者也。
> 〔註34〕

又云：

> 小說之應影響社會，固矣，而社會風尚實先有構成小說性質之力，
> 二者蓋互為因果。〔註35〕

小說與社會之間的影響，在晚清時期已是晚清小說理論家爭論的焦點之一，徐念慈將小說視為社會生活下的產物，誠是確論。因此在晚清時期，小說的描寫內容及題材來源，即是從社會的實況中汲取，成為小說反映的內容。透過現實的披露譴責，達到改良維新或革命的目的。小說內容唯有與時代環境

〔註33〕見《官場現形記》第五十四回，頁848。
〔註34〕東海覺我《余之小說觀》，見《小說林》第九期（西元1908年）。
〔註35〕蠻《小說小話》，見《小說林》第九期（西元1908年）。

相結合，始能引起讀者共鳴與回響。李伯元的小說也是如此，其小說貼近當時人人所厭惡或者避之唯恐不及的「官場」，充分顯現李伯元頗能掌握當時閱讀大眾之嗜好，竭盡其力將晚清時期的種種社會現象，將其「現形」揭露，使大家有所警惕與改進，甚至提供時人一塊文學園地，使其心情有可以發洩之處。從這個角度而言，李伯元的小說，無疑是成功的。

第三節　李伯元的小說特色與評價

一、李伯元的小說特色

晚清小說在小說理論的提倡下，將小說從「文學結構的邊緣向中心移動」〔註36〕，使小說取代了詩歌的地位，一躍而為文學的正宗。陳平原說：

> 由於外國文學的沖擊，中國文學布局進行了內部調整，把小說推到中心位置，使其有可能借鑑其它文學形式的表現方法；又由於小說家原有知識結構的限制，可能更傾向於借鑑詩文辭賦的技巧寫小說；再加上小說概念的模糊造成批評家和讀者的「寬容」，給作家的探索創造了必要的條件。這三者決定了「新小說」家和五四作家有可能更多接受整個中國古典文學而不只是古典小說的遺產。〔註37〕

由於受外國文學衝擊、小說家原有的知識結構限制及小說概念的模糊，使得小說家不僅接受了來自「古典小說的遺產」，而且更多的接受了來自「整個中個古典文學」的有益人心世道的觀念，使得自認為「小說為最上乘之文學」的晚清小說作家們，在創作小說時，常常抱持「文以載道」的觀念。而這種「載道」的小說文學觀，一旦在下筆創作時，小說的內容就擺脫不了社會實況，也就是小說的主題往往偏向反映當時的官場社會，一面諷刺、譴責官場的種種錯誤缺失，一面則教化讀者於未來為官時有正確的為官之道。因此小

〔註36〕陳平原《中國小說敘事模式的轉變》（上海人民，1988年），頁161。

〔註37〕這裡關於「小說家原有的知識結構限制」及「小說概念的模糊」，主要是說：小說常期處於文學的邊緣地位，在晚清卻被提升為文學的主流正宗，但晚清小說家對小說的作用觀念模糊，於是吸取長期佔據中國文學中心地位的詩詞曲賦的載道概念，作為小說的功能，以有益於人心世道的「載道」文學觀念創作小說。如此一來，小說雖取得文學正宗地位，但是仍是以千百年以來的「文以載道」的傳統古典文學觀念創作小說。所以晚清的小說內容，自然也以有益人心世道為主，自然以反映當時社會狀況為描寫內容。

說必須有益於人心世道的「文以載道」的想法，仍然籠罩在小說的內容表現上。這種小說載道的文學觀，當然也影響了李伯元的小說創作，使李伯元的小說描寫無法多樣化的原因，僅侷限在晚清官場的反映。

晚清小說皆有為政治服務的心態，將小說視為宣傳、鼓吹的工具。陳平原於《中國小說敘事模式的轉變》中說：

> 在晚清，的確有不少政治活動家以小說為武器，真的成為「改良群治」的有功之臣，如梁啟超、陳天華、黃小配等；但更多的是在小說或小說序跋中表達作家明顯的政治傾向，以此服務於他們所理解的變革現實的政治運動，如李伯元、吳趼人、劉鶚等。可以這樣說，幾乎所有晚清小說家沒有不關心「改良群治」的，只不過立足點著眼點不同而已。〔註38〕

經由以上對晚清小說的特點說明，我們對於李伯元的小說表現技巧，大抵可以歸納如下幾點特色：

（1）故事片段化：

李伯元的每部小說內容，幾乎都是由數個短篇構成。這也是其它晚清小說所共有的特性。這些獨立的片段，適合容納較多的官場描寫，構成一幅幅「現形記」或「怪現狀」的醜病現象圖；再者因為晚清許多小說都是先在報刊上發表，晚清小說家為適應分回刊載、逐段發表的刊載方式，只得以片段故事來安排小說情節單元。

（2）描寫對象集中且真實化：

李伯元的小說集中揭露譴責官場現狀，表現了描寫對象的集中性。這些官場現象的描述，又有一些是晚清當時的社會實況反映。周貽白的《〈官場現形記〉索隱》一文，即從小說中勾稽出八條人物故事，與李伯元《南亭筆記》中所載的人物故事相仿，可以看出李伯元筆下描寫的故事真實性。

（3）描寫誇張化：

李伯元的小說，充滿了誇張的手法，不論上、下級官員，都加以誇張手段描寫，以便更突出反映李伯元的憤世悲痛，從笑聲中讓讀者體會官場吏治的本質，扯去官場的嚴肅面具，赤裸裸的鞭斥弊惡現象、社會腐敗不堪的畫面。

〔註38〕同註36引書，頁156。

二、李伯元的小說評價

歷來關於李伯元的小說評價，主要有胡適、魯迅及阿英等三人，茲簡述如下：

（一）胡適

胡適對李伯元的小說評價，僅有《〈官場現形記〉序》〔註39〕一篇，未及於李伯元其他小說，但仍可以根據該文作爲胡適對李伯元小說的評價觀點。胡適認爲《官場現形記》是一部「社會史料」，寫的是舊社會裡最重要的一種「制度與勢力」──「官」。但是所記載的內容卻是「摭拾話柄」、「少文學興趣」，「深刻之中有含蓄，嘲諷之中有詼諧，和《儒林外史》最接近」，這是李伯元的小說藝術特徵。胡適並指出有「四大短處」：

（1）聯綴許多「話柄」而成，既沒結構，又沒有剪裁。

（2）作者缺少組織點綴，成了隨筆記帳。

（3）描摩之人物，幾乎沒有一點個性的表現。

（4）書裡沒有一個好官，也沒有一個好人。作者描寫這班人，只存譴責之心，絲毫沒有哀矜之意。

綜合上述所言，胡適以爲李伯元必定爲一「佐雜小官」出身之人，且對李伯元的小說評價不高。

（二）魯迅

魯迅對李伯元的小說論述，主要見於《中國小說史略》第二十八篇中。魯迅認爲其小說「凡所敘述，皆迎合、鑽營、朦混、羅掘、傾軋等故事，兼及士人之熱心作吏，及官人閨中之隱情」，「頭緒既繁，腳色復夥，其記事遂率與一人俱起，亦即與其人俱訖。」對於小說故事內容則以爲僅是「話柄」，「聯綴此等，以成類書」、「彙爲長編，即千篇一律」。

綜上所述，魯迅的看法與胡適大致相同。不過魯迅則更進一步藉此點出晚清小說的缺點是「辭氣浮露、筆無藏鋒，甚且過甚其辭」〔註40〕。這是魯迅對於晚清時期小說的文學藝術概括。

（三）阿英

阿英以研究晚清的報刊及小說爲主。一般人認爲李伯元的小說代表作是

〔註39〕本單元所引胡適評語，俱見胡適《官場現形記·序》一文。

〔註40〕以上魯迅語，俱見《中國小說史略》第二十八篇。

《官場現形記》，也是晚清的代表作之一。然而阿英卻力排眾議，以《文明小史》為最佳，其原因有二：一為《文明小史》全盤反映了中國維新運動時代的社會情況，可以代表全中國各地方的現象；二為《文明小史》不用固定的主人公，而是流動的、不斷的替換。〔註41〕

　　然究其實質，第二點是無法成立的，因為李伯元的小說大部份都沒有固定的主人公，而是由數個短篇連綴而成。在阿英的想法中，最主要的還是《文明小史》所描繪的場景較廣，故事背景遍及於當時整個中國，而不像《官場現形記》一樣，僅僅侷限於官場中事而已，《文明小史》還對當時的維新改革情況，作了全面的反映，所以阿英以為《文明小史》，無論是小說的內容或描寫的技巧都較《官場現形記》為優。

　　以上為民初三家對於李伯元小說的大致評價，亦各有偏重與肯定。事實上，李伯元的小說除了《海天鴻雪記》描寫娼妓勾欄事為主外，其餘的小說多以官場揭露為主。基於對官場的認識與瞭解，因而在下筆寫作小說時，自然而然的以官場為主要描寫對象。再參照晚清的歷史現象來看，官場是晚清最最腐敗汙穢的地方，李伯元「以激憤的心情抨擊當朝官吏的昏庸無能，暴露了社會的黑暗面，反映了時代的動亂」〔註42〕。因此對於揭露、譴責官場這方面是值得給予肯定的。

　　李伯元雖名列晚清四大譴責小說家之首，卻有人持不同之看法，包天笑即是其中之一，原因是李伯元只是一位「花界提調」的文人，並未專心於小說寫作事業〔註43〕，因此成就必須大打折扣。也有人認為李伯元小說作品，思想性強，描寫生動，如海孺、李永先等；也有人持相反看法，像章培恆即為代表〔註44〕。究竟李伯元的作品表現出何種風貌與思想，各人說法莫衷一是，那麼該如何評價及評價標準為何？似乎有必要加以釐清。

〔註41〕阿英對李伯元的小說看法，可以參見《晚清小說史》及《小說四談》中之《文明小史》一文。

〔註42〕林瑞明語。見《晚清譴責小說的歷史意義》，《書評書目》第八十九期（1980年），頁108。

〔註43〕詳見釧影（按：即包天笑）《晚清四小說家》，《中國近代文學論文集》（小說卷）（1919～1949），頁146～148。

〔註44〕分見海儒《李伯元作品的思想傾向是進步的》、李永先《〈官場現形記〉的譴責與揭露有進步意義》及章培恆《關於李伯元作品評價的幾個問題》。之所以會在評價上有極大的差別，主要是受意識型態的影響，因而此一評價失去客觀性，故不引錄原文說明。

　　基本而言，從李伯元對晚清的社會背景狀況的瞭解及其在晚清小說上的表現來看，筆者以爲評價作品時，應以晚清的時代背景作一參照，如此即容易看出小說作品時代意義。而後再就小說中的描寫、藝術、技巧加以評斷，即可容易地判別小說的優劣差異。這樣才不致陷入大陸文革時期以思想的傾向反動與否作爲判斷作品價值的唯一標準，失去客觀性。是以筆者以爲關於李伯元作品的研究，以民國初年所得成績較爲客觀，而近年來學者則較致力於作品本身內容之研究，探討其藝術價值及成就，亦獲致一定成績。

　　由李伯元的小說內容來看，和晚清其他的小說一樣，是以譴責、暴露當時的官場黑暗面爲主，充分表現了小說現實性。由於晚清小說多爲政治服務，將小說當作宣傳、鼓吹思想的工具，使得李伯元忽略了小說的藝術表現技巧，一味專意於「最下流的上流社會」的官場中，使其小說減色不少。這一弊病，在梁啓超《新中國未來記》亦曾發生，梁啓超在緒言中自承：「此編今初成兩三回，一覆讀之，似說部非說部，似稗史非稗史，似論著非論著。」因爲要「發表政見，商榷國計」，因而使得小說「連編累牘，毫無趣味，知無以饜讀者之望。」〔註45〕傷害了小說的藝術成就，描寫也不夠深刻。

　　其次，李伯元的小說內容多爲短篇集合而成，從文學發展上來看，除了師承摹仿自《儒林外史》的寫作技巧外，在體制上是模仿《儒林外史》，合數個短篇爲一長篇，然卻未善加利用其可長可短之優點，徒然收集「話柄」成書，當然就不及吳敬梓的《儒林外史》的表現方式；另一方面，也深受當時文學環境所影響，晚清小說在結集成書前先在報刊發表，此種異於前代的特殊發表過程，造成小說作者在創作小說時，有特別異於前代小說作者的創作模式，受到小說在報刊上發表連載形式的約束，正因爲在報刊上刊載的緣故，使得李伯元的小說失去了應有的藝術價值，此其缺點之一，關於這點在第六章將有詳細的論述。

　　我們可以這樣說，李伯元的小說主要是針對晚清社會實況加以描寫，它是社會影響下的產物。當時又有上海租界的保障，更可以直接描繪晚清時代的種種實況，直接指向當時的昏庸官場，加以嘲諷。小說全面反映當時的社會狀況，指摘社會的種種弊端，對晚清社會給予猛烈的鞭撻。雖然魯迅對李伯元的小說下了這樣的評語：

〔註45〕見梁啓超《新中國未來記·緒言》，《晚清小說全集》（台北，博遠1987年）冊二七，頁2。

> 臆説頗多，難云實錄，無自序所謂「含蓄蘊釀」之實，殊不足望文
> 木老人後塵。況所搜羅，又僅「話柄」，聯綴此等，以成類書；官場
> 伎倆，本小異大同，彙爲長編，即千篇一律。〔註46〕

的確可以從李伯元的小説中，看到有「臆説」、「話柄」與「類書」的毛病，
然而若就李伯元的小説中所反映的實況，無疑地他是成功的，因爲他爲晚清
保留不少社會史料，令人無法苛責。路遙説：

> 就廣度方面來看：從州縣到督撫、從小京官到軍機大臣、從幕府到
> 最高的封建統治、從守舊派到洋務派、從地方政權到武營、從維新
> 到洋務，全都涉及在內。就深度方面來看：從官僚生活的暴露中反
> 映了清政權的黑暗、從官場的腐敗中批判了官僚制度的腐朽、從官
> 僚政治的黑暗現象中揭露了清政權的本質。〔註47〕

總結以上諸點，李伯元的小説全面反映當時社會現況，從「廣度」、「深度」
方面，給予清廷最嚴厲的批判，應該給予肯定的。這也是晚清各譴責小説的
共同訴求，反映了當時社會共同要求——改良政治制度，改善社會生活。希
冀革新與教化雙管齊下，對社會有益，促使國家改革。從這一角度來看李伯
元的小説，他和他的小説是成功的。這種以小説表達憂患意識的手法，是以
現實主義作爲出發點，內容主旨多爲現實生活中的憂慮而作。所謂先天下之
憂而憂，即是如此。從吳敬梓的《儒林外史》諷刺小説到晚清李伯元的《官
場現形記》等的譴責小説，皆以此作爲小説的內容，這是來自中國文學本身
的傳統。

〔註46〕 見魯迅《中國小説史略》，頁288。該文主要針對李伯元《官場現形記》而言，
　　　　 然也可看成魯迅對李伯元的小説批評。

〔註47〕 路遙《論〈官場現形記〉的思想性》，《文史哲》1958年第八期，頁38～47。

第四章　中國報刊的發展概述

　　報紙、期刊是向大眾傳播訊息的工具。在報刊的發展史上，近代的報學、報業及報人的發展，相對於中古時期各朝代的發展比較，實有長足的進步，雖然經由歷史經驗的累積，使報業發展起來，然而由於長期的封建統治，大眾卻無法享受到這項便利服務的提供，報紙，充其量僅僅是御用的宣傳品，流傳面不廣，影響性不大。因此，報刊的發展不得不留待於晚清時期，才有重大突破，原因無它，只是中西文化的交流及社會急劇動盪所造成。

　　由於晚清的報刊變化，因而連帶地影響到文化事業的改變。當時人手一「紙」的場面，帶動了報刊文學形式的產生，將報刊與文學聯繫在一起，使得文學生產（特別是小說）有了嶄新的面貌。本文即透過歷史文獻資料，敘述歷代報刊的演變，分析報刊在各朝代的面貌及探討報刊在中國近代史上的興盛原因。

第一節　晚清以前的「報刊」及其發展概況

一、報刊的名義

　　報刊者，指報紙、期刊二者之合稱也。就新聞學觀點而言，報紙與期刊二者是有某些程度上的差別；然就文學之觀點而言，二者並無差異，有差別的是報紙每日出版，期刊則是定期出刊，二者都以登載文學作品（特別是小說）來吸引讀者的購買慾。

　　因此，本文所指之報刊，實報紙、期刊兼而言之。如上所言，究竟報刊

有何特性呢？《說文解字》云：「報，當皋人也。」〔註 1〕可知「報」既可做判決、宣布解，又有「告與人知」的意思。既是要宣布、告與人知，那麼報紙就非常清楚的顯示出來如下兩點特性：

　　（1）報紙對外公眾發行，且發行之日期有一定規律。

　　（2）報紙為報導新聞，發表評論。而因這些「新」聞需具備「新」
　　　　鮮且是最新的消息，所以必須有時效性的限制。

就報紙的第一特性來看，其所以為「對外公眾發行」，實從報紙的功能而言。因報紙為一公器，其利益非一人所專享，這在現代社會中，是很容易了解認識的。然而封建社會「天高皇帝遠」、「帝力於我何有哉！」的時代，報紙僅僅是「御用」之工具罷了。所以，報紙之第一重要特性，其出發點是為公眾，而非為一己。梁啟超云：

　　（中國）有一人之報，有一黨之報，有一國之報，有世界之報。以
　　一人或一公司之利益為目的者，一人之報也；以一黨之利益為目的
　　者，一黨之報也；以國民之利益為目的者，一國之報也；以全世界
　　人類之利益為目的者，世界之報也。中國昔雖有一人報，而無一黨
　　報、一國報、世界報。〔註2〕

以梁啟超為一報學先進而言，他深刻了解中國自古以來的報紙性質，因為中國自報紙開始發展到晚清以前的報業狀況，都顯示出報紙為一私器，純為朝廷御用之工具，僅具有報刊的形式，而無報刊的實質功能與價值，尚未達到實用普及階段。因此，中國之有報紙雖起源甚早，然只是具象徵作用的御用工具，影響力勢必大打折扣，必須等到中西交流頻繁的近代，才有明顯的進步。

　　再就「發行有一定規律」而言，報刊是否可靠及受讀者認同，除了報導的消息、新聞必須正確、權威、既快且新之外，最重要的是要定時定期出版。畢竟不按時出版之報刊，最容易讓人產生不信賴感，也就沒有公信力可言。報刊既為大眾之公器，就必須要有可靠的公信力，不然容易令人難以捉摸掌握。因此報刊就必須按照一定規律的日期出版，發布新聞、公告事項，以昭公信，故有日刊、周刊、半月刊、月刊、季刊、年刊等出版時間的差別。若此特點功能未能發揮作用，報刊登載的內容則無法產生作用，自然無法取信於人。

〔註 1〕《說文解字》第十篇·下（台北，黎明，1985 年），頁 501。
〔註 2〕梁啟超《本館第一百冊祝辭並論報館之責任及本館之經歷》，《清議報全編》，
　　　　頁 13。

　　至於報紙的第二特性——「報紙報導『新』聞，發表評論」而言，前已述及報刊屬於公器，為公眾所行使，那麼報刊所發佈之消息內容，當以「新」聞為主，在現代，人與人的距離縮小，消息傳播自然要快且是最新的。在古代則因環境使然，相對於新聞、消息的需要，降低許多，而且古代自有其發佈消息的方法。直至近代，由於社會環境的急劇變化，經濟型態的改變，新聞、消息成了每日生活須知，因而使得報刊蓬勃發展，所以報刊報導的消息自然是最新而且是和公眾事務息息相關的，以免冷飯熱炒，成了「舊聞新抄」。

　　基於報刊乃報導「新」聞，發表評論，表明該報刊之立場，這點特性直到了近代之報刊興盛，才有重大改進。積極報導新學，也就是學習西方科學技術，鼓吹新思想，欲喚起民眾參與改革。是以近代報刊如雨後春筍般的發展起來。因此梁起超乃期許於中國的報業要達於世界報業之水準，他說：

　　　祝其全脫離一黨報之範圍，而進入一國報之範圍，且更努力漸進以
　　　達於世界報之範圍。〔註3〕

梁任公雖處於晚清報刊即將要發達之際，然因其思想超越時人，有先見之明，故有感而發，欲中國之報業引導國人朝向改革之路，努力向西方學習。唯在晚清報刊事業將興盛發達之時，報刊因為受此呼籲而改良突破的，仍然微乎其微，效果不大。認識了以上報紙期刊的二點特性後，戈公振為報紙下了一個定義：

　　　報紙者，報告新聞，揭載評論，定期為公眾而刊行者也。〔註4〕

由此一定義，可以看出報刊具有四大特性：公告性、定期性、時宜性和一般性〔註5〕。

　　一般人習稱「報紙」、「期刊」或者「雜誌」。其分別在於：報紙，多以日刊出版為主，版面較大；期刊則指日刊以外之定期出版刊物而言，刊載一專題或專業領域之消息；雜誌型式則略同於期刊，但刊載的內容為較普遍的、一般性的休閒刊物。此為三者的差別。然本文多以「報刊」合稱之，以便利以下諸章之討論與行文。

〔註3〕同註2引書。筆者案：梁啟超之祝辭，乃針對《清議報》而言，不過仍可將之視為其對中國報業的期許。

〔註4〕見戈公振《中國報學史》（台灣學生書局，1982年），頁15。

〔註5〕戈公振語。同註4引書，頁15。他說報刊具有如下特點：（1）報紙之所以為公眾刊行物之基礎，即所謂報紙之公告性。（2）報紙之所以為定期發行物之基礎，即所謂報紙之定期性。（3）報紙內容之時宜性。（4）報紙內容之一般性。

　　基本上，因爲李伯元所編輯或創辦的刊物有報紙與期刊兩種類型，因此行文當中，即將李伯元之報紙、期刊二者並稱。所以從廣義上的報刊來涵括這兩種文藝的表現型式，統稱李伯元所主持編務的報紙與文藝期刊爲報刊；其餘若僅言報紙或期刊者，則指狹義的某特定報紙或刊物而言。正如阿英所著之《晚清文藝報刊述略》〔註6〕一樣，內容所述及的包含有報紙及期刊兩類，如：李伯元的《游戲報》、《世界繁華報》、《海上文社日報》爲報紙型刊物；又如：李伯元之《繡像小說》，梁啓超所編之《新小說》等則爲定期出版之文藝刊物。所以本論文以報刊作爲統稱，除了以單獨之報紙或單稱文藝期刊來專指特定之報紙或期刊外，其餘一律統稱之。

二、晚清以前的「報刊」發展概述

　　中國爲一文明古國，歷史悠久，報刊雖在早期的歷史中已經發展，然在商、周以來的封建社會制度運作下，報刊僅是君臣之間的言談記錄罷了，其有效的傳佈範圍不廣，僅限於朝廷之中，以傳抄奏章詔令爲主。晚清以前的報刊，大致上屬於「官報獨佔」時期〔註7〕，爲少數人專用，並未普及。綜合以上說明，報刊早期的發展過程大致可以分爲四個時期：第一期爲漢唐萌芽期，第二期爲宋朝的成熟期，第三期爲明代清末以前的發展期及第四期清末以來的興盛期。

（一）漢唐萌芽期

　　我國之有報紙之產生，起源甚早，然究竟開始於何時？則有不同說法。一說以歷史記載爲主，以爲漢時即有邸驛，用來作爲中央與各郡國連絡之用，換句話說，邸驛中的邸吏即已開始使用，輾轉發展成爲報紙。一說以出土文物爲證，以現今挖掘出土的文物中，具有報紙形式者，已是唐朝之時了。

　　王安石曾議論《春秋》爲「斷爛朝報」〔註8〕，若承認其說法，則《春秋》爲中國最早具有報紙型態的報紙了。然就事實而論，《春秋》爲國家大事之記錄，以記事爲主，非爲發布新聞消息而作，不可稱之爲「朝報」。

　　《西漢會要‧卷六十六‧邸》云：「大鴻臚屬官有郡邸長丞。」注云：「主

〔註6〕阿英《晚清文藝報刊述略》（北京中華，1959年）。該書內容包含《晚清文學期刊述略》、《晚清小報錄》及《辛亥革命書徵》三部份。

〔註7〕見戈公振《中國報學史》，頁30。

〔註8〕見宋‧周麟之《海陵集》卷二十二《跋先君講春秋序後》，《四庫全書‧集部‧別集類》（台北，商務）第一一四二冊，頁174。

諸郡之邸在京師者也。按郡國皆有邸，所以通奏報、待朝宿也。」〔註9〕從漢
有邸驛及注中所云「所以『通奏報』、『待朝宿』也」中，約略可以看出漢時各
郡國派駐京城的邸史，以邸報通奏各郡國，透過邸報的傳遞，瞭解朝廷大事及
皇帝交辦之事項。這就是「邸報」的由來，唯仍無法有出土文物可資佐證。

　　至於「邸報」二字，就文獻資料的記載來看，則是在唐朝才首次出
　　現。《全唐詩話·卷二》載：（韓翃）不得志，多居家。一日，夜將
　　半，客扣門急，賀曰：「員外除駕部郎中知制誥。」翃愕然曰：「誤
　　矣。」客曰：「邸報，制誥闕人，中書兩進名，不從，又請之，曰：
　　『與韓翃。』……。」〔註10〕

從上述引文可知，邸報是用來記錄朝廷大事及詔令章奏之用。唐代的邸報也
已發展至完備階段了。

　　至於現存之最早邸報，則爲於敦煌出土之張淮深《進奏院狀》〔註11〕，
就其內容而言，所記錄的仍不出官家大事。至於唐朝的邸報爲何稱作「進奏
院狀」呢？原因是唐代中葉以後，藩鎮割據，不聽中央行事，但仍派代表駐
於京師，京師的駐地即稱「進奏院」，因此《進奏院狀》是藩鎮與朝廷間互通
消息的工具。所以邸報的流傳尚未普及，由此可見一斑。

　　除了唐朝廷所用之《進奏院狀》外，另有一種層次較低的《開元雜報》。
據孫毓修《中國雕板源流考》云：

　　近代江陵楊氏藏《開元雜報》七葉（自注：《孫可之集》有《讀〈開
　　元雜報〉》文，當即此也。），云是唐人雕本，葉十三行，行十五字，
　　字大如錢，有邊線界欄，而無中縫，猶唐人寫本款式，作蝴蝶裝，
　　墨影漫漶，不甚可辨。〔註12〕

由此亦可看出唐時報紙的內容與形製外觀。由於邸報的運用，僅限於中央而
已，所以內容除官樣文章外，並無可供特別參考的，倒是邸報剛處於發展階
段，爲中國報刊史奠定了一個簡單的基礎。

〔註9〕　《西漢會要》卷六十六《邸》條，《叢書集成新編》（台北，新文豐）第二七
　　　　　冊，頁656。
〔註10〕宋·尤袤《全唐詩話》，《歷代詩話》（何文煥輯，台北，漢京，1983年）上冊，
　　　　　頁100。
〔註11〕該敦煌卷子之編號爲Ｓ1156號《進奏院狀》。
〔註12〕見孫毓修《中國雕板源流考》（台北，台灣商務印書館《人人文庫》本），
　　　　　頁2。

（二）宋代成熟期

宋代沿襲唐制，以邸報爲主，宋人稱之爲「進奏院狀報」。《宋史・曹輔傳》：

> 自政和後，帝多微行，乘小轎子，數内臣導從。置行行局，局中以
> 帝出日謂之有排當，次日未還，則傳旨稱瘡痍，不坐朝。始，民間
> 猶未知。及蔡京謝表有「輕車小輦，七賜臨幸」，自是邸報聞四方，
> 而臣僚阿順，莫敢言。〔註13〕

這是「邸報」首次見載於史傳的記錄，並由此可見宋代邸報流傳之廣。王安石
有詩作《讀鎮南邸報癸未四月作》一首〔註14〕，蘇軾有詩句云：「坐觀邸報談迁
叟，閒説滁山憶醉翁。」〔註15〕皆爲邸報之紀錄，亦透露出部分邸報的內容。

宋代除邸報外，另有一種「小報」。蓋邸報記國家中央大事，仍未排除官
報特色，而「小報」則專記一些內幕新聞與消息，開始有點報導的意味。宋・
周麟之《海陵集・論禁小報》即論及小報的傳播效率，他説：

> 方陛下頒詔旨，布命令，雷屬風飛之時，不無小人譸張之説，眩惑
> 群聽。……臣嘗究其然矣！此旨私得之小報。小報者，出於進奏院，
> 蓋邸吏輩爲之也。比年事有疑似，中外未知，邸吏必競以小紙書之，
> 飛報遠近，謂之「小報」。〔註16〕

可以見出小道傳播消息的迅速，是爲了搶時效。然而往往爲了搶時效，邸吏
們私下抄出傳布，並非合法，才遭致禁刊，所以「小報」常常用「新聞」作
爲掩飾。《朝野類要》云：

> 朝報，日出事宜也。每日門下後省編定請給事判報，方行下都進奏
> 院，報行天下。其有所謂內探、省探、衙探之類，皆衷私小報，率
> 有漏洩之禁，故隱而號之曰「新聞」。〔註17〕

這是第一次報紙和新聞的同時出現。也稍微看出已有跑新聞、搶頭條的味道，
似乎漸漸突破官方壟斷消息的情況，有私人「小道消息」的意味存在。

（三）明代至清末以前發展期

明初，仍如宋制，官報的發行，都由手寫而成。然宋代發明了活字版，

〔註13〕 《宋史・卷三五二・曾輔傳》（鼎文書局，1983年），頁11128。
〔註14〕 見《王臨川集》卷十六，（靈溪出版社，1980年），頁83。
〔註15〕 轉引自戈公振《中國報學史》，頁41。
〔註16〕 《海陵集》卷三，頁18。
〔註17〕 《朝野類要》卷四《朝報》條，《四庫全書》第八五四冊(台北，商務)，頁129。

使邸報可以用活字版印刷，於是報刊發展進入了成熟階段。顧炎武云：

> 竊意此番纂述，止可以邸報為本，粗具草稿，以待後人，如劉昫之
> 《舊唐書》是也。憶昔時邸報，至崇禎十一年方有活版，自此以前，
> 并是寫本。〔註18〕

這是明朝邸報異於前代的地方，不過從顧炎武的話看來，邸報以活字版印刷也已經接近明朝末年了。而且為了改進宋代小報「新聞」滿天飛的狀況，明代特別規定了邸報印行之法，「非奉旨，邸報不許傳抄」〔註19〕，違者處刑，以防止邸吏私下傳抄邸報而時有疏誤之弊，並杜絕訛傳，洩漏機密。

清代因設軍機處，總攬機要。所以朝廷的消息傳布，完全由軍機處統一管理、發佈。邸報之名稱，已逐漸為「京報」所替代。因為消息傳發，全由軍機處統一管理，異於以往由各省駐京邸驛傳發之慣例，有高度的集中性，清代成為官報最興盛時期。

京報刊載內容有一特色：首載宮門抄，次上諭，又次奏摺。頗類似現在報紙之「新聞標題」。本來京報皆由內閣發行，由於乾隆時曾出現傳刊偽稿的事件〔註20〕，所以發鈔新聞由公報房統一發印。

程、高刻本《紅樓夢》第九十九回「守官箴惡奴同破例，閱邸報老舅自擔驚」，主要描述賈政見一本邸報記載其外甥薛蟠酒店飲酒，誤傷店小二致死事。邸報所述之事尚未完結，已令賈政擔心害怕往後官府認真查起事情緣由，恐連累自己。由《紅樓夢》中的記載，可以看出清朝時邸報篇制內容頗為浩大，往往一本邸報，一件事未能完全刊載，而須分數本刊完，卻又不連續，有此而無彼，難以想像其效力如何了！

綜上而言，晚清以前的報刊，僅具有公告周知的效用而已，刊載的內容，流通的地方，僅限於各級官府，全然無關百姓民生。這種狀況，直到晚清時才加以改進擴大至一般平民百姓。唐代孫可之曾對官報（「邸報」）感慨系之：

> 及來長安，日見條報朝廷事，徒曰「今日除某官」、「明日授某官」、「今
> 日幸於某」、「明日畋於某」，誠不類數十幅書。樵恨生不為太平男子，
> 及睹開元中事，如奮臂出其間，因取其書帛而漫志其末。〔註21〕

〔註18〕 清·顧炎武《亭林文集》卷三《與公肅甥書》（台北，世界，出版時不詳），頁58。

〔註19〕 《明史·卷二五三·王應熊傳》（台北，鼎文書局，1982年），頁6531。

〔註20〕 詳細內容，參見戈公振《中國報學史》第二章第十二節。

〔註21〕 唐·孫可之《孫可之文集》卷十《讀開元雜報》，《四部叢刊廣編》第三三冊

這種記流水帳，互通消息的報紙，確實令人失望。「章奏既得旨，諸司抄出奉行，亦互相傳報，使知朝政」〔註 22〕的官方報紙，儘管起源甚早，然而進步的情況，卻微乎其微。

第二節　晚清報刊興盛的原因及其發展概況

一、晚清報刊興盛的原因

　　晚清時，因時代環境劇變，中國的報刊才得以有蓬勃發展的機會。中國以往以天朝自居，直到晚清時，才改變了這種封閉心態。西洋列強的瓜分，使得各方籌思救亡圖存之道，希望「以夷制夷」，因此中西間的交流變得較以往頻繁。在這種情況下，西方的報刊及報學思想，在「船堅砲利」的武力侵略為後盾下，隨著傳教士的深入中國各地，改變了晚清時期的報刊面貌。英人傳教士李提摩太即曾建言清廷，創辦報館，以推行新政。他說：

> 欲強國必先富民，欲富民必須變法，中國苟行新政，可以立致富強，
> 而欲使中國官民皆知新政之益，非廣行日報不為功，非得通達時務
> 之人，主持報事，以開耳目，則行之者一泥之者百矣。其何以速濟，
> 則報館其首務也。〔註 23〕

既然晚清時欲變法推行新政，學習新知，報刊的提倡是最有效利器，加上西洋傳教士倡導、銳意改革之士推動及其它諸多因素的配合，晚清報刊才得以蓬勃發展起來。茲就其興盛原因分述如下：

（一）時代環境的急遽變化：

　　晚清時，由於內亂時起，各地動盪頻傳；外患更無時或減。戰禍頻仍，使得社會瀰漫不安情緒，清廷為了掩飾戰況，控制消息，往往經由其發行的官報發布不實新聞，使民眾無法了解實情及清廷與各國訂約條文內容。但是百姓人民在避禍之餘，更需要了解社會實況，為此各地方紛紛自行發行報紙，宣傳「新聞」，以滿足大眾的求知慾。當時不僅開發較早的城市及通商口岸皆有報紙發行，甚至連深處內陸的貴州亦見自辦的報紙〔註 24〕。可見當時社會環境的急速

　　（台北，商務），頁 23。
〔註 22〕《典故紀聞》卷十五（台北，大立，1985 年），頁 275。
〔註 23〕李提摩太《新政策》，轉引自戈公振《中國報學史》，頁 57。
〔註 24〕如當時遠在西南邊陲的貴州，亦有報紙發行。據戈公振《中國報學史》頁 149，

變化，帶動新興城市的興起，促使各地的報業因時代之需要而產生。就張玉法《近代中國書報錄》一文〔註25〕所刊載的書報目錄分析，筆者發現晚清的書報具有以下兩大特點：第一，晚清報刊發達的時間有二，一在戊戌變法前後，一在光緒三十年左右的革命成熟時期。由此可以看出晚清報刊的發達，與政治有非常密切的關係，也就是時代急遽變化，促使報刊的興盛；第二，晚清的報刊分佈區域，雖然遍佈各地，然以長江中下游及北京一帶為最盛，顯示晚清的報刊和晚清的社會、經濟有互動之關係，也指出晚清報刊與時代的關係。

（二）西風東漸，外人的提倡：

清廷的腐敗懦弱，列強要求開放的通商口岸增加，使外國人得以在各通商口岸經商，西方強勢文化，亦隨著傳教士深入內地傳教而傳播得更為深遠。基督教以強大的組織人力和優勢文化，以教會名義發行報刊，宣傳教義，漸漸地被中國人民接受，所以報刊就逐漸地發展開來。從中國報業發展史上觀察，中國由官報過渡到民報的過程中，傳教士及教會的報刊，扮演了承先啟後的角色〔註26〕。儘管外國人辦的報刊代表外國人的觀點看法，不過外人辦的報紙，對國人有重要的啟發性，是為促使中國報學發展的主因。是以戈公振嘗言：「我國現代報紙之產生，均出自外人之手」〔註27〕。

（三）知識份子作為銳意改革的工具

中日甲午戰爭後，清廷戰敗使中國的知識份子真正地覺醒，認為唯有改革，勵精圖治，才能力挽狂瀾於既倒。不僅知識份子如此，當時在朝之明智官員亦深覺報刊的功用極大，如張之洞、黃遵憲等人，更進一步出錢出力鼓勵出版事業，籌辦報刊。李澤厚云：「改革文化教育一直是改良派變法思想的重要部份。他們並首先在這方面進行了一些宣傳實踐活動。」〔註28〕因此，各地民報勃興，報紙如雨後春筍般的興盛起來，而且興辦報刊成了知識份子宣傳改革的必備利器。不論是改良派或革命派，都發現報刊的傳播優勢，紛紛創辦報刊，以宣揚各自的主張。

載貴州有《西南日報》發行。
〔註25〕張玉法《近代中國書報錄》（上、中、下）《新聞學研究》第七、八、九期（1971年5月、11月及1972年5月出版）。
〔註26〕詳參見戈公振《中國報學史》第三章。
〔註27〕見戈公振《中國報學史》，頁87。
〔註28〕李澤厚《中國近代思想史論》（北京人民，1986年），頁85。

（四）印刷事業的發達

印刷機器的改進，是報刊發達的先決條件。晚清時期由於印刷機器的改良與印刷方法的進步，大大改善了印刷的品質與速度，使報刊成為流行商品之一，且報刊可以快速而大量的生產並分發各地〔註29〕。阿英《晚清小說史》中談到晚清小說空前繁榮的原因亦云：「當然是由於印刷事業的發達，沒有前此那樣刻書的困難；由於新聞事業的發達，在應用上需要多量產生。」〔註30〕因此印刷事業的發達，促進了報刊事業的發達。

（五）租界的形成

清廷自鴉片戰爭失敗後，不僅以巨額賠款求和，還割讓土地或成立租界，這些地方成了清廷的法律死角，治安的漏洞。由於通商口岸的開放與租界形成，使得都市擴展，並形成新興市民階級，刺激了經濟的消費。租界更成為多數辦報者的最佳避難場所。因此一旦以報刊抨擊清廷，為了逃避清廷的捉拿，報刊的負責人即至租界避難，租界各國多秉持言論自由而加以保護，儼然成為報刊經營者的護身符，促成了報刊的蓬勃發展。章太炎先生即曾因《蘇報》案而遭清廷通緝逮捕，經各國聲援，始由死罪改判有期徒刑，後轉往日本辦報〔註31〕。晚清小說理論的提倡者梁啓超亦有同樣之遭遇。

（六）教育制度的更張

清末以前，由於報紙為官方壟斷，且一般民眾的知識水準有限，所以報紙的發行，一直以官場中人為主要對象。據張玉法《晚清的歷史動向及其與小說發展的關係》一文〔註32〕說法，由於晚清教育制度的更改，於光緒二十七年（西元一九○一年）廢科舉、八股，成立新式學堂，並開放留學，使得教育水準提高，並因而產生一個新知識階層，促進了文化事業的發達。是以教育制度的更張與普及，間接促使新聞報刊的發達。而出國留學的人，親身目睹外國之所以進步的背後動力，於是回國後，往往創辦報紙來鼓吹新思想，宣傳革命，使報刊更是蓬勃發展起來。

〔註29〕印刷方式及印刷機器的改良，可以參見賀聖鼐《三十五年來中國之印刷術》一文。《中國近代出版史料初編》（張靜廬輯，北京中華，1957年），頁257。

〔註30〕見阿英《晚清小說史》第一章（台北，天宇出版社，1988年），頁1。

〔註31〕詳見戈公振《中國報學史》第四章第五節。

〔註32〕張玉法《晚清的歷史動向及其小說發展的關係》一文，原載國立政治大學中研所主編之《漢學論文集》第三集《晚清小說討論會專號》（台北，文史哲，1973年），後又收錄於林明德編《晚清小說研究》（台北，聯經，1988年）。

（七）報刊內容吸引人

王爾敏於《中國近代知識普及運動與通俗文學之興起》〔註33〕文中指出：晚清知識普及運動中，以開通民智與知識普及，是為通俗文學興起因素之一，而欲開啓民智並使知識普及，必得推廣通俗文學。報刊既為宣傳新學新知，喚起民眾，必得以通俗淺近的白話文字作為宣傳，此一白話通俗文學，又以白話通俗小說最為適合，因此，晚清報刊經常為增加銷售量，常在新聞中附送白話通俗小說夾報，來吸引讀者。當時這種情況甚多，阿英《晚清文藝報刊述略》中即收錄三十二種小報，皆刊載小說。由這種情況來看，小說刊載對於報刊的銷售量有著極大的影響力，所以各報無不竭盡所能地開闢專欄來登載小說，甚至不是文藝專刊的報紙，亦以能夠登載小說為樂事。造成了各報無不以精彩小說內容來吸引讀者，增加銷售量。

二、晚清時期的報刊發展概述

與晚清以前出版的報刊比較，晚清的報刊有著極大的進步與發展。一則是數量上的表現，晚清的報刊數量甚多，根據張玉法《近代中國書報錄》一文，筆者統計其中所載之報刊目錄，中國自嘉慶二十年（西元 1815 年）至民國二年（西元 1912 年）見載的報刊有一千二百一十五種之多。換言之，在這將近一百年的歷史發展中，平均每年所發行的報刊約有一百多種左右，所以晚清的報刊數量激增，在中國報刊發展史上取得重要地位。二則是質量的表現，晚清報刊的內容，已不像過去的報刊，僅刊載宮廷大事。晚清的報刊登載的內容五花八門，呈現多樣性變化，讓晚清的消費者有更多的選擇，挑選適合自己的報刊，而且印刷技術也較以前進步，提升晚清報刊的質量水準。所以由以上敘述來看，晚清時期的報刊表現，均比以往各朝代有長足的進步。

綜觀晚清的報刊發展，可以分為外報時期與民報時期。嚴格的說，晚清的報刊，很難截然區分出外報或民報的發展分水嶺，因為二者雖有發展的先後，然而卻互相重疊交錯並行的。最大的區別是外報為西洋人所辦的洋文報刊，而民報則是國人自資或自辦的。

我國報刊現代化的生產，成為商品的一種，得自晚清才正式開始。晚清報刊事業的發展，不得不歸功於洋人的提倡與實行，帶動報刊的蓬勃發展，

〔註33〕王爾敏《中國近代知識普及運動與通俗文學之興起》，《中華民國初期歷史研究會（1912～1927）論文集》下冊（中研院近史所），頁 921～989。

洋人推展報刊實功不可沒。特別是傳教士以教會力量，藉由教會報刊傳播教義福音，奠定報刊發展基礎，晚清的報刊就是在上述背景下興盛起來。張召奎說：

> 鴉片戰爭之後，西方傳教士和商人大批來華，爭奪新聞出版陣地。他們的目的，主要是宣傳宗教，並誇耀西方資產階級的科學技術成就，以引起中國人民對西方的崇拜。〔註34〕

說明了傳教士對中國報刊的現代化，起著催化的作用。傳教士在西方「船堅砲利」的掩護下，深入中國各地宣傳教義。為推廣教義，他們利用了較進步的印刷機器，出版《聖經》及教會刊物，廣為散發流傳，這些教會的宣傳刊物，就成了晚清報刊的前身。因為傳教士的「宣傳宗教」，商人的「誇耀科學技術成就」，間接促使報刊在晚清出現發展的契機。

（一）外報時期

1、中文期刊雜誌

在中文期刊雜誌方面，發行最早的是《察世俗每月統紀傳》（Chinese Monthly Magazine），創刊於嘉慶二十年（西元 1815 年），出版於馬六甲。這一刊物是鴉片戰爭以前所發行的雜誌，而且不是在中國境內發行。

真正出版發行於中國境內的是《東西洋考每月統紀傳》（Eastern Western Monthly Magazine），發刊於道光十三年（西元 1833 年），在廣東出版。刊載的內容則以「宗教、政治、科學商業與雜俎等」為主。〔註35〕

晚清以後發行的則有《遐邇貫珍》、《中外新報》、《六合叢談》等。創刊時間分別是咸豐三年、四年及七年（西元 1853、54、57 年）。《中國近代期刊篇目彙錄》一書〔註36〕，即由《六合叢談》月刊開始收錄。

2、中文報紙

中文報紙現代化和中文期刊一樣，首先由外人發端，多為洋人所創辦的報紙中文版。所謂「中文版」，說明了那是由洋文報紙翻譯成中文而成的報紙。我國近代報紙最早的一種是香港《孖剌報》的中文版《中外新報》。該報是受伍廷芳建議而增刊的中文式報紙，發行於咸豐八年（西元 1858 年），原為兩

〔註34〕見張召奎《中國出版史概要》（山西人民，1985 年），頁 182。

〔註35〕以上引文引自戈公振《中國報學史》第三章。

〔註36〕《中國近代期刊篇目彙錄》（上海人民，1980 年），上海圖書館編。全書分三卷，第二卷分上、中、下；第三卷又分上、下，所以共有六冊。

日刊，後改爲日刊。其他如《華字日報》、《上海新報》等，亦爲洋報的中文版〔註37〕。再如《申報》，爲我國發行最久及最具規模的報紙，原爲英人美察所創辦，後來才轉讓於華人經營，成爲國人自營的報紙。

（二）民報時期

中國近代報刊的發展初期，受外人影響與控制甚深，幾乎全無中國人的觀點與意見。中國報刊的發展，唯有等待國人覺醒投入報刊編輯的行列，才有更進一步之發展。

所謂「民報」，係指相對於外報及中國早期之「官報」而言，它有一特點，民報爲國人自資經營發行者。晚清時期，中國報業開始發展，雖然外人居功甚偉，然而外人之發行報刊，一部分爲了傳教，但絕大部分卻都是爲了追求商業利益而從事此一出版新聞事業。外人所辦的報刊，多數以外國人的觀點來描述新聞事件，容易誤導國人視聽。因此中國報業的興盛，得自國人自辦經營的報刊開始，有了新的氣象及自己的觀點看法，報刊才眞正深入每一人之生活中。

1、期刊雜誌

中國人自己創辦的期刊雜誌，若從光緒二十一年（西元 1895 年）強學會出版的《中外紀聞》開始算起，直到民國元年發刊的《新紀元》止，大約有二百三十八種之多〔註38〕。由此一數據，可以想見晚清當時報業盛況，報刊的發行，成爲一股流行潮流。若以文學期刊統計，則近代最早的文學期刊爲《瀛寰瑣記》，出現於同治十一年（西元 1872 年）〔註39〕，那麼中國人自辦的期刊雜誌，又可再往前推溯二十餘年了。

在這兩百餘種期刊雜誌中，以《東方雜誌》出版壽命最長，該刊由上海商務印書館出版於光緒三十年（西元 1904 年），至一九四八年停刊，計有四十五年之久。其餘各類型期刊雜誌，以晚清之特殊社會背景，多以介紹新學及新知爲主，如《時務報》、《湘學新報》、《清議報》等皆是以此作爲訴求重點，用來喚起民眾並教化民眾。

在這些大大小小的期刊雜誌中，專載小說作品的文學期刊（或可稱之爲

〔註37〕如：《華字日報》爲《德臣報》之中文版；《上海新報》爲《字林報》的中文版。晚清剛開始發展的中文報刊，多是由外文報刊的增刊或翻譯而成的。
〔註38〕見張召奎《中國出版史概要》，頁209。
〔註39〕見阿英《晚清文藝報刊述略》，頁7。

小説雜誌），最具特色也是報刊新的內容形式。在中國文學史上，是第一次以文學型式與新聞報刊做結合。對於近代的小説產生及小説表現形式，產生很大的影響（詳見第六章論述）。根據阿英《晚清文藝報刊述略》中所載資料，這類小説文學期刊共有二十九種〔註40〕。

2、自資自辦的報紙

當報紙出版成爲普及的商品後，國人自資自辦的報紙，在各地迅速發展開來，蔚爲風潮。第一份由國人創辦發行的報紙爲《昭文新報》，由艾小梅創辦於同治十二年（西元 1873 年）〔註41〕，在漢口發行。其後各類型的報紙如雨後春筍般紛紛蔚起，風行全國各地。當時這些報紙除了登載新聞、廣告之外，多連載小説或以附印贈送方式刊行小説，形成了我國報紙的副刊特色——附刊文學（特別是小説）作品。

在各類型報紙中，最引人注目的要屬小報了。李伯元《游戲報》即爲小報界的創始者。這些小報多屬「消閑」之用，載有大量勾欄、風月之事，有「花報時期」之稱〔註42〕。阿英《晚清文藝報刊述略》中共收錄有二十六種之多，可見晚清的小報，在當時是一種頗受歡迎的報紙類型。

中國近代的報刊興盛蓬勃，洋人引進新的技術、新的報學觀念並廣爲推行，實有倡導之功。但主要是因爲時勢與社會環境的配合發展，才使得新面貌的報刊問世，中國的報刊得以改進缺失。甲午戰敗於日本，不論是改良派立憲運動或革命派的革命運動興起，都是爲了鼓吹新知新學及要求政治上的認同，在當時爲此而創辦的報刊不在少數，所以才有所謂的改良派報刊及革命派報刊的分野與對壘。因爲主張的理念想法的不同而表現在報刊上的內容，即有相當大的差距。晚清報刊的長足進步，與當時的社會環境、政治情勢有密切的關係，而且在一定程度上，又與當時小説的發表刊載在報刊上，有互動的影響關係存在。

繼之而起對報刊有所影響的，是各報紛紛以登載小説（尤其是政治小説）爲其主要內容，發展了新的報刊類型與特色，使報刊更形發達，也使得報刊成爲一種商品，深深影響著十九世紀的文壇，使小説的表現方式，有著不同

〔註40〕此數據乃就阿英《晚清文藝報刊述略》一書內容統計。若就胡繼武所整理之《晚清文藝期刊簡目》統計，則有三十二種之多。二目所載大同小異，請參閱本文第五章第三節表八之說明部份。

〔註41〕見戈公振《中國報學史》，頁 145。

〔註42〕阿英語。參見第二章附註 32。

以往的情形發生。晚清的小說大量出現，實因晚清報刊的登載小說有關；晚清報刊的興盛繁榮，則因報刊多登有小說，加強讀者消費購買報刊的意願，二者相得益彰。這點留待第六章時再予討論。

第五章　李伯元的報刊研究

第一節　李伯元的報刊概述

李伯元參與編輯或創辦的報刊有《指南報》、《游戲報》、《世界繁華報》、《海上文社日報》、《繡像小說》半月刊等。簡介如下：

（一）《指南報》

創刊於光緒二十二年四月二十五日（西元 1896 年 6 月 6 日），終刊時間不詳。日刊。據梁啓超《中國各報佚存表》載「《指南報》已佚」〔註1〕，表示在一九○一年時，《指南報》可能已經停刊。《指南報》館址設於上海英租界大馬路東首。

一般人多以爲《指南報》爲李伯元所創辦，但李伯元初來上海，應僅入《指南報》參與編務，實非《指南報》的創辦者，因爲：第一，由李伯元致金湛生函〔註2〕中言：丙申重九（西元 1896 年 10 月 15 日）仍在常州，所以李伯元不可能創辦《指南報》。第二，劉文昭《李伯元瓜豆園雅集》中指出李伯元在《指南報》僅擔任編撰工作〔註3〕。第三，與李伯元同時之友朋，如吳趼人、周桂

〔註1〕 梁啓超《中國各報佚存表》（《清議報》第一百冊），《清議報全編》，頁118～127。

〔註2〕 李伯元《致金湛生》函（1896 年 10 月 15 日），《研究資料》，頁44。

〔註3〕 劉文昭《李伯元瓜豆園雅集》（原載香港《大公報》，1962 年 10 月 15 日），轉引自《研究資料》（頁 59），云：李伯元的文學活動開始於 1896 年到上海之後，他先在《指南報》擔任編撰工作，第二年（1897 年）五月就自己創辦《游戲報》，這是上海出現的第一份小報。

笙、包天笑等人，均未提及李伯元創設《指南報》之事。第四，時萌指出李伯元的辦報初衷與《游戲報》大旨完全吻合，而與《指南報》的風格風馬牛不相及〔註4〕。由上述諸點敘述可知，李伯元在《指南報》的工作，僅止於編撰工作而已，而且在《指南報》的時間不到一年，即自辦《游戲報》去了。

（二）《游戲報》

創刊於光緒二十三年五月二十五日（西元 1897 年 6 月 24 日），終刊時間不詳，目前已知刊行至宣統二年，約有五千號。館址設於上海四馬路惠福里。日刊。售價五文，後六文，最後漲至七文。

《游戲報》為上海小報之首創，開消閒報之風氣，其後效法模仿其體例者甚多。告白曾云「以詼諧之筆，寫游戲之文」〔註5〕，為《游戲報》之內容特色。「不得不假游戲之說，以隱寓勸懲」〔註6〕，「本館命名游戲，不混淆黑白，不議論是非，語涉詼諧，意存懲勸」〔註7〕，從這些告白說明可以看出《游戲報》的內容大概。

《游戲報》共四版，內容為「逐日分類，大體首列一文，以下就連排趣味性的新聞，末附詩詞、雜著，日約五千言。」〔註8〕反面則為廣告，用中國紙，單面印。

由於《游戲報》一出，造成轟動，此後上海小報蔚起，紛紛仿效《游戲報》之體製，而日趨下流，成為上海「花報」最盛行的時期。李伯元乃毅然決然的將《游戲報》頂讓於他人，故在《游戲報》約有三年的時間。

（三）《海上文社日報》

創刊於光緒二十六年三月（西元 1900 年 4 月），為李伯元組織的文藝社團「海上文社」的附屬報刊。日刊。《海上文社日報》館設上海大馬路億鑫里。油光紙，單面印，每張售錢四文。

《海上文社日報》的內容分為社說、社榜、社談、談藪、筆記、雜著、藝苑等，頗符合其文社組織的目的，使得「海內人才，一時畢集」。

〔註4〕見時萌《李伯元年譜》，《清末小說研究》（清末小說研究會編，1986 年），頁 93。
〔註5〕《游戲報·告白》，轉引自阿英《晚清文藝報刊述略》，頁 58。
〔註6〕李伯元《論〈游戲報〉之本意》（《游戲報》第六三號，1897 年 8 月 25 日），《研究資料》，頁 453。
〔註7〕李伯元《論本報（按：指《游戲報》）之不合時宜》（《游戲報》第一四九號，1987 年 11 月 19 日），《研究資料》，頁 454。
〔註8〕見阿英《晚清文藝報刊述略》，頁 58。

（四）《世界繁華報》

《世界繁華報》又簡稱爲《繁華報》，日刊。創刊於光緒二十七年三月十九日（西元 1901 年 4 月 7 日）。李伯元因當時效法《游戲報》者眾，乃別創《繁華報》，另立別裁而獨樹一幟，使得「一紙風行，千言日試」〔註 9〕。停刊於西元一九一○年三月十三日，距李伯元逝世已有四年了。《世界繁華報》館址設於上海大馬路泥城橋東億鑫里，與《海上文社日報》同址。日刊一張，售價爲七文，旋改八文，後漲至一分。

《世界繁華報》的內容，約分爲諷林、藝文志、野史、官箴、北里志、鼓吹錄、時事嬉談、譚叢、小說論著等類。李伯元《官場現形記》、《海天鴻雪記》、《庚子國變彈詞》及吳趼人《糊塗世界》都刊載在這份報刊上〔註 10〕。從內容上看，《世界繁華報》是屬於消閒性質的小型報。除了刊載一些文藝作品外，還刊登廣告。事實上《世界繁華報》的風格仍如《游戲報》一樣，以嬉笑怒罵之文，來諷喻時事。

（五）《繡像小說》

《繡像小說》，半月刊，爲晚清時最大的出版機構——商務印書館所發行的文藝期刊。以晚清時商務的強大出版能力，刊載流行的小說，造就了《繡像小說》在晚清報刊的地位，也使它成爲晚清刊行最久的文藝報刊〔註 11〕。

《繡像小說》創刊於光緒二十九年癸卯五月（西元 1903 年），終刊於光緒三十二年（西元 1906 年），因李伯元病逝而停刊，共發行七十二期〔註 12〕。

《繡像小說》素有「晚清小說的寶庫」的稱號〔註 13〕。原因無他，因爲《繡像小說》以刊載小說爲主，全部的小說（含戲曲、傳奇、彈詞等）佔刊

〔註 9〕周桂笙《書繁華獄》（原載《新庵筆記》卷三），《研究資料》，頁 12。
〔註 10〕以上有關《繁華報》的概況，俱參考自阿英《晚清文藝報刊述略》，頁 55～57。
〔註 11〕晚清的文藝報刊，一般而言壽命都很短，維持不易，這是晚清報刊的特色之一。但是李伯元的《繡像小說》卻刊載了三年七十二期，才因李伯元病逝而停刊，在晚清屬少見的特例。
〔註 12〕關於《繡像小說》終刊的問題，一般都以爲一直連續發行七十二期，因李伯元病逝而停刊。然張純卻有不同的看法，他認爲《繡像小說》停刊的日期，應該再往後延，因爲《繡像小說》並非一直連續不斷的出版，中間最少中斷過兩次；而且《繡像小說》所登載的小說，描寫的事件與該期出版日期相對照後，發現有一些是記載未來才發生的事，而且事件經過非常清楚吻合，所以張純以爲《繡像小說》最早應在 1907 年 9 月以後才停刊。詳見張純《關於〈繡像小說〉半月刊的終刊時間》一文（《徐州師範學院學報》，1986 年第二期，頁 109～110）。
〔註 13〕張召奎語。見《中國出版史概要》，頁 212。

載的內容九成左右，且刊登的小說爲當時作品中的佼佼者。包括《文明小史》、《活地獄》、《醒世緣彈詞》、《前本經國美談新戲》、《老殘游記》、《泰西歷史演義》、《鄰女語》、《負曝閒談》、《市聲》、《掃迷帚》等多部創作小說；《天方夜譚》、《華生包探案》、《回頭看》等翻譯小說及短篇雜記；另有別士《小說原理》及《時調唱歌》數首，刊載的內容相當充實。

　　《繡像小說》的封面有兩種：一種是第一期至第八期的封面，以牡丹花爲主題；一種是第九期以後，都採用孔雀爲封面，直到停刊〔註14〕。

　　由於《繡像小說》未如後來之《月月小說》或《小說林》一樣，於每期之版權頁上注明編輯人，引起大家對於主要編輯者的身分而爭論不休。直到許國良、方山提出新的最可靠證據，才證明李伯元是《繡像小說》的主要司事人〔註15〕。

第二節　李伯元的報刊消費探討

　　晚清時期一個商品化的文藝作品的整個流程是這樣的：自作家創作小說開始，以報刊作爲傳播媒介，讀者消費閱讀爲最終極目的，才算整個完成文藝活動。由文藝生產、傳播到消費是整個文學研究過程重點之一。文藝消費

〔註14〕《繡像小說》的封面，有兩種圖案，見《研究資料》，圖版頁17。魏紹昌在《研究資料》中說明前八期封面是牡丹圖案，第九期以後的封面全部改爲孔雀開屏。然據畢樹棠《〈繡像小說〉》一文，則認爲《繡像小說》自第二期即已改換孔雀爲封面了，但筆者所見之《繡像小說》（上海書店，1980年重印本），封面自始至終，皆以孔雀爲封面，未曾有過任何改動，實情則當待進一步考察。

〔註15〕《繡像小說》的編輯者，雖然一般都認爲是李伯元，但是一直找不到可靠的證據證明，所以也有一些人認爲《繡像小說》的編輯者，另有其人，未有定論。直到方山找出一份1905年4月上海郵政局關於上海各報刊的調查摘要，才確定是李伯元。該摘要有關《繡像小說》條資料如下：

　　　　報紙名目：繡像小說
　　　　號　　數：二十號
　　　　司事人姓名：李伯元
　　　　出印地方：上海北河南路
　　　　每次出印張數：每次發行三千本
　　　　掛號日期：二月初十日

由於這一資料證實，李伯元確是《繡像小說》的編輯者，因爲同一摘要中的《游戲報》、《世界繁華報》所記載的司事人也是李伯元，司事人也就是編輯人，至此，《繡像小說》的編輯人問題，才告一段落。詳見《關於〈繡像小說〉編者問題的討論》專題（《出版史料》第五期，1986年，頁143～152）。

的問題，也是文藝生產中重要的一環。尤其是在晚清時期，小說成為商品化的文藝產品，商業化下的小說，多先在報刊連載，因此報刊的銷售量的多寡，也就或多或少的代表此一小說所受到的歡迎程度是如何。

晚清報刊銷售數量既是如此的重要，然而因晚清當時出版事業才剛起步，所以各報刊均未曾確實的統計過報刊銷售數量，而晚清報刊在當時也未重視此一數據記載，所以未能有詳細記錄保存下來。另一方面，依據晚清有銷售記錄的報刊所留下來的銷售數據作觀察，確實有許多報刊將銷售數量灌水，使得實際銷售數字難以獲取可靠的結果。陳平原曾根據一些資料文獻，概略統計了八種報刊的發行數量，可作為晚清的報刊發行參考數字，特轉錄於下（表三），以供參考〔註16〕。

表三：中國早期主要報刊發行量統計表

雜誌名稱	出版地點	主編主筆	雜誌形式	創刊時間	終刊時間	卷數冊數號數期數	最低印數	最高印數	資料來源
萬國公報（Chinese Globe Magazine）	上海	林樂知	周刊月刊	1874.9	1907.12	周刊450月刊227	1,800	54,396	（1）
時務報（The Chinese Progress）	上海	梁啓超麥孟華章炳麟	旬刊	1896.8	1898.8	69	4,000	17,000	（2）
新民叢報（Sein Min Choong Bou）	日本橫濱	梁啓超	半月刊	1902.2	1907.11	96	4,000	14,000	（3）
民報（The Minpao Magazine）	日本東京	張繼章炳麟陶成章	月刊	1905.11	1910.2	26	6,000	17,000	（4）
禮拜六（The Saturday）	上海	王鈍根	周刊	1914.6	1916.4	100	（不詳）	20,000	（5）
新青年（青年雜誌）(La Jeuness)	上海北京	陳獨秀	月刊	1915.9	1921.7	54	1,000	16,000	（6）
小說月報（The Sort Story Magazine）	上海	王西神等（前）沈雁冰等（後）	月刊	1920.8	1931.12	（前期）126（後期）264	2,000	10,000	（7）
創造周報	上海	郁達夫郭沫若成仿吾	周刊	1923.5	1924	52	3,000	6,000	（8）

〔註16〕此表轉錄自陳平原《中國小說敘事模式的轉變》，頁275。

＊原資料説明：

（1）方漢奇《中國近代報刊史》（山西人民出版社，1981 年）上冊 29 頁提到：《萬國公報》剛創刊，「人鮮顧問，往往隨處分贈」，後銷數逐年增加，由一八七六年的 1,800 份，發展到一九○三年的 54,396 份，成爲當時中國發行量最大的刊物。

（2）據方漢奇《中國近代報刊史》上冊 83 頁。另外，一八九七年九月十七日出版的《時務報》第 39 冊刊《時務報館啓事》云：「報館創設，倏逾一載，肇始之始，惟懼底滯，賴大府獎許，同志扶掖，傳播至萬二千通，揆諸始願，實非所期。」一九○一年出版的《清議報》第 100 期刊梁啓超《〈清議報〉一百冊祝辭並論報館之責任及本館之經歷》云：「甲午挫後，《時務報》起，一時風靡海內，數月之間，銷行至萬餘份，爲中國有報以來所未有，舉國趨之，如飲狂泉。」

（3）一九○二年四月梁啓超致康有爲信談及《新民叢報》出版事宜：「現銷場之旺，眞不可思議，每月增加一千，現已近五千矣。」一九○六年三月一日《申報》刊上海《新民叢報》支店廣告云：「本報開辦數載，久爲士大夫所稱許，故銷售至一萬四千餘份。現第四年第一期報已到，定閱者爭先恐後，此誠民智進步之徵也。」

（4）方漢奇《中國近代報刊史》下冊 386 頁談《民報》創刊號先後印刷六次，發行達六千份。一九○六年九月三日《復報》刊《民報》廣告云：「（《民報》）創於去冬，茲已發行至第七號，適遇餘杭章炳麟枚叔先生出獄至東京，遂任爲本報總編輯人，報事益展，銷行至萬七千餘份。」

（5）《禮拜六》46 期（1915 年 4 月 17 日）刊天虛我生四絶句，題爲《鈍根劍秋編禮拜六周刊小説將滿五十期矣風行海內每期達二萬冊以上……》。另外，周瘦鵑《禮拜六舊話》（1928 年 8 月 25 日《禮拜六》〔《工商新聞》副刊〕271 期）也説：「……出版以後，居然轟動一時，第一期銷數達二萬以上。」張靜廬《在出版界二十年》（上海雜誌公司，一九三八年）36 頁則説：《禮拜六》六十期前暢銷，「確有幾期銷過一二萬本以上的」。

（6）張靜廬輯注《中國近代出版史料二編》（中華書局，一九五七年）315～316 頁引汪孟郵述《新青年》出版事宜：「出版後，銷售甚少，連贈送交換在內，期印一千份；至民國六年銷數漸增，最高額達一萬五六千份。」

（7）茅盾《革新〈小説月報〉的前後》（《新文學史料》第三輯，一九七九年）説：一九二○年「《小説月報》的銷數步步下降，到第十號時，只印二千冊。」「改組的《小説月報》第一期印了五千冊，馬上銷完，各處分館紛紛來電要求下期多發，於是第二期印了七千，到第一卷末期，已印一萬。」

（8）據于昀《郁達夫與創造社》，《新文學史料》第五輯，一九七九年。

雖然以上各報銷售數字，都還算不錯。然而在晚清時期，要維持一家報館並非易事，梁啓超即嘗言：

（報館）大抵以資本不足，閲一年數月而閉歇者，十之七八。〔註17〕

雖然晚清時期報刊發達，讀者不斷增加，然因風氣剛開，報刊的壽命自然無法維持很久，而且辦報需要資金經費，非僅依靠個人的能力或財力即可辦成，

〔註17〕梁啓超《本館第一百冊祝辭並論報館之責任及本館之經歷》，《清議報全編》，頁7。

所以常常因經費或稿源不足，而不易持久，經常出現只發行一、二期即行停刊，所以報刊的銷售量，左右著該刊存續久暫的關鍵。

影響晚清報刊的銷售多寡的另一因素是報刊的內容，晚清報刊經常登載小說，報刊登載的小說是否受讀者歡迎而購買，也足以影響報刊的銷售情形及報刊存續與否的關鍵。李伯元所辦的報刊很多，然亦沒有為其所主持編務的報刊留下任何銷售數據，不過從其首創《游戲報》後，洛陽紙貴的情形及後來許多人所辦的報刊，皆以《游戲報》為模仿對象看來，李伯元的報刊，銷售量應該很好。而且李伯元以傑出報刊編輯而揚名上海，最後為商務印書館所聘，編輯《繡像小說》，可以想見李伯元頗能掌握讀者閱讀習性，對於報刊的編輯，有特殊獨到之看法，所以很能吸引讀者注意而購買。

再從商務印書館來看，商務印書館是晚清當時最大的發行印書機構，是晚清最大的發行所。據陸費逵《六十年來中國之出版業與印刷業》一文指出：

> 書業的營業，在前清末年，大約每年不過四五百萬元：商務印書館約佔三分之一，文明書局、中國圖書公司、集成圖書公司等合佔三分之一，其他各家佔三分之一。〔註18〕

由此可見商務的發行量，佔有書業市場之大，無人能比。目前所看到的《繡像小說》銷售量是三千份，與當時之《時務報》、《新民叢報》的最低銷售數，相差近一千份，表面上有點距離，然而這都是粗估的數字，僅作參考。然由《繡像小說》封面裡的發售代銷單位，遍及全國各地及日本，可以想見其受歡迎的程度，所以銷售量應該不低。再由消費的讀者方面看，晚清許多報刊的創辦，都是以教化讀者，對官場現象有所譴責。李伯元的小說亦然，主要是對官場的黑暗面加以揭發，完全是配合晚清小說的讀者閱讀口味，所以李伯元的報刊及小說在晚清甚受讀者歡迎閱讀。再就晚清小說消費者的身分組合分析，覺我（按：即徐念慈）云：

> 余約計今之購小說者，其百分之九十出於舊學界而輸入新學說者，其百分之九出於普通之人物，其真受學校教育而有思想、有才力歡迎新小說者，未知滿百分之一否也？〔註19〕

徐念慈所言的讀者層，是一九○八年的事了，距李伯元辦報的年代（西元 1897

〔註18〕陸費逵《六十年來中國之出版業與印刷業》，《中國出版史料》（補編）（張靜廬輯注，北京中華，1857 年），頁 279。
〔註19〕覺我《余之小說觀》六，《小說林》第十期，頁 9。

～1906 年）頗近，值得我們參考。可據以了解晚清的小說讀者層的分佈狀況，由讀者層分析他們對小說的需求類型。由徐念慈所言，可以知道佔九成的小說讀者，是屬於「舊學界輸入新學說者」，這一類的讀者需要的小說類型，也就集中在所謂的「新小說」，亦即是以譴責小說爲主的小說類型，因爲此類小說主要對晚清的執政者提出譴責，藉以宣揚新知新學，並描繪未來的新景象，而這種小說類型，正是晚清大部分的讀者所需求的，銷售成績自然會好。綜上所言，李伯元的小說符合晚清小說讀者的需要，因此銷售情形應該不錯。

第三節　晚清四大小說報刊的比較

一、晚清四大小說報刊簡述

　　晚清的文藝期刊，始於西元一八七二年的《瀛寰瑣記》，其後專門登載小說的文藝期刊紛紛興起，其它各類報刊也以刊登各種小說作爲號召。影響最大的當屬《新小說》月刊、《繡像小說》半月刊、《月月小說》月刊與《小說林》月刊，稱爲晚清四大小說報刊。其中《繡像小說》半月刊已於本章第一節說明，所以簡介其餘三種。至於四大小說報刊所登載之小說，因數目眾多，不及備載，另整理目錄表，置於附錄。請參見本文附錄一。

　　《新小說》，月刊。光緒二十八年十月（西元 1902 年 11 月）創刊於日本橫濱。每月出版一冊，共有兩卷二十四號。主要負責人爲梁啓超。《新小說》第二卷起，改至上海發行，由上海廣智書局出版。主要小說作家有梁啓超、吳趼人、羽衣女士、春夢生、玉瑟齋主人等。《新小說》以刊行小說爲主，旁及詩歌、戲曲、筆記、歌謠。

　　《月月小說》，月刊，創刊於光緒三十二年九月（西元 1906 年 11 月），由吳趼人、周桂笙等主編。創始編輯兼發行者爲汪惟父，第一年第四號起，編輯者改爲吳趼人，印刷兼發行者仍爲汪惟父；第一年第九號起，編輯改爲許伏民，印刷兼發行改爲沈既宣。共發行二十四號，於光緒三十四年十二月（西元 1909年 1 月）停刊。主要刊行內容以創作、翻譯小說爲主，尤其以短篇小說特別多，餘爲小說理論、戲曲等。主要小說作家有吳趼人、周桂笙、陶報癖、天僇生等。

　　《小說林》，月刊。創刊於光緒三十三年正月（西元 1907 年 2 月），主編爲黃摩西、徐念慈。共發行十二期，於光緒三十四年九月（西元 1908 年 10月）終刊。主要作家有曾樸、包天笑、陳鴻璧、徐念慈等人。以刊行創作、

翻譯小說為主，並及小說理論、小說批評等內容。

二、晚清四大小說報刊的特色及比較

　　晚清四大小說報刊之所以成為晚清最重要的小說報刊，因為這些報刊皆為當時聞名的作家所主編或發行，晚清最知名的小說作家或小說理論家，都以這四大報刊為其作品主要發表園地，而且晚清最受歡迎的小說，幾乎都在這四種報刊中連載，自然最受小說消費者的喜愛。

　　筆者以為四大小說報刊的最大不同點，在於它們所標榜的文學模仿對象的不同。四大報刊中，除了李伯元的《繡像小說》每期以登載「繡像」圖畫為主之外，其它三種小說報刊，皆於第一期刊載西方著名小說家的照片，以此為榮。《新小說》刊載俄國小說家托爾斯泰（Leo Nikolayevich Tolstoy），《月月小說》則刊英國的哈葛德（H.Rider Haggard）、《小說林》亦刊法國小說家囂俄（Victor Hugo）。所以可以看出除《繡像小說》是以刊載創作的傳統小說為主要內容外，其它三種報刊則以翻譯小說佔有較大比例，由此似乎顯示出這三種小說報刊自我期許的水準或理想。從這裡可以證明晚清的小說家們，除了繼承傳統小說特點外，在西方以「船堅砲利」為後盾的文化輸入中國後，以頻繁的文化接觸，促使晚清的小說家放開眼界，向西方小說汲取營養及特點。

　　在小說理論方面，更顯示出四大小說報刊的企圖。晚清小說理論的繁榮帶動晚清小說地位的提升，是毫無疑問的。梁啟超《論小說與群治之關係》即在《新小說》第一期發表，提倡小說界革命，為晚清小說開闢出一條康莊大道，之後小說與小說理論先後發展起來。其他小說報刊亦闢有理論專欄，如《新小說》中的《小說叢話》、《月月小說》中的《說小說》、《評林》等欄與《小說林》中的《論說》、《評林》欄，紛紛刊載小說理論，企圖總結晚清以前的小說理論及批評，並且為晚清小說規劃出未來可能的走向。關於刊載小說理論的問題，《繡像小說》則稍嫌貧乏，僅有創刊號的《本館編印〈繡像小說〉緣起》及第三期別士（按：即夏曾佑）的《小說原理》兩篇而已，顯示《繡像小說》主要以刊載小說為主，其它小說報刊則小說與小說理論二者兼顧。

　　從刊載的小說數量來說，四大小說報刊的創作小說與翻譯小說的數量比例相當，差別不大。晚清小說整個創作小說與翻譯小說數量比約為二比三，和晚清四大小說報刊比例有很大差異（參閱表四與圖一）。之所以有如此差異，主要因為《月月小說》刊載大量短篇小說之故，所以改變了比例數據。

表四：晚清小說及晚清四大小說報刊之小說數量比較表

小說類別	晚清小說部份		四大報刊部份	
創作小說總數	498	43.5％	109	56.5％
翻譯小說總數	647	56.5％	84	43.5％
合　計	1145	100％	193	100％

　　以晚清四大小說報刊登載之內容分析（參閱表五與圖二），《繡像小說》表現不差，在所有一百九十一部小說中，《繡像小說》所刊載之創作小說，超過翻譯小說，也就是《繡像小說》以刊載晚清小說作家創作的小說爲主要內容，而且此項統計未將彈詞、戲曲、戲本收錄計算，否則，創作的部份將佔更多數。另外如《月月小說》中之創作、翻譯比雖爲六比四左右，已如前述，短篇小說數量佔大多數，使得創作小說超出翻譯小說甚遠。《小說林》的創作小說雖然也高過翻譯小說數量，但就《小說林》內容篇幅來說，翻譯小說依然壓過創作小說的。

表五：晚清四大小說報刊登載之小說比較表

報刊名稱	創作小說	翻譯小說	合　計
新小說	9	13	22
	40.9％	59.1％	11.4％
繡像小說	19	17	36
	52.8％	47.2％	18.7％
月月小說	61	38	99
	61.6％	38.4％	51.3％
小說林	20	16	36
	55.6％	44.4％	18.7％
總　計	109	84	193
	56.5％	43.5％	100％

　　晚清四大報刊並透露了另一訊息——小說的分門別類。小說的分類從《新小說》即已開始，共有歷史、政治、寫情等十二種小說類型；《繡像小說》則未有明顯的分類，僅偶而注明；到了《月月小說》時，已分有約三十類左右，然而這種小說分類，重複或過細都有，不夠科學精確，如俳諧小說和詼諧小說的差別何在？又如有言情、寫情、俠情、苦情、奇情等，未免苛細繁瑣。但是已顯示出晚清時期各種不同類型的小說出現，展現各種小說的風貌，晚清的小說家們也刻意創作各種不同類型的小說，滿足各階層的讀者、消費者不同的喜好。

在各種小說分類中，最值得一提的是「短篇小說」的再次復興。《月月小說》開始闢有小說專欄，才出現大量的短篇小說，並且為了適應報刊登載的形式，一期刊載完全部故事內容，免除報刊停刊而故事未完的遺憾，也別有一番閱讀情趣，不像長篇小說，必須分數次刊完，吊人胃口罷了。

以上敘述，說明了四大晚清小說報刊的特點，經由晚清四大小說報刊的異同比較，使得晚清以降各報刊的狀況，更易於掌握、分析，晚清小說與晚清報刊之間的關係也有更深一層認識。

圖一：晚清四大小說報刊所載之創作小說與翻譯小說數量比較圖

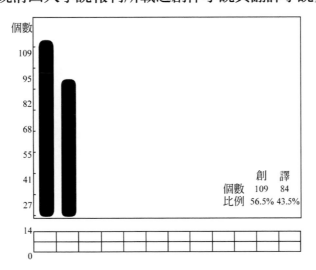

	創	譯
個數	109	84
比例	56.5%	43.5%

圖二：晚清四大報刊所登載之小說數量統計圖

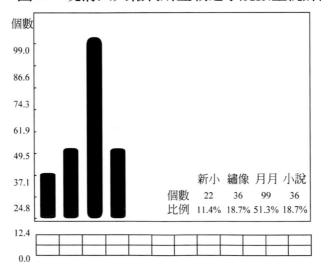

	新小	繡像	月月	小說
個數	22	36	99	36
比例	11.4%	18.7%	51.3%	18.7%

第六章　李伯元的小說及其報刊在晚清的地位

晚清報刊和晚清小說二者是相互影響，並造成晚清報刊與小說二者相得益彰，成效加倍之繁榮興盛：晚清的報刊流行刊載小說，爲晚清小說提供更寬廣的傳布空間面對新興階層的小說讀者；而小說的刊載可以增加晚清報刊的銷售量，也爲報刊內容增色不少。這說明在晚清時期，消費讀者群的增加，意謂著報刊受歡迎，小說的被接受。也就是說，在晚清時期，不論是報刊或小說都受普遍認同，使得晚清小說家與報刊編輯者都名利兼收。張玉法在《晚清的歷史動向及其與小說發展的關係》一文中說：

> 清末的市民階層，有幾種特色：其一，識字率較農村爲高，一般出
> 版品的讀者群較大。其二，識見較廣闊，對國家社會較爲關心。其
> 三，有相當多的人有閒暇，需要以閱讀消磨時間。〔註1〕

這說明了晚清時期的消費群的特色，因此在以刊物爲中心的文學時代，晚清小說作家如何掌握此一讀者消費群的習性，成爲其小說成功與否的關鍵因素。

第一節　晚清報刊與晚清小說的關係探討

一、文藝報刊之興盛與影響

（一）文藝報刊的興盛

晚清報刊的興盛，除了使傳播事業發達外，還帶動了文藝報刊的繁榮。

〔註 1〕　見張玉法《晚清的歷史動向與小說發展的關係》，《漢學論文集》第三集（政
　　　　大中文系所編，台北，文史哲，1984 年），頁 22。

胡繼武曾經歸納晚清文藝報刊繁榮的因素如下：〔註2〕

（1）新聞事業的興起，爲晚清文藝報刊的繁榮創造了重要的條件。

（2）不少文人紛紛自辦文藝報刊，自寫自刊。

（3）文藝報刊的作用逐漸爲人們所認識，各階層紛紛創辦文藝報刊
作爲自己的講壇。

（4）文藝報刊的內容反映了群眾的情緒，加之市民文化生活的需要，
使文藝報刊有廣闊的銷售市場。

晚清的文人，自提倡小說界革命後，了解小說是宣傳與鼓吹改良或革命的最佳工具，而且小說的教化功能也較之傳統詩歌、史傳更爲寬廣，所謂「上之可以闡聖教，下之可以雜述史事，近之可以激發國恥，遠之可以旁及彝情」〔註3〕，「天下讀小說者最多」，「今中國識字之人寡，深通文學之人尤寡，經義史故，亟宜譯小說而講通之」〔註4〕，所以紛紛創作小說，欲借小說之力，達到教化的目的，促進小說的繁榮，進而使小說成爲晚清文學的正宗地位。小說的有利可圖，促使報刊登載小說成爲風潮，不僅晚清文藝報刊登載小說爲主〔註5〕，專門登載小說的報刊接連創刊發行；連帶的各大、小報刊也偶而登載小說或發行小說附張、小說夾報，更進一步地在報刊上開闢小說專欄，如《新民叢報》、《浙江潮》等，俱以此方式來刊載小說，並招徠讀者購買慾望，增加報刊的銷售量。黃摩西曾觀察出此一現象而說：

新聞紙報告欄中，異軍特起者，小說也。〔註6〕

耀公（按即：黃伯耀）也特別指出晚清報刊和小說的關係，他說：

迄於今，報界之潮流，更趨重于小說。……。故小說一門，隱與報界相維繫，而小說功用，遂不可思議矣。〔註7〕

〔註2〕 胡繼武《晚清時期的文藝報刊》（《文獻》第十五期，1983年3月），頁94～109。

〔註3〕 梁啓超語。見《變法通議‧論幼學》，原載《時務報》第十六冊——十九冊。轉引自《二十世紀中國小說理論資料》（陳平原、夏曉虹編，北京大學，1989年），頁13。

〔註4〕 康有爲《日本書目志‧識語》，原載1987年上海大同譯書局版《日本書目志》，轉引自《二十世紀中國小說理論資料》，頁14。

〔註5〕 據阿英《晚清文藝報刊述略》一書所載，晚清共有三十二種文藝報刊登載小說。

〔註6〕 黃摩西《〈小說林〉發刊詞》，《小說林》第一期（1907年），頁1。上海書店1980年影印本。

〔註7〕 耀公《小說與風俗之關係》（《中外小說林》第二卷第五期，1908年），轉引自

「小說一門，隱與報界相維繫」一語道出晚清小說與報刊之間的關係與影響。晚清報刊的發達也使得小說成為一種受歡迎的文學作品。

（二）文藝報刊的影響──小說商品化、作家職業化

小說既然成為報刊內容的一部分，當然也會受到報刊的特有形式制約，以至於受到報刊編輯的偏好與讀者口味而改變。梁啓超嘗言「自報刊興，吾國之文體，為之一變」〔註8〕。從這裡可以認識到報刊對我國文學的影響力，特別是近代報刊之蓬勃發展，使我國文體變化更為明顯。梁啓超「筆鋒常帶情感」的文筆特色即為顯著的例子，梁啓超云：

> 啓超素不喜桐城派古文，幼年為文，學晚漢魏晉，頗尚矜鍊。至是
> 自解放，務為平易暢達，時雜以俚語、韻語及外國語法，縱筆所至
> 不檢束，學者競效之，號新文體。……，然其文條理明晰，筆鋒常
> 帶情感，對於讀者，別有一種魔力焉。〔註9〕

梁啓超這種融合「俚語、韻語及外國語法」的文筆，被稱為「新民叢報體」。顯然梁啓超之所以會有這種風格的筆法，受報刊影響頗大。

影響所及，不僅晚清各階層創辦報刊，而且甚受歡迎，因此晚清的文人也分別投入這項傳播事業，以報刊作為宣傳和鼓吹的工具，報刊成為宣傳政治主張的利器。次則為小說的商品化，十九世紀晚清時期，有重商主義的傾向，使得小說成為商品，讓創作小說的作家理所當然地成為一種正式的職業。因為寫作小說，不但可以冠冕堂皇地戴上小說家的頭銜，以博取美名，宣傳自己的思想外，還可以領取頗為豐厚的稿酬。在中國文學史上，雖不時有「潤筆例」的出現，但「潤筆例」只是偶一為之，屬酬庸性質，不是固定性收入。至於給與稿費的制度，起源於何時，現已不可考，然《萬國公報》第八十六卷載《時新小說出案》啓事一則，已載有給與所徵求來的小說潤資費，似乎為中國小說給稿費的先例之一〔註10〕，時為光緒二十二年（西元 1896 年）。所以，陳平原說：

《二十世紀中國小說理論資料》，頁 303。

〔註8〕見梁啓超《中國各報佚存表》（《清議報》第一〇〇冊，1901 年）。

〔註9〕梁啓超《清代學術概論》（台北，華正，1984 年），頁 62。

〔註10〕見《萬國公報》徵求小說啓事。為英傳教士傅蘭雅所主持發起，徵集的小說，以反映鴉片、時文、纏足之弊為主。由此亦可看出，在晚清時期的報刊，常以反映社會種種弊病為主，與社會相結合，所登載的小說，自然而然以譴責社會不合理的怪現狀為主。

> 李伯元、林紓之所以謝絕薦舉，不求仕進，固然有政治上的原因，
> 可也跟他們靠著著、譯小說就能生活得相當舒適，不無關係。中國
> 文學史上第一次有了真正意義上的職業作家，而這些職業作家，又
> 不能不是小說家，這對晚清小說發展影響甚大。〔註11〕

由於晚清小說有日趨商品化的現象，使得晚清時期出現一群爲數不少的職業
作家，這些小說作家樂意從事創作，從小說中謀取錢途利益。小說發行的商
品化，提供了職業作家的興趣，使得作家樂意以創作小說維生。而報刊的登
載小說，也促使小說的表現形式不同於以往各朝，藉由報刊的傳播，小說的
傳播範圍，隨而增廣，小說家除獲得稿費外也打開了知名度，造成名利雙收。
這種發行形式的新聞化，使得小說、報刊二者相互影響，相得益彰，所以康
來新嘗言：

> 小說發行的新聞化，其功能之一在於擴大小說的讀者人口，並發揮
> 小說的娛樂性和社教性。〔註12〕

明白指出晚清報刊對小說的影響，而這樣的小說表現形式，最明顯的即在晚
清小說的篇幅不再以長篇取勝及作家的創作方式大大不同於以往各代，關於
此點將在下一單元中討論。

二、報刊的小說文學

前已敘及報刊登載小說，給與作家一定的稿酬，使得小說職業作家興起，
專心從事於創作，以創作小說爲正式職業；另一方面，小說登載於報刊上，
卻往往受到報刊篇幅限制及報刊的發表形式而有所改變。

最先表現出來的，當然是小說創作的方式與小說作家的創作心態。晚清
以前的作家，生前很少看到自己的小說出版，因爲這時期的小說作家通常抱
著「藏諸名山，傳之後世」的創作概念，以致慢工出細活，精心設計小說中
的故事，而有如曹雪芹「批閱十年，增刪五次」，才有一部《紅樓夢》的問世。
但是，觀諸晚清的小說作家，其創作方式則有相當大的差異，除了報刊登載
具有時效性的限制外，小說作家常常是「朝甫脫稿，夕即印行，十日之內，
遍天下矣」。且爲了適應這種「朝稿夕印」的創作方式，晚清小說作家常常以
身邊發生的事或熟悉的社會現象加以描寫，所以晚清的小說中，以譴責性的

〔註11〕陳平原《中國小說敘事模式的轉變》（上海人民，1988 年），頁 157。
〔註12〕康來新《晚清小說理論研究》（台北，大安，1986 年），頁 4。

官場小說佔多數。寅半生即曾針對如此之狀況，說明晚清前後小說的創作上的差別，作一深入描述：

> 昔之爲小說者，抱才不遇，無所表見，借小說以自娛，息心靜氣，窮十年或數十年之力，以成一巨冊，幾經緞鍊，幾經刪削，藏之名山，不敢遽出以問世。如《水滸》、《紅樓》等書是已。今則不然，朝脫稿而夕印行，一刹那間即已無人顧問。蓋操觚之始，視爲利藪，苟成一書，售之書賈，可博數十金，於願已足，雖明知疵累百出，亦無暇修飾。甚有草創數回即印行，此後竟不復讀成者，最爲可恨。〔註13〕

他指出歷來小說及晚清小說在創作方式之差異及其優劣點。因此晚清小說在數量方面雖然大幅超前各朝，然在質的提升卻建樹不多，招致魯迅對晚清譴責小說多所責難，認爲「辭氣浮露，過甚其辭」的批評。再者，爲數極多的晚清小說中約有三分之二最後成爲未完之作，究其原因，大概其中多數恐怕受到晚清報刊發行壽命特別短而停刊的影響。因爲絕大部分的晚清小說，都是先在報刊上發表，然後結集成單行本後出版。報刊一旦停止發行，則下半部已無發表園地，也無再加續寫的必要，成爲未完之作。再者，受制於及時性，也使小說作家「無暇修飾」，遂致小說的品質一落千丈。所以侯忠義說：

> （晚清）這個時期的小說大都需要及時地連載在報刊上，沒有前一個時期小說那樣較長、較充裕的寫作時間，因此很難在小說中塑造出成功的人物形象來。〔註14〕

因爲晚清的小說作者，往往沒有太多的創作時間，因此使得晚清小說在藝術上成就不大，甚至連晚清四大譴責小說在藝術上亦顯得粗糙；而且受限於報刊的發表形式，作家必須讓小說在報刊上各期出刊時能自成起迄段落，自成一個完整的單元，使讀者在每一期報刊中得到一定程度的資訊與單元段落，這種小說、作家、報刊、讀者所構成的小說文學體系，錯綜複雜地影響著晚清小說的生產、傳播、消費等各個狀況。晚清小說的組織鬆散，和報刊有極大的關聯，這種若斷若續的表現手法像《儒林外史》一樣，聯綴數個短篇而成，雖然有利於描寫複雜官場及晚清社會現象，但結構卻非一個整體的設計。

〔註13〕　寅半生《小說閒評》敘。引自《晚清文學叢鈔·小說戲曲研究卷》（阿英編，台北，新文豐，1989 年），頁 467。

〔註14〕　侯忠義《略論近代小說的歷史分期及其特點》（《北京大學學報》（哲學社會科學版），1980 年第二期），頁 55～63。

所以，我們也就可以看出李伯元的小說內容描寫，幾乎是片段式的故事，集中描寫了各種官場現象，但小說故事組織結構，則顯得有點稀鬆雜亂的感覺。

三、小說的報刊形式

報刊的登載小說，不僅為小說帶來新的發展契機，也開創了報刊的新風貌，這種新形式的報刊登載內容，為往後的報刊帶來學習模仿典範，報刊刊載文學作品成為潮流，康來新曾經指出：

> 早期的報紙實際是載有新聞的雜誌，而對小說最是直接影響的莫過
> 於附刊小說雜俎。此「附刊」乃形成我國報紙的一個特色，一項傳
> 統，其對文藝活動的重要性迄今仍不曾墜失。〔註15〕

而這種以登載小說為主的「附刊」，即起源於李伯元的《游戲報》，影響了晚清以後的報刊，一直有「附刊」的形式保留至今。「附刊」即今日所稱呼的副刊，也稱作「報屁股」，成為我國報刊的特色之一，這點不得不歸功於李伯元的最初設計。所以胡道靜說：

> 早期的小報，是以全副力量注意文藝方面的。它不必要刊載國家大
> 事，但是街談巷語，隱私秘聞，卻以揭露為快；……。這種報紙的
> 始現是在第十九世紀的末年，一位寓滬甚久的粵籍小說家李伯元創
> 辦的《游戲報》開了這條路。〔註16〕

這裡要更正的是李伯元為江蘇人而非廣東人。李伯元出身背景因為鮮有人知道的很詳細，所以才有如此的誤會。胡道靜所言大致不差，因為《游戲報》為上海小報首創，而且首開登載小說之例。後來這種「附刊」形式，被大部分的讀者接受，銷售量特別好，所謂的「一紙風行」，即指頗受讀者歡迎，後來反為外人所辦的《字林滬報》所學習模仿，在《消閑報》上增印「附刊」，贈送讀者。此後各大大小小報刊即競相登載小說或贈送小說附張，蔚為潮流風尚。由於這種以附刊小說的風氣大開，所以一時之間風行全國各處。對於中國的報刊來說，副刊是中國報刊的一大特色，而中國的報刊副刊連載小說，也不失為小說於爭取文學正宗的地位時，提供了很大的助益。

〔註15〕同註12引書，頁7。

〔註16〕胡道靜《中國報紙副刊的起源與發展》一文語，原載《報學雜誌》半月刊第一卷第六期（1948年11月16日），轉引自秦賢次《中國報紙的副刊起源與發展》（1872～1949），《文訊》月刊第二十一期，頁43。

四、小　結

　　經由以上的敘述，我們可以證明一點：當小說在晚清取得「文學之最上乘」地位時，提供發表園地的報刊助力不少。而小說在報刊上登載，也為報刊帶來更好的銷售量，兩者互利共生，交互影響，卻也為作家提供了正式從事創作的一項職業，於是產生了一批職業作家，他們以耗精費神的作品來換取生活的物質；但有更大一部分的人，因身處於晚清的紊亂社會中，不時以興辦報刊或藉助於小說的教化功能創作小說，用以宣傳其理念，教化一般大眾，革新讀者，讓讀者在有意無意中，接受了新思想、新觀念，這是晚清報人及晚清小說作家創作小說的積極目的。

第二節　李伯元的報刊與其小說的關係

一、前　言

　　由於晚清小說理論的倡導，提升了晚清小說在中國文學的地位，使得小說成為晚清文學之正宗，擺脫了《漢書・藝文志》以來不入流的地位，取得「小說為文學之最上乘」的身份證，為晚清小說的繁榮奠定基礎。而晚清報刊蔚起及以登載小說為其主要內容，使得晚清作家更樂於創作小說，改變了小說的寫作方式，小說的傳播方式也大異於往昔。晚清以前的小說家，常將其小說視為傳世的名山石室之作，所以不僅產量不多，且往往在生前無法看到自己的小說出版。而晚清小說作家，異於「藏之名山，傳之後世」的經典作法，以報刊連載的方式，「朝脫稿，夕即印行」，馬上可以見到自己的作品發表，和之前各代小說家的創作方式實有天壤之別。由於報刊出版周期的縮短與創作方式的更張，使得晚清小說在量的方面獲得很大成就，但在質的方面，並未獲致重要突破。有進展的只不過是具有諷刺筆調的譴責小說大量出現與晚清小說家們因利用報刊而改變其小說創作的心態。所以陳平原即描述說明了當時的情形：

> 稿費制度的出現，使中國文學史上第一次有了真正意義的專業作家；新教育的迅速發展，培養了一大批現代小說的讀者；再加上報刊連載小說以及出版周期的縮短，使作家的創作心態由擬想中的「說——聽」轉為現實中的「寫——讀」。〔註17〕

〔註17〕同註11引書，頁262。

之所以會有「說——聽」及「寫——讀」的差別，主要在晚清以前的小說家，無法直接接觸讀者，因此多是以全知的敘事方式寫作小說，未完全擺脫說書的形式，以告訴讀者各方面的情節。而晚清小說作家，一則學習西洋小說的創作方式，一則因小說分段在報刊上發表，直接接觸讀者，必須讓讀者在每一段落，獲得一定資訊與情節，是以逐漸脫離說書的方式，而傾向書面化的限制敘事觀點來創作小說。〔註 18〕所以下一單元將從報刊形式及作家創作小說的時間探討其對小說的影響為何。

二、報刊登載對李伯元的小說影響

　　小說在報刊上發表，影響最大的莫過於小說的表現技巧手法。因為報刊形式的文學，使得作家必須想辦法適應這種表現方式。李伯元的小說，全部都在報刊先行發表之後，再結集成單行本的，所以其小說受報刊文學形式影響甚巨。

　　由於小說在報刊上連載，第一要緊的事，是每次登載的小說必定自成一個單元段落，而且還要有一點趣味性；沒有連貫的情節段落故事，讀者閱讀起來就像在看一段枯燥無味又沒頭沒尾的文字組合，又毫無趣味性可言。因此晚清的小說作家們的小說作品，大部份都先登載在報刊上，所以考慮到這樣特有的文學形式，必須調整自己寫作小說時的方式。基於此，晚清許多小說作家自然而然的以《儒林外史》為學習模仿的對象，以短篇的方式創作小說，再經由數個短篇集合而成一長篇。這樣，小說報刊的讀者獲得閱讀小說的樂趣，晚清小說作家在小說中所安排的主人翁，成為一種不固定的流動方式。實際上並非晚清小說作家刻意的模仿《儒林外史》，而是報刊的發表形式，限制了晚清小說作家在藝術技巧上的發展，無意中和《儒林外史》有相似的表現技巧。曾樸對這樣的小說表現形式，曾與《儒林外史》作了比較說明。他以穿珠為喻，指出「雖然同是聯綴多數短篇成長篇的方式」，但是「組織法彼此截然不同」。他說：

〔註18〕 所謂的「全知敘事」與「限制敘事」，乃就小說的作者而言。小說作家在小說的故事進行中，可以知道第一人稱、第二人稱及第三人稱，同一時間所發生的事，包括小說人物的內心世界想法，我們稱作「全知敘事」，相反的，在小說進行中，小說作者，僅以一個人稱的口吻，鋪敘小說情節，視角僅限於固定的一個人稱上，稱作「限制敘事」，因為視角有限制，故有此稱。前者又稱「散點透視」，後者又稱作「定點透視」。

> 譬如穿珠，《儒林外史》等是直穿的，拿著一根線，穿一顆算一顆，
> 一直穿到底，是一根珠練；我是蟠曲回旋著穿的，時收時放，東西
> 交錯，不離中心，是一朵珠花。譬如植物學裡說的花序，《儒林外史》
> 等是上升花序或下降花序，從頭開去，謝了一朵，再開一朵，開到
> 末一朵為止；我是傘形花序，從中心幹部一層一層推展出各種形象
> 來，互相連結，形成一朵球一般的大花。〔註19〕

從曾樸這一段話中，可以瞭解晚清小說作家創作小說的方式與《儒林外史》
的異同處。這種「珠花式」的晚清小說不同於「珠練式」的《儒林外史》，是
較適合於晚清的報刊上逐日連載的形式。李伯元的小說也是如此，李伯元以
官場為中心，一層一層的推展出各種不同面貌的官員，表面上各不連結，實
際上卻如一朵珠花般的開落，組合成一幅官場萬象圖，在每日的連載中，自
成一個起迄段落，自成一段趣味，以饗讀者。

　　若從這個角度來看，阿英將李伯元《活地獄》描寫的故事內容分析為十
五個故事構成，最短的是一回，最長的有八回之長〔註20〕；時萌也嘗試將《官
場現形記》作了概析，前後共分十七個小段，若將楔子、尾聲排除不算，也
有十五個故事之多〔註21〕。凡此，在在說明了李伯元的小說，為遷就報刊的
發表形式，以若干個故事，串接而成一個整體，而各個故事中，又包含若干
個小故事段落，結合成「珠花式」的小說結構。所以招致魯迅以「話柄」、「類
書」的批評，胡適也批評這種小說創作方式「沒有結構」、「沒有剪裁」。若能
從報刊形式著眼，李伯元的小說有無結構問題，即可迎刃而解，也可以從此
角度認識各部晚清小說的基本結構模式，尋找晚清小說的共通點。

　　其次，報刊登載小說的文學形式，不僅對晚清小說表現形式產生顯著的
影響，也對小說作家的創作方式，有著不小的影響。李伯元在決定辦報、寫
作小說時，即已決定報刊及小說要表現的形式及其創作方式。李錫奇曾回憶
指出：

〔註19〕曾樸《修改後要說的幾句話》，原刊載於真善美書店《孽海花》修改本（1928
　　　年）卷首。轉引自《孽海花研究資料》（魏紹昌編，上海古籍，1982年），頁
　　　130。
〔註20〕關於《活地獄》的十五個故事結構，見阿英《晚清小說史》第十一章，頁144
　　　～146。
〔註21〕見時萌《李伯元的諷刺藝術》一文，收錄於《中國近代文學論稿》，頁91～
　　　92。

伯元憤以滿清政治腐敗，戊戌變法未成，甲午慘敗之後，國家瓜分之禍迫在眉睫，非大聲疾呼，不能促使全國上下覺悟，而欲喚起群眾，須以報紙爲宣傳利器。報紙要吸引群眾興趣，則非用游戲一類軟性文字不可，否則不易見效。〔註22〕

可知李伯元在未到上海時，即已注意到報刊具有一定的影響力，而報刊內容應以「軟性文字」作爲訴求重點。因此，李伯元以報刊爲其小說的發表方式，以小說文學作爲其報刊的內容。李伯元《游戲報》中「告白」即言：「以詼諧之筆，寫游戲之文。讕詞必新，命題必偶」，「寓意懲勸」。〔註23〕《游戲報》前後數號亦數次談及其內容以「語涉詼諧，意存懲戒」〔註24〕。都說明了李伯元頗能認清晚清時人的需要，進而確立自己的小說訴求重點。李伯元《繡像小說緣起》中亦言「或對人群之積弊而下砭，或爲國家之危險而立鑒」〔註25〕。所以我們可以看到其小說中的內容以表現晚清的社會現象，並特意加以諷刺官場黑暗腐敗爲其主題內容。可以明顯的看出是受到報刊的影響。

三、創作時間對李伯元的小說影響

晚清的報刊蓬勃發展及登載小說，影響了小說創作的時間。當然，每個作家創作時間的多寡與其文學作品好壞，並非具有絕對的影響。但是晚清時期，由於受報刊的出刊時效性與出版方式，使得晚清小說作家創作小說的時間總是匆忙而短暫的，「朝脫稿，夕印行」以適應報刊的出版。晚清小說雖然縮短小說作家創作的小說和讀者見面的時間，然這種報刊發表小說的方式卻改變小說的閱讀習慣，每日都有一段小說的登載，自有其閱讀的樂趣；再者，小說在報刊發表，卻對晚清小說作家的創作時間產生極大之影響，改變小說作家寫作時間及習慣。李伯元寫作小說時亦是如此。

李伯元爲了照顧報刊而創作小說，使得他每日必須同時編輯報刊及撰寫數部小說。以作品爲例，李伯元於光緒二十九年（西元1902年）一年中，他

〔註22〕 李錫奇《李伯元生平的回憶》，《研究資料》，頁37。
〔註23〕 轉引自阿英《晚清小報錄·游戲報》條，《晚清文藝報刊述略》（阿英著，北京中華，1957年），頁57。
〔註24〕 詳見《游戲報》第六三號、第一四九號及二○七號。均言及欲以游戲、詼諧之筆，存懲勸之意。
〔註25〕 李伯元《本館編印〈繡像小說〉緣起》轉引自阿英《晚清文學叢鈔·小說戲曲研究卷》，頁144。

主持《世界繁華報》、《海上文社日報》及《繡像小說》半月刊等三份報刊編務的同時，《官場現形記》、《文明小史》、《活地獄》、《醒世緣彈詞》與《前本經國美談新戲》在上述各個報刊上陸續連載中（可以參閱本論文第二章），這麼龐大的工作量，說明李伯元這一年是處在既要編輯數份報刊又要同時撰寫多部小說的狀況，因此如何去安排時間創作小說，是很重要的工作。我們從李伯元的小說產量來看，實在令人驚嘆其創作小說的快速。這也就難免引起許多人懷疑李伯元的小說是否全爲其所本人所創作？

　　包天笑即以李伯元忙於作花界提調，交際應酬，將報務交由其助手歐陽巨源編輯，而對其有所貶低〔註 26〕。我們如果仔細追究李伯元的平日生活，他確實是忙於交際應酬的人物，並常穿梭於風月勾欄場所中。也因如此，他曾爲應酬多而於報端登載其應酬方式及時間：

> 本館事務殷繁，諸友寵召，未能一一趨陪，或荷惠臨，有稽答拜，
> 甚以爲歉。特此登報，以展謝忱。再如承諸君枉顧，除禮拜六禮拜
> 日外，餘日請以四點鐘後五點鐘前，餘時鮮暇。恐致簡褻，特此謹
> 告。〔註 27〕

表面上在向朋友說明無法趨陪、寵召乃因報館事務繁忙致有失禮節。然從「報館事務殷繁」而言，也代表李伯元在編報、寫作小說之事，對自己的日常生活與生活的方式都受到或多或少影響，必須做某些方面的犧牲及割捨。又據李伯元繼室莊竹英女士的記憶，她云：

> （李伯元）他每天上午寫作，同時接見來訪；寫作時常常咳嗽，因
> 爲他患有肺病。下午常外出，到深夜一、二時才回來，從不住在外
> 面。〔註 28〕

由上引二文，大致可以了解李伯元每日生活的概況，依此推斷，他在上午的寫作時間內包含了編輯報刊與創作小說兩件事，在每天有限的時間內，必須同時編撰如此龐大的報刊及數部小說、彈詞，自須細細加以安排時間始能將如此繁忙的事務應付得當。相對的，卻也在有限的寫作時間，無暇去精雕細

〔註 26〕見包天笑《晚清四小說家》（原載《小說月報》第十九期，1942 年 4 月）。今
　　　　收錄於《中國近代文學論文集》（小說卷）（1919～1949），頁 146～148。包天
　　　　笑云：後來巨源告訴我，他的《游戲報》，完全交給了巨源，自己完全不動筆，
　　　　即小說亦由巨源代作，伯元一到晚，就是應酬交際，作花界提調而已。
〔註 27〕見《研究資料》，頁 64。
〔註 28〕澄碧《小說家李伯元》，《研究資料》，頁 41。

琢自己的小說。

就李伯元所撰寫的小說而言，僅《文明小史》在《繡像小說》是連續不斷的刊載了五十六期，其餘如《活地獄》、《醒世緣彈詞》及《前本經國美談新戲》均曾有間斷刊載的情形出現。如《活地獄》曾在第十四回與第十五回間，間斷了十期之久；又如《醒世緣彈詞》則在第六回至第七回間，間隔了十八期之久。這說明李伯元的小說會因為未完稿的情況下，邊寫邊刊，時斷時續。也因此，李伯元去世後，有許多小說仍未完結的狀況下，不是由吳趼人續完，就是由歐陽巨源續筆，其餘的都成為未完稿。正由於《文明小史》未曾中斷刊載，所以阿英在李伯元所有的小說作品中，給予《文明小史》的評價最好，或即包含有這一因素在內，而給予《文明小史》最高的評價。

所以報刊的登載小說，改變了小說作家創作習慣，使李伯元的寫作時間減少甚多，同時李伯元兼有報刊編輯的身份，亦分掉李伯元不少寫作小說的時間。晚清報刊登載小說，為小說帶來極大的便利，也提供小說出版更廣大的空間，但也帶來一些缺點，上述情形就是其中之一。由於報刊出版的快速，縮短小說由創作到出版問世的時間，因而使得小說家必須改變寫作習慣及營造小說的時間，造成了晚清小說作品藝術粗糙的問題，此即一般學者評論晚清小說的藝術價值不高的主要原因。

而創作時間的縮短，也往往造成小說有抄襲的情況發生。李伯元本身具有報刊編輯身分，比任何人更早且更容易看到各本小說的未刊稿，所以曾有抄襲的情形產生。如《文明小史》第五十九回論「南拳北革」的一段議論描寫文字，即抄襲自劉鶚《老殘游記》第十一回〔註29〕，除了說話主人公不一樣外，其餘文字大約相同。《文明小史》第五十六回，描寫直隸閱兵戰鬥演習一段文字，與憂患餘生（按：即連夢青）《鄰女語》第五回袁世凱閱兵一段，幾乎雷同，描寫情節如出一轍，似乎也有抄襲的嫌疑。

由以上說明，李伯元雖為晚清四大小說家之一，且為四大小說報刊之一

〔註29〕關於李伯元《文明小史》第五十九回與劉鶚《老殘游記》第十一回的抄襲文字公案，魏紹昌、汪家熔、張純及日本樽本照雄等人，皆曾就此一問題家以探討，其中汪家熔以為劉鶚抄襲李伯元，其餘各家，則多以為是李伯元抄襲劉鶚。從劉鶚後人所保有的《老殘游記》殘稿，剛好是這一段雷同文字及李伯元為報刊編輯者身份，必先看到劉鶚的稿子，加以刪改，最後劉鶚遂因此次之事，而停止供稿。從以上諸點因素，我們可以認定是李伯元的《文明小史》抄襲劉鶚的《老殘游記》。

《繡像小說》的編輯者，爲自己創作的小說發表，提供了絕佳的機會，卻也因爲李伯元用於創作的時間有限，使得他的小說，在藝術表現上，表現出粗糙的一面，減損其小說的價值，造成後人給予的評價不高。

第三節　晚清四小說家及其譴責小說

在十九世紀重商思想的影響下，不僅使報刊成爲商品化的物品，連帶地也把報刊所登載的小說納入商品的行列。如此一來，影響了小說創作的方式，也使小說品質受到影響。小說創作不再是嚴肅的工作，小說的內容與藝術技巧、結構，都深受報刊商業化的牽累，所以「隨著中國資本主義經濟的逐漸發展，大大小小的近代商業都市城鎮相繼出現，並畸形發展，日趨繁華，身居鬧市的市民階層，在日常生活中也對小說發生了特別的興趣，有了強烈的愛好，甚至以某些小說爲精神寄託之所在，這也不能不在一定程度上刺激小說的繁榮。最起碼，它影響到職業小說家隊伍形成，影響到發表小說的報章雜誌大量出現，影響到小說印刷事業、銷售行業興旺發達。」〔註30〕這就指明了晚清報刊發達的原因及報刊的內容特色，整個晚清小說就是在這樣的狀況下進展，產生一批職業作家及職業的報刊編輯者。他們一致以晚清的社會爲目標，暴露、揭發晚清社會黑暗面。

一、晚清四小說家

晚清四小說家，指的是李伯元、吳趼人、劉鶚與曾樸四人。魯迅《中國小說史略》首先提到譴責小說的代表作家與作品，但尚未以「四大小說」及「四小說家」之名稱呼。後來阿英發表《清末四大小說家》〔註31〕，包天笑作有《晚清四小說家》〔註32〕，始有此稱出現，沿用至今，並以四小說家及其小說代表作，作爲晚清譴責小說的代表作家與作品。今概略敘述李伯元以外之小說作家。

〔註30〕見《中國現代小說史》（趙遐秋、曾慶瑞合著，北京，中國人民大學，1985年），上冊，頁 100～101。

〔註31〕阿英《清末四大小說家》收錄於《小說三談》（上海古籍，1985 年），頁 160～168。

〔註32〕包天笑《晚清四小說家》原載於《小說月報》第十九期。今收錄於《中國近代文學論文集》（小說卷）（1919～1949），頁 146～148。

　　吳趼人，名沃堯，又名寶震，字小允，後改號繭人，又易爲趼人。廣東南海人。因其先世居佛山，故以「我佛山人」爲筆名。生於清同治五年（西元 1866 年），卒於宣統二年（西元 1910 年）。嘗主持《月月小說》筆政。所著長篇小說計有《二十年目睹之怪現狀》、《九命奇冤》、《恨海》、《痛史》等十八部；短篇小說有《黑籍冤魂》、《立憲萬歲》、《人鏡學社鬼哭傳》等三部。主要以《二十年目睹之怪現狀》聞名。吳趼人所撰著之小說數量甚多，在晚清作家隊伍中，屬多產作家。

　　劉鶚，號雲摶，也作雲臣，又號鐵雲，筆名「洪都百鍊生」。江蘇丹徒人。生於清咸豐七年（西元 1857 年），卒於宣統元年（西元 1909 年）。僅著有《老殘游記》小說一部。

　　曾樸，原名樸華，初字太樸，後改孟樸，又字小木、籀齋，號銘珊，筆名「東亞病夫」。江蘇常熟人。生於清同治十一年（西元 1872 年），卒於民國二十四年（西元 1935 年）。《孽海花》爲其主要代表作，並曾主編《小說林》月刊。

表六：晚清四小說家簡表

	生卒年	筆　名	代表小說	刊載之報刊
李伯元	1867 年～1906 年	南亭亭長	官場現形記	世界繁華報
吳趼人	1866 年～1910 年	我佛山人	二十年目睹之怪現狀	新小說
劉鶚	1857 年～1909 年	洪都百鍊生	老殘游記	繡像小說
曾樸	1972 年～1935 年	東亞病夫	孽海花	小說林

　　四小說家中（參見表六），劉鶚最年長，因劉鶚志不在創作小說而致力經商，故僅撰有《老殘游記》一書，且據劉鶚之孫劉厚澤所言，劉鶚撰寫《老殘游記》完全爲了幫助好友連夢青（筆名：憂患餘生），所以經商之餘，著手撰寫《老殘游記》，並將稿子贈予連夢青，讓連夢青獲取稿費維持生計〔註33〕。

　　四人中，除吳趼人爲廣東人外，其餘三人皆爲江蘇人。足見當時新思想傳入，以通商口岸或租界爲先，最能接受新知新學者，也是這些地區的人，江蘇接近上海，廣東則有廣州爲通商口岸，所以四人可以較早接觸新思想，

〔註33〕連夢青與劉鶚此段交往經歷，詳見劉厚澤《劉鶚與〈老殘游記〉》一文。《劉鶚及老殘游記資料》（四川，四川人民，1985 年），頁 13。

為日後撰著譴責小說培育了深厚基礎，在小說的表現中，較能深刻的表現時代現實性。

二、晚清四大譴責小說內容及其刊行情況

　　晚清四大譴責小說指的是：李伯元《官場現形記》、吳趼人《二十年目睹之怪現狀》、劉鶚《老殘游記》及曾樸《孽海花》。李伯元《官場現形記》已於第三章第二節述及，這裡簡述其他小說之刊行情形：

　　《二十年目睹之怪現狀》，共一○八回。原載《新小說》第八至十五、十七至二十四號，僅連載至第四十五回止，因《新小說》停刊而中斷刊行。後由上海廣智書局出版，凡八冊，一○八回，分三年出齊。內容以「九死一生」經商之二十年所見所聞之「怪現狀」為主要描寫內容。

　　《老殘游記》，二十回。最初連載於《繡像小說》第九至十八期，共十三回，因內容遭到改動，而終止供稿〔註34〕。後移《天津日日新聞報》重新刊載，今僅見九回。劉鶚後人又發現殘稿一回，是為外編。所以《老殘游記》共有初編、二編及外編。內容則以老殘的四處旅遊為主線，以悲傷心情，描寫「清官」之可惡比「貪官污吏」的傷害更深〔註35〕。文字運用典雅，尤其第二回之「白妞黑妞」說書一段，更膾炙人口，為四大譴責小說之佳者。

　　《孽海花》，三十五回。原為金松岑所作，有六回，載《江蘇》雜誌。後曾樸徵得原著者同意加以改寫，由《小說林》社出版了二十回。《小說林》月刊創刊發行後，乃刊載第二十一回至第二十五回於第一、二、四期。民國以後，曾樸續作十一回，並修改前二十五回，交由真美善書店出版三十回。第三十一回至三十五回則僅在《真善美》雜誌上發表而已。《孽海花》內容，以晚清名妓賽金花為故事主線，將晚清三十年的歷史儘量納入小說的故事描寫之中，來呈現晚清時代的實況，所以書中人物多有影射或確有其人其事。由於曾樸的不斷修改，所以《孽海花》一書，前後思想，略顯不一，但文字、描寫技巧則屬佳作。是晚清四大譴責小說中，銷售成績最好者。〔註36〕

〔註34〕關於《老殘游記》與《文明小史》文字案及《繡像小說》半月刊的問題，參見註29。

〔註35〕見劉鶚《老殘游記》自序〉，《晚清小說全集》（台北，博遠，1987年），頁25。

〔註36〕關於《孽海花》一書之銷售情形，阿英《晚清小說史》言：「《孽海花》在當時影響極大，不到一、二年，竟再版至十五次，銷行至五萬部之多。」（台北，天宇，1988年），頁22。

三、晚清四小說家與報刊的關係

由以上的敘述說明，可以了解四小說家及其譴責小說的內容與刊行情況。由於晚清的社會狀況，使得譴責成爲晚清小說的主要課題，內容以暴露、揭發官場的黑暗或種種現象爲主要內容。四大譴責小說，就成爲譴責小說的代表。從四小說家與四大小說報刊的關係中，我們發現：

第一，晚清四小說家中，除了劉鶚外，其餘皆參與過報刊的編輯，而且往往是主編者或發行人。吳趼人和汪惟父、周桂笙等主編《月月小說》，曾樸與徐念慈負責《小說林》編務，顯示了掌握文學宣傳工具的重要，而李伯元更爲其中翹楚，無論是《游戲報》、《世界繁華報》爲小報之首創，且甚受歡迎，後來主編之《繡像小說》，也刊載許多晚清重要小說，也是晚清文藝報刊中歷史最長的。此亦說明四小說家深深地體會出當時讀者的需求，符合了當時之文學內容的要求。

第二，四小說家所辦各報刊，往往用來宣傳自己的主張。由於他們了解讀者的需要，與讀者認同，因此，有意無意間，在報刊的內容上，儘量配合讀者的興趣，將自己的政治主張，融於小說、報刊中，所以四大報刊中，到處可以見到各種「官場」的揭露、諷刺社會的黑暗，進一步表現了自己的政治主張。

第三，由於小說內容多是暴露與揭發，因此筆調常帶誇張，所描寫的主題集中在官場之中，對於官場中人有近乎漫畫式的描述，以達到諷刺的目的。這是晚清的小說作者所共有的筆法，塑造了譴責小說的特色，唯此後流於揭發黑幕、隱私，使得晚清末期的小說，淪爲「黑幕小說」，一味挖掘內幕，失去了小說的作用。

第四節　晚清小說與小說報刊的關係

晚清小說在數量上有顯著的成長，這是不爭的事實，之所以如此，原因很多，報刊的登載小說，是重要因素之一。據阿英《晚清戲曲小說目》的統計，晚清創作與翻譯的小說總數有一千一百四十五部左右，可以詳參表七〔註37〕。樽本照雄《目錄つて何だ》亦根據同一書目，繪製了一份圖表〔註38〕，如圖三。

〔註37〕表七之統計表，乃轉錄自陳平原《中國小說敘事模式的轉變》（上海人民，1988年），頁20。此表係根據阿英《晚清戲曲小說目》所載之小說數目統計而得。

〔註38〕樽本照雄《目錄つて何だ》轉錄自樽本照雄《清末小說閑談》，頁31。

表七：晚清小說數量發展統計表

出版年代	著	譯	合計
1898	1	0	1
1899	1	2	3
1900	4	1	5
1901	0	6	6
1902	8	9	17
1903	27	46	73
1904	20	41	61
1905	18	62	80
1906	52	105	157
1907	64	135	199
1908	58	94	152
1909	97	59	156
1910	51	31	82
1911	50	25	75
不明年代	45	31	78
總　計	498	647	1145

＊原資料說明：

　　此表據阿英《晚清戲曲小說目》統計。統計時若一書數冊同年出版，以一種計入；若一書分數冊於數年出版，分別計入出版年度。重版不計。

圖三：晚清小說數量統計圖

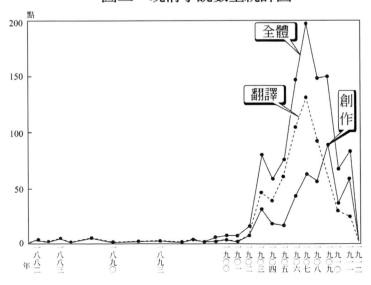

　　由圖三及表七可以獲得下述結論：第一，晚清的小說數量，自一九○二年起，有明顯增加的趨勢。第二，創作小說與翻譯小說的數量在一九○七年出現巔峰，小說數量的高潮在一九○五年至一九○七年之間。第三，晚清創作小說的數量原先處於劣勢，於一九○九年第一次超越翻譯小說的數量而到達巔峰。第四，晚清整個時期的小說總數，翻譯小說多於創作小說。

　　在晚清報刊方面，統計阿英《晚清文藝報刊述略・晚清文學期刊述略》及胡繼武《晚清時期的文藝報刊》〔註39〕所附錄的《晚清文藝期刊簡目》，可以列出如下簡表（表八）。

表八：晚清文藝報刊數量統計表

年　代	數　量
1872	1
1875	1
1876	2
1892	1
1898	1
1902	1
1903	1
1904	2
1905	2
1906	7
1907	7
1908	2
1909	3
1910	2
未知年代	1
合　計	34

＊筆者說明：

（1）本表乃據阿英《晚清文藝報刊述略・晚清文學期刊述略》及胡繼武《晚清時期的文藝報刊》附錄之《晚清文藝期刊簡目》綜合統計而得。

〔註39〕胡繼武《晚清時期的文藝報刊》收錄於《文獻》第十五期（1983 年 3 月），頁94～109。

（2）阿英目較胡目多《小說世界日報》與《小說圖畫報》。

（3）胡目較阿英目多《嘻笑報》、《復報》、《廣東白話報》、《中外小說林》及《廣東戒煙新小說》。

（4）二目合計文藝報刊總數有三十四種。

　　根據此表，可以知道，文藝報刊的巔峰期也在一九○六年至一九○七年間出現，而且以報刊的數量和小說的數量二者互相對照，基本成正比例。換句話說，晚清報刊的繁榮，帶動了晚清小說的繁榮；晚清小說的興盛，間接促進了晚清報刊的興盛，二者相輔相成。胡繼武歸納說明了晚清文藝報刊繁榮的因素凡有四點〔註40〕：

（1）新聞出版事業的興起，爲晚清文藝報刊的繁榮創造了重要條件。

（2）不少文人紛紛自辦文藝報刊，自寫自刊。

（3）文藝報刊的作用逐漸爲人們所認識，各階層紛紛創辦文藝報刊作爲自己的講壇。

（4）文藝報刊的內容反映了群眾的情緒，加之市民文化生活的需要，使文藝報刊有有廣闊的銷售市場。

　　這樣的分析，不僅說明了晚清文藝報刊的發達原因，也顯示了文藝報刊的特殊性，指出了晚清報刊的主事者，大部分均帶有強烈的主觀意識，有所爲而爲之的編輯出版報刊、創作小說，而且這些報刊多爲文人（尤其是小說作者）所創辦的，不僅爲了發表自己的小說作品，也爲了宣揚自己的思想主張而辦報刊。如花也憐儂（即韓子雲）創辦的《海上奇書》半月刊（後改月刊），「首載《太仙漫稿》，次《海上花列傳》，末《臥游集》皆爲其個人作品或編輯而成之筆記小說」〔註41〕。所以阿英即指出屬個人的文學刊物。梁啓超之辦《時務報》、《新民叢報》、《新小說》，乃是從政治出發，宣揚自己的政治主張，所以記載的內容，即是以政治小說爲主。基於此，陳平原認爲晚清的小說和報刊間就存在著這樣的特性：

　　首先，從《新小說》開始，每批作家、每個文學團體都是通過籌辦自己的刊物來實踐其藝術主張。晚清文學團體不多，其文學主張也比較朦朧，同一時期不同雜誌之間的差別不大明顯，更多地受制於

〔註40〕同上註39引書，頁95～98。
〔註41〕見阿英《晚清文藝報刊述略》，頁12。

讀者趣味與書刊市場。……第二，不是出版商辦雜誌，而是作家親
自創辦或編輯文學雜誌。梁啓超編《新小說》；陳景韓《新新小說》；
李伯元、歐陽巨源編《繡像小說》；吳趼人、周桂笙編《月月小說》；
曾樸、徐念慈編《小說林》，……，大部分「新小說」家和五四作家
都參與雜誌的編輯工作。第三，這兩代（筆者按：指「新小說」家
與五四作家）作家的絕大部分作品都是在報刊上發表後才結集出版
的，……。可以毫不誇張地說，這是一個以刊物為中心的文學時代。
這就使得「新小說」家和五四作家在創作時不能不考慮報刊刊載或
連載這一傳播方式的特點。〔註42〕

由於有「以刊物為文學中心的時代」這樣的特性，才造成晚清報刊思想的複
雜性與內容的龐雜。陳平原所言的第二點，本篇論文已經多次敘及，不再贅
述。至於第三點所言，則往往造成了如下幾點毛病：

（一）小說作家無法全力專心於創作，往往造成「朝稿夕印」的問
題，而使得小說藝術性不高，價值不大。

（二）報刊存在時間不長及無法按時出版報刊，造成了小說作品無
法繼續刊載而停筆，晚清小說中未完稿者，佔了極重的比例，
實與這點息息相關。

（三）由於報刊的商業化，使得小說成為商品，為求報刊的生存，
報刊必集中在商業化城市中，而非政治中心。主要是因為
新興商業都市多為通商口岸，有最新的思想和頻繁的商業
活動來往，促使報刊集中在這種地方。從表九〔註43〕中，
可看出報刊高度的集中化，僅上海一地在一九〇二年至一九
〇七年這十五年當中，即集合了二十一種報刊在上海發行
〔註44〕。其餘如廣州、香港各二家，漢口一家，這些城市
都是通商口岸或租界地，卻無一家在北京出版，可以想見
報刊的這一特性。

〔註42〕陳平原《中國小說敘事模式的轉變》，頁279～281。引文中的刪節處為言五四
時期報刊之狀況，故節略之。

〔註43〕本表轉引於陳平原《中國小說敘事模式的轉變》，頁273。

〔註44〕若將《新小說》第二年移至上海計入，則上海出版之小說報刊有二十二種之
多。

表九：1902～1917 年創刊的以「小說」命名的雜誌（報紙）

雜誌名稱	創刊時間	出版地	雜誌形式	編輯	期數
新小說	1902	日本橫濱（一）	月刊	梁啓超	24
繡像小說	1903	上海	半月刊	李伯元	72
新新小說	1904	上海	月刊	陳景韓	（10）
小說世界日報	1905	上海	日刊	（不詳）	（200）
小說世界	1905	上海	半月刊	（不詳）	（1）
月月小說	1906	上海	月刊	汪惟父、吳趼人	24
新世界小說社報	1906	上海	月刊	警僧	（9）
小說七日報	1906	上海	周刊	談小蓮	（5）
小說林	1907	上海	月刊	徐念慈	12
小說世界	1907	香港	旬刊	（不詳）	（4）
中外小說林	1907	廣州	旬刊	黃伯耀、黃世仲	（28）
廣東戒煙新小說	1907	廣州	周刊	李哲	（9）
競立社小說月報	1907	上海	月刊	彭俞	（2）
新小說叢	1908	香港	月刊	林紫虬	（3）
白話小說	1908	上海	月刊	白話小說社	（1）
揚子江小說報	1909	漢口	月刊	胡石庵	（5）
十日小說	1909	上海	旬刊	環球社	（11）
小說時報	1909	上海	月刊	冷血、天笑	33
小說月報	1910	上海	月刊	惲鐵樵、王西神	126（二）
中華小說界	1914	上海	月刊	沈瓶庵	30
小說叢報	1914	上海	月刊	徐枕亞	44
小說旬報	1914	上海	旬刊	英蚩等	（3）
小說海	1915	上海	月刊	黃山民	36
小說大觀	1915	上海	季刊	包天笑	15
小說新報	1915	上海	月刊	李定夷	94
小說畫報	1917	上海	月刊	包天笑等	21
小說革命軍	1917	上海	雙月刊	胡寄塵	3

＊原資料說明：

（一）第二年移至上海。

（二）錄至 1920 年。

　　由上所論，可以知道小說和報刊發表形式的結合，有利有弊，端看小說作者與報刊編輯者的協調良好與否及各自的良心職責了。審視晚清的小說作家創作環境來看，確實不能夠對晚清小說抱有太多信心，因為葉易說：

> 晚清當時有不少的先進分子確是以小說作為改良社會工具來使用的，但是對大量的小說作者來說，他們對自己的社會職責沒有這麼明確，寫小說只是糊口的一種手段。〔註45〕

報刊提供小說一個園地及發表方式，卻也為晚清小說帶來極現實的危機，導致晚清小說的價值不高的原因。

〔註45〕葉易《中國近代文藝思想論稿》（上海復旦大學，1985年），頁173。

第七章 結 論

晚清的小說、小說理論和報刊的發達，都與晚清的政治、社會的特殊歷史背景有關：晚清的小說主要表現在譴責與揭發的風格上，試圖以小說暴露種種醜病現象，以喚起民眾，革新教化，引進新學，救亡圖存；晚清小說理論方面，晚清的理論家則試圖總結歷來小說成就與定位，開展「新小說」的風格，從現實觀點，抬高小說的地位，將小說與政治、社會改革運動結合，使小說一躍成為晚清文學的正宗；晚清的報刊，一方面作為小說傳播的利器，鼓吹改革，另一方面則作為晚清小說理論的發展根據地，使小說理論蓬勃發展。我們知道，晚清時代，是處於變革時期，新舊交替的過渡時期，使當時的文藝表現充滿著革故佈新的局面，不論是晚清小說、晚清小說理論或晚清的報刊，都與當時環境配合，形成一股過渡的思潮。葉易曾言：「這種終古萌新，新舊交替的蛻變賦予近代文藝思潮以過渡性質」〔註1〕。並明白指出這種過渡性表現在以下三個方面〔註2〕：

（1）新舊並存、新舊交替。

（2）正統消失、權威未立。

（3）隨時應變、變化極速。

林明德亦有相同的看法，他認為：

> 從中國文學的發展史看，晚清，可以說是一個轉捩點，一個由傳統文學到現代文學的過渡時代。由於政治、經濟、社會、文化與文學等因素所形成的歷史大動向，激起一場前所未有的晚清文學運動，

〔註1〕 葉易《中國近代文藝思潮史》（北京，高等教育，1990年），頁13。

〔註2〕 同註1引書，頁13。

從而締造了多采多姿的文學現象。〔註3〕

由於晚清帶有過渡文學的特色，造就了晚清所特有的文學表現，使得晚清的小說、小說理論與報刊相結合，形成一種所謂「報刊形式的小說文學」。晚清許多作家多兼有報人身分，李伯元亦爲其中之一。綜合李伯元的小說與報刊，筆者有如下幾點看法：

李伯元身處晚清的時代變革中，親身經歷晚清由強轉弱的過程，自然感慨良多。站在「離著那太陽要出，大雨要下」〔註4〕的晚清時期，他看到這社會的醜病現象所導致的積弱不振，於是想以當時最有力的武器——小說，來喚醒教化民眾，以「魁儒碩彥，察天下之大勢，動人類之頤理，潛推往古，豫揣將來，然後抒一己之見，著而爲書，以醒齊民之耳目」〔註5〕。從這裡我們可以知道，李伯元的創作動機與小說的傾向，李伯元以「魁儒碩彥」之身分自居，欲用「嬉笑怒罵」的游戲筆調，描述晚清的社會景況，以「苦辣甜酸」的嚴肅心情，教化讀者，以寓懲勸。李伯元的小說創作，是從現實觀點出發，以灌輸新知，開通民智爲目的。衡之於晚清其他主要小說作家，莫不以此爲創作小說的信念，形成了晚清時期一片譴責醜病的現象。

就李伯元的小說而言，其小說風格近於諷刺小說，然以其誇張、游戲之筆，描寫嚴肅的官場畫面，笑聲中充滿悲傷的筆調，魯迅歸之爲「譴責小說」，並批評李伯元的小說「辭氣浮露，過甚其辭」，牛仰山評李伯元小說「暴露雖有，但不深刻」、「諷刺雖有，但不尖銳」、「描敘的題材雖有，但無選擇與取捨」、「描繪的人物雖有，但缺乏藝術的精工塑造」〔註6〕。誠然，李伯元的小說有如上所言的弊病，但重要的是李伯元的小說全盤反映時代的變局，是適合於當時社會的需要，從晚清的大環境來看，李伯元亦無愧於晚清小說四大家之一，因爲他的小說反映了當時的社會狀況，是當時的社會實況史料。所以胡適曾說明了此一「社會史料」的價值：

故譴責小說雖有淺薄，顯露，溢惡種種短處，然他們確能表示當日社

〔註3〕 林明德《梁啓超與晚清小說運動》（《中外文學》，第十四卷第一期，1985 年 6 月），頁 84。

〔註4〕 李伯元《文明小史・楔子》，頁 2。

〔註5〕 李伯元《編印〈繡像小說〉緣起》，《晚清文學叢鈔・小說戲曲研究卷》（阿英編，台北，新文豐，1989 年），頁 144。

〔註6〕 牛仰山《〈官場現形記〉淺論》，《中國古典小說評論集》（北京出版社，1957 年），頁 181。

　　會的反省的態度，責己的態度。這種態度是社會改革的先聲。〔註7〕

這種反省的、責己的態度與改革的先聲，正是李伯元及其他晚清小說作家所努力的目標。李伯元《游戲報》告白云：「以詼諧之筆，寫游戲之文」〔註8〕，可以看出李伯元欲以小說爲教化，寓教育於小說的諷刺、譴責中，使人知所警惕或改正，所以李伯元的小說到處充滿詼諧諷詠，隱寓懲戒。唯因在報刊登載的緣故，作家在「隨寫隨刊」的方式下，造成作家沒有多餘的時間對小說進行藝術加工之工作，是以小說略顯粗糙，不夠精細之感。這是與整個晚清小說內容表現是相同的。

　　李伯元的小說在題材上與晚清的社會背景相吻合，最後卻換得「無選擇取捨」與「缺乏精工塑造」的評價，主要不得不歸因於小說在報刊登載的結果。報刊的登載小說，雖然打開了小說的銷路，但由於報刊的分回、分段方式登載小說，使得小說家衹得依報刊的刊載方式發表，安排小說情節，以適應讀者閱讀習慣，有市場投機性存在。如此一來小說創作似乎被報刊及讀者所牽制，小說作家創作小說時，即必須考慮小說是否能適應報刊的登載方式，改變了小說作家創作習慣。

　　小說作家於是普遍採用一種比較靈活的方式創作小說。以不固定的、流動的主人公方式來敷演故事，如此所描寫的故事才能多，描寫的官場才會廣，這種有利於報刊登載的小說，一旦結集成冊發行，整體感卻必定得打個折扣，讀來自然缺乏連續緊湊的感覺。所以不僅李伯元的小說結構鬆散，整個晚清小說也具有此一共同特徵。

　　不過，小說在報刊上登載，也有其優點，它使小說作家得以酣暢淋漓的描寫各種人物，擴大了題材範圍，以官場的人物描寫而言，上自皇帝，下至知縣幕府最下級的人物，皆可一一寫入小說中。當然，這並不是否定其它的小說創作方式，而是這種報刊登載的小說，流動性的主人公，使得小說作家可以較不受限制的對各個階層的官吏描寫，盡情發揮，開展小說描寫的另一種面貌，有別於以往小說一般以一條主線、一個主人公的寫作方式。

　　就李伯元的報刊而言，李伯元開創了晚清報刊的新境界，不僅爲晚清小報界的鼻祖，在報刊的文字運用，也有獨到之處，以一種帶有幽默卻包含譴

〔註7〕　胡適《官場現形記・序》，《晚清小說全集》（台北，博遠，1987年），頁21。
〔註8〕　李伯元《游戲報・告白》，轉引自《晚清文藝報刊述略》（阿英著，上海中華，1957年），頁58。

責深意在內的文字，達潛移默化之功。李伯元的小說，雖稍有部分瑕疵，但李伯元在晚清的小說與報刊的成就與地位，確實是不容懷疑的。

至於李伯元及晚清其他作家，無論是在小說內容、結構或方法上，不僅承繼中國傳統小說的特點，還能放眼面向世界，積極向西方小說學習，拉近中國小說和世界小說的距離。

總而言之，晚清的小說與晚清的報刊是互利共生的，晚清報刊登載小說，促進晚清小說的繁榮；晚清小說的繁榮，則為晚清的報刊充實了刊載內容。在另一方面，晚清報刊登載小說理論，不僅促進了晚清小說理論的發展，也或多或少指導了晚清小說的發展方向，對實際創作小說有推波助瀾之功。至於報刊中登載了大量的翻譯小說，促進中西文學上的交流，晚清的小說作家，得以觀摩倣效西方小說的優點，使晚清小說呈現多樣化的內容與結構，豐富了中國小說的內涵。唯因報刊登載小說的文學形式，在晚清剛起步，作家尚未完全適應，所以步履蹣跚，不免使晚清小說的品質大為降低，但是這種學步過程，卻為往後小說的報刊文學形式奠定基礎，而其過渡的角色，於是圓滿達成。

主要參考書目

一、專著部分

1. 《二十世紀中國小說史》（第一卷）（1897～1916 年），陳平原，北京・北京大學，1989 年，初。

2. 《二十世紀中國小說理論資料》（第一卷）（1897 年～1916 年），陳平原、夏曉虹編，北京・北京大學，1989 年，初。

3. 《二十世紀中國文學三人談》，黃子平、陳平原、錢理群，北京・人民文學，1988 年，初。

4. 《上海近代史》（上、下），劉惠吾編著，上海・華東師範，1985 年，初。

5. 《小說二談》，阿英，上海・上海古籍，1985 年，初。

6. 《小說三談》，阿英，上海・上海古籍，1985 年，初。

7. 《小說四談》，阿英，上海・上海古籍，1981 年，初。

8. 《小說考證》，蔣瑞藻編，江竹虛標校，上海・上海古籍，1984 年，初。

9. 《小說林》（第一期——第十二期）（合訂本），徐念慈等編，上海・上海書店，1980 年，初。

10. 《小說面面觀》，英・佛斯特著，李文彬譯，台北・志文，1990 年，再。

11. 《小說閒談》，阿英，上海・上海古籍，1985 年，初。

12. 《文明小史》，李伯元，台北・博遠，民國 76 年，再。

13. 《文明小史探論》，倪台英，台北・文津，民國 76 年，初。

14. 《文苑談往》，楊世驥，台北・華世，民國 67 年，台一。

15. 《中國小說史》，郭箴一，台北・商務，民國 28 年，初。

16. 《中國小說史》，范煙橋，台北・漢京，民國 72 年，初。

17. 《中國小說史》（上、下），孟瑤，台北・傳記文學，民國 75 年，新。

18. 《中國小說史初稿》，秦夢瀟，台北‧河洛，民國 67 年，初。

19. 《中國小說史料》，孔另境編，台北‧中華，民國 71 年，台四。

20. 《中國小說史略》，魯迅，台北‧谷風，出版時地不詳。

21. 《中國小說史稿》，北京大學，北京‧人民文學，1960 年，初。

22. 《中國小說批評史略》，方正耀，北京‧中國社科，1990 年，初。

23. 《中國小說的傳播觀》，梁玉明，台北‧華岡，民國 68 年，版次不詳。

24. 《中國小說美學》，葉朗，台北‧木鐸，民國 76 年，版次不詳。

25. 《中國小說敘事模式的轉變》，陳平原，上海‧上海人民，1988 年，初。

26. 《中國小說發達史》，譚正璧，台北‧啓業，民國 65 年。

27. 《中國文學中的小說傳統》，西諦，台北‧木鐸，民國 74 年，初。

28. 《中國古代小說藝術論》，魯德才，天津‧百花文藝，1988 年，初。

29. 《中國出版史概要》，張召奎，太原‧山西人民，1985 年，初。

30. 《中國的報刊》，王鳳超，北京‧人民，1988 年，初。

31. 《中國近代人物研究訊息》，林言椒、李喜所編，天津‧天津教育，1988 年，初。

32. 《中國近代文化問題》，中國近代文化史叢書編委會編，北京‧中華，1989 年，初。

33. 《中國近代文化探索》，龔書鐸，北京‧北京師範大學，1988 年，初。

34. 《中國近代文學史》，任訪秋主編，開封‧河南大學，1988 年，初。

35. 《中國近代文學作家論》，任訪秋，河南‧河南人民，1984 年，初。

36. 《中國近代文學論稿》，時萌，上海‧上海古籍，1986 年，初。

37. 《中國近代文藝思想論稿》，葉易，上海‧復旦大學，1985 年，初。

38. 《中國近代文藝思潮史》，葉易，北京‧高等教育，1990 年，初。

39. 《中國近代出版史料》（初編），張靜廬輯註，北京‧中華 1957 年，初。

40. 《中國近代出版史料》（補編），張靜廬輯註，北京‧中華 1957 年，初。

41. 《中國近代思想史論》，李澤厚，北京‧人民，1986 年，初。

42. 《中國近代思想史論》，王爾敏，台北‧華世，民國 71 年，初。

43. 《中國近代教育史資料匯編——鴉片戰爭時期教育》，璩鑫圭編，上海‧上海教育，1990 年，初。

44. 《中國近代報人與報業》，賴光臨，台北‧商務，民國 69 年，初。

45. 《中國近代報刊史》，方漢奇，山西‧山西人民，1981 年，初。

46. 《中國近代禦外侮全集》（含鴉片戰爭文學集、中法戰爭文學集、甲午戰爭文學集、抵制華工禁約文學集、庚子事變文學集），阿英編著，台北‧

廣雅，民國 71 年，初。

47. 《中國現在記》，李伯元，台北‧博遠，民國 76 年，再。

48. 《中國報學史》，戈公振，台北‧學生，民國 71 年 4 月。

49. 《中國歷代小說序跋選注》，周偉民、王先霈、曾祖蔭、黃清泉選著，湖北‧長江文藝，1982 年，初。

50. 《中國歷代小說論著》，黃霖、韓同文選注，江西‧江西人民，1982 年，初。

51. 《月月小說》（第一期──第二十四期）（合訂本），吳趼人等編，上海‧上海書店，1980 年，初。

52. 《辛亥革命時期期刊介紹》（第一──三集），丁守和主編，北京‧人民，1982 年，初。

53. 《李伯元研究資料》，魏紹昌編，上海‧上海古籍，1980 年，初。

54. 《吳趼人研究資料》，魏紹昌編，上海‧上海古籍，1980 年，初。

55. 《官場現形記》，李伯元，台北‧博遠，民國 76 年，再。

56. 《林紓研究資料》，薛綏之、張俊才編，福州‧福建人民，1983 年，初。

57. 《明清小說序跋選》，杜云編，廣西‧廣西人民，1989 年，初。

58. 《明清小說資料選編》，朱一玄編，山東‧齊魯書社，1990 年，初。

59. 《知識分子與中國》，周陽山編，台北‧時報，民國 69 年，初。

60. 《近代中國史綱》，郭廷以，香港‧中文大學，1989 年，初。

61. 《近代中國思想人物論──自由主義》，周陽山、楊肅獻編，台北‧時報，民國 74 年，初。

62. 《近代中國思想人物論──晚清思想》，周陽山、楊肅獻編，台北‧時報，民國 74 年，初。

63. 《近代的中國》，武原編著，上海‧上海人民，1983 年，初。

64. 《活地獄》，李伯元，台北‧博遠，民國 76 年，再。

65. 《南亭四話》，李伯元，上海‧上海書店，1985 年，初。

66. 《胡適文存》（第一冊），胡適，出版時地不詳。

67. 《清末小說閑談》，樽本照雄，京都‧法律文化社，1983 年，初。

68. 《清末民初文壇軼事》，鄭逸梅，上海‧學林，1987 年，初。

69. 《清史稿》，趙爾巽等，台北‧洪氏，民國 70 年，初。

70. 《清代各省禁書彙考》，雷夢辰，北京‧書目文獻，1989 年，初。

71. 《清代學術概論》，梁啓超，台北‧華正，民國 73 年，初。

72. 《張元濟日記》（上、下），張元濟，上海‧商務，1981 年，初。

73. 《張元濟書札》，張元濟，上海・商務，1981 年，初。

74. 《晚清小説》，時萌，上海・上海古籍，1989 年，初。

75. 《晚清小説史》，阿英，台北・天宇，民國 77 年，台一。

76. 《晚清小説研究概説》，袁健、鄭榮編著，天津・天津教育，1989 年，初。

77. 《晚清小説理論研究》，康來新，台北・大安，民國 75 年，初。

78. 《晚清文學叢鈔・小説戲曲研究卷》，梁啓超等著（當爲阿英編），台北・新文豐，民國 78 年，台一。

79. 《晚清文選》，鄭振鐸編，上海・上海書店，1987 年，初。

80. 《晚清文藝報刊述略》，阿英，北京・中華 1959 年，初。

81. 《晚清古典戲劇的歷史意義》，陳芳，台北・學生，民國 77 年，初。

82. 《晚清政治思想史論》，王爾敏，台北・華世，民國 69 年，初。

83. 《晚清政治思想研究》，小野川秀美著、林明德、黃福慶譯，台北・時報，民國 71 年，初。

84. 《晚清革命文學》，張玉法編，台北・經世，民國 70 年，初。

85. 《晚清戲曲小説目》，阿英編，上海・古典文學，1957 年，初。

86. 《晚清譴責小説的歷史意義》，林瑞明，台北・台灣大學，民國 69 年，初。

87. 《論中國古典小説的藝術形象》，李希凡，上海・上海文藝，1980 年，初。

88. 《劉鶚及老殘游記資料》，劉德隆、朱禧、劉德平編，四川・四川人民，1985 年，初。

89. 《繡像小説》（第一至七十二期）合訂本，李伯元主編，上海・上海書店，1980 年，初。

90. 《孽海花資料》，魏紹昌編，上海・上海古籍，1982 年，初。

91. 《嚴復研究資料》，牛仰山、孫鴻霓編，福州・海峽文藝，1990 年，初。

二、期刊、論文部分

1. 〈《小説林》的小説理論〉，顏廷亮，《貴州社會科學》（文史哲），1985 年七期，1985 年。

2. 〈《小説叢話》論評〉，蔡景康，《廈門大學學報》，1981 年四期，1981 年。

3. 〈《文明小史》的主題和人物類型〉，周寧嬉，收入《晚清小説研究》，聯經，民國 77 年，初版。

4. 〈《官場現形記》索隱〉，周貽白，《文史雜誌》六卷二期，民國 37 年。

5. 〈《官場現形記》淺論〉，牛仰山，收入《中國古典小説評論集》，北京出版社，1957 年，初版。

6. 〈《官場現形記》裡的癮君子——從「官」「士」競走談起〉，張素貞，《幼

獅月刊》四十六卷二期，民國 66 年。

7. 〈官場現形記簡論〉，吳晢，《光明日報》，1956 年 6 月 3 日。

8. 〈繡像小說及其編輯人〉，汪家熔，《出版史料》二期，1983 年。

9. 〈中國各報佚存表〉，梁啓超，《清議報》一〇〇冊 1901 年。

10. 〈中國近代小說理論簡論〉，鍾賢培，《華南師範大學學報》（《社會科學》版），1987 年四期，1987 年。

11. 〈中國近代文學的思想傾向及對五四新文學的影響〉，李興武，《社會科學輯刊》，1984 年四期，1984 年。

12. 〈中國近代文學思想史分期探索〉，張海珊，《福建論壇》，1985 年四期，1985 年。

13. 〈中國近代知識普及運動與通俗文學之興起〉，王爾敏，《中華民國初期歷史研討會論文集》，中研院近史所，民國 73 年 4 月。

14. 〈外國小說與清末民初小說藝術的近代化〉，王祖獻，《安徽大學學報》（哲社版），1989 年四期，1989 年。

15. 〈正確認識小說的社會作用——讀晚清文論偶感〉，李貴仁，《社會科學》（上海），1983 年十一期，1983 年。

16. 〈再談《繡像小說》的編者問題〉，魏紹昌，《出版史料》五期，1983 年。

17. 〈改良主義與《官場現形記》——兼評近代小說研究中的一些問題〉，鍾賢培，《華南師院學報》，1980 年一期，1980 年。

18. 〈李伯元年譜〉，時萌，《清末小說研究》九期，1986 年。

19. 〈近代中國書報錄（上、中、下）〉，張玉法，《新聞學研究》七、八、九期，民國 60 年 5 月、11 月及 61 年 5 月。

20. 〈歪曲晚清社會現實的《文明小史》〉，石雨，《光明日報》1965 年 12 月 19 日。

21. 〈梁啓超與晚清小說運動〉，林明德，《中外文學》十四卷一期，民國 74 年。

22. 〈張元濟、李伯元與《繡像小說》〉，葉宋曼英，《出版史料》五期，1986 年。

23. 〈晚清小說座談會記錄〉，羅荷整理，《聯合文學》一卷六期，民國 74 年。

24. 〈晚清小說理論初論〉，蔡景康，《古代文學理論研究叢刊》一期 1979 年。

25. 〈晚清小說理論管窺〉，陳謙豫，《古代文學理論研究叢刊》三期，1981 年。

26. 〈晚清小說創作理論述評〉，周頌喜，《求索》，1982 年二期，1982 年。

27. 〈晚清小說理論發展試論〉，邱茂生，民國 76 年文化中文所碩士論文。

28. 〈晚清小說與晚清政治運動（1895～1911）〉，王華昌，民國 76 年政大歷

史所碩士論文。

29. 〈晚清文學思潮的流派及其論爭〉，任訪秋，《社會科學戰線》，1982 年二期，1982 年。

30. 〈晚清文學思想之研究〉，李瑞騰，民國 76 年文化中文所博士論文。

31. 〈晚清西學輸入與中國近代文學的發展〉，任訪秋，《中國近代文學研究》三期，1985 年。

32. 〈晚清四大小說中的對比技巧〉，吳淳邦，《中外文學》十三卷七期，民國 73 年。

33. 〈晚清四大小說的諷刺對象〉，吳淳邦，收入《晚清小說研究》(林明德編)，民國 77 年。

34. 〈晚清革命文學研究〉，孫嘉鴻，民國 76 年政大中文所碩士論文。

35. 〈晚清的歷史動向及其小說發展的關係〉，張玉法，收入《漢學論文集》第三集「晚清小說專號」，民國 73 年。

36. 〈晚清社會與晚清小說〉，尉天驄，收入《漢學論文集》第三集「晚清小說專號」，民國 73 年。

37. 〈晚清迷信與反迷信小說〉，賴芳伶，《中外文學》十九卷十期，民國 80 年。

38. 〈晚清時期的文藝報刊〉，胡繼武，《文獻》十五期，1983 年。

39. 〈晚清譴責小說的歷史意義〉，林瑞明，《書評書目》八十九期，民國 69 年。

40. 〈略說中國近代小說理論的特點〉，姜東賦，《天津師大學報》，1985 年二期，1985 年。

41. 〈略談晚清小說理論〉，陳建生，《徐州師範學院學報》(哲社版)，1983 年二期，1983 年。

42. 〈略論中國近代文學思潮之變遷〉，趙慎修，《中國近代文學研究》第一輯，1983 年。

43. 〈略論近代小說的歷史分期及其特點〉，侯忠義，《北京大學學報》(哲社版)，1980 年二期，1980 年。

44. 〈從《活地獄》看李伯元後期作品的傾向〉，李茂肅，《光明日報》1966 年 8 月 6 日。

45. 〈試論《官場現形記》的思想傾向〉，許國良，《清海師範學院學報》(哲社版)，1984 年一期，1984 年。

46. 〈試論二十世紀初期我國小說中的醜病現象——兼及譴責小說和魯迅小說的比較〉，陳方，《華南師範大學學報》(社會科學版)，1987 年一期，1987 年。

47. 〈試論中國近代小說運動中的「文章」化傾向〉，袁進陽，《學刊輯刊》，1986 年六期，1986 年。

48. 〈試論中國近代文學史的研究範圍〉，張中，《社會科學輯刊》，1984 年四期，1984 年。

49. 〈試論近代小說的興盛和演變〉，裴效維，《浙江學刊》，1985 年二期，1985 年。

50. 〈談《文明小史》中的媚外奇觀〉，江漢，《仙人掌雜誌》十二號，民國 67 年。

51. 〈談晚清小說論壇上的論爭〉，姜東賦，《天津師大學報》，1984 年四期，1984 年。

52. 〈談談劉鶚與李伯元的一段文字案——兼與魏紹昌、汪家熔兩先生商榷〉，張純，《出版史料》五期，1986 年。

53. 〈論《官場現形記》的思想性〉，路遙，《文史哲》，1985 年八期，1985 年。

54. 〈論小說的社會改造作用〉，尹雪曼，《新文藝》三二五期，民國 72 年。

55. 〈論西方文學對近代譴責小說的影響〉，張化，《江海學刊》，1983 年五期，1983 年。

56. 〈論李伯元作品的思想傾向〉，章培恆，《光明日報》1965 年 6 月 6 日。

57. 〈論晚清「譴責小說」中的揭露和譴責〉，江東陽，《光明日報》1966 年 5 月 22 日。

58. 〈論晚清譴責小說的「匡世」特點〉，許國良，《社會科學》（上海），1983 年十一期，1983 年。

59. 〈論歐風東漸對近代文學的影響〉，牛仰山，《社會科學輯刊》，1985 年四期，1985 年。

60. 〈論鴉片戰爭時期的小說〉，鍾賢培，《華南師範大學學報》1990 年一期 1990 年。

61. 〈鴉片戰爭前後中國社會與小說的轉變〉，尉天驄，《中華文化復興月刊》九卷六期，民國 65 年。

62. 〈關於《繡像小說》半月刊的終刊時間〉，張純，《徐州師範學院學報》（哲社版），1986 年二期，1986 年。

63. 〈鏡中取影，窮形盡形——試論晚清現實主義小說理論〉，陳建生，《徐州師範學院學報》（哲社版），1986 年一期，1986 年。

附　錄

一、晚清四大小說報刊登載之小說目錄索引（依筆劃順序排列）

小 說 名 稱	著 譯 者	類別	報 刊
九命奇冤	嶺南將叟重編	創	新小說
二十年目睹之怪現狀	我佛山人	創	新小說
二勇少年	南野浣白子述譯	譯	新小說
人鏡學社鬼哭傳	趼人	創	月月小說
入場券	卓呆	創	小說林
八寶匣	上海知新室主人譯述	譯	月月小說
十年一夢（威林筆記第一則）	威林樂干著，楊心一譯	譯	月月小說
三勇士	天笑	創	小說林
三玻璃眼	英・葛威廉著，羅季芳譯	譯	月月小說
三疑案		譯	繡像小說
上海之秘密——官場秘密	訥夫	創	月月小說
上海偵探案	吉	創	月月小說
上海游驂錄	我佛山人	創	月月小說
大人國	老驥	創	月月小說
大改革	趼	創	月月小說
女偵探（虛無黨叢談之一）	冷	創	月月小說
小仙源（原名：小殖民地）	戈特爾芬美蘭女史	譯	繡像小說

小足捐	陶安化	創	月月小說
山家奇遇	美・馬克多槐音，日・抱一庵主人譯，錢塘吳檮重演	譯	繡像小說
中國進化小史	燕市狗徒	創	月月小說
今年維新	大陸	創	月月小說
介紹良醫	闓異	創	月月小說
天方夜譚		譯	繡像小說
天國維新	想非子	創	月月小說
少年軍	社員	創	月月小說
幻想翼	美・愛克乃斯格平	譯	繡像小說
文明小史	南亭亭長新著，自在山民加評	創	繡像小說
月球殖民地小說	荒江釣叟	創	繡像小說
水底渡節	上海新庵譯述	譯	新小說
水深火熱	上海知新室譯述	譯	月月小說
世界末日記	飲冰譯	譯	新小說
世界末日記	天笑	創	月月小說
世界進化史	惺庵	創	繡像小說
古王宮	吳門天笑生譯	譯	月月小說
失女案	上海知新室主人譯	譯	新小說
失舟得舟	上海知新室主人周桂笙譯述	譯	月月小說
失珠	馬江劍客述，天民記	創	月月小說
左右敵	知新室主人譯	譯	月月小說
市聲	姬文	創	繡像小說
平步青雲（笑枋）	跰	創	月月小說
平望驛	飲椒	創	小說林
斥候美談	科南岱爾著，日・高須梅溪譯意，錢塘吳檮重演	譯	繡像小說
未來世界	春飆	創	月月小說
未來教育史	悔學子	創	繡像小說
玄君會	社員某	創	月月小說
玉佛緣	嘿生	創	繡像小說

玉環外史	天僇生譯述	譯	月月小說
生生袋	支明著，韞梅評	創	繡像小說
白絲線記	法・某著，披髮生譯	譯	新小說
白綾巾	紫崖	創	小說林
立憲萬歲（滑稽）	跰	創	月月小說
光緒萬年	我佛山人	創	月月小說
吃大菜	紫崖	創	小說林
回天綺談	玉瑟齋主人	創	新小說
回頭看	美・威士	譯	繡像小說
地方自治	飲椒	創	小說林
地獄村	日・雨乃舍主人原譯，女士黃翠凝、陳信芳重譯	譯	小說林
好男兒	韞臣譯意，鐵漢演義	譯	小說林
守錢虜再生記（海謨偵探案之二）	哈華德著・楊心一譯	譯	月月小說
汗漫游（原名：僬僥國）	英・司威夫脫	譯	繡像小說
老殘游記	洪都百鍊生	創	繡像小說
自由結婚	上海知新室主人譯述	譯	月月小說
西裝之少年	陳鐵侯	創	小說林
劫餘灰	我佛山人	創	月月小說
含冤花	英・培台爾著，稚桂譯述	譯	月月小說
妒婦謀夫案（高龍偵探案）	周桂笙譯	譯	月月小說
快陞官（記事）	跰	創	月月小說
兩晉演義（稿本）（甲部歷史小說第一種）	我佛山人	創	月月小說
兩頭蛇（一名印度蛇）	張其訒	創	月月小說
兩羅勃以利（復朗克偵探案之一）	英・麥倫筆記，覺一譯述	譯	月月小說
刺國敵	角勝子譯演	譯	月月小說
奇童案	李涵秋譯	譯	小說林
孤臣碧血記	天僇生	創	月月小說
宜春苑	法・某著，無歆羨齋譯	譯	新小說
岳群（一名：亂草中之孤墳）	天民	創	月月小說

彼何人斯	蕭然郁生	創	月月小說
戕弟案	紫崖	創	小說林
放河燈	非非國手	創	月月小說
東歐女豪傑	嶺南羽衣女士著，談虎客批	創	新小說
空中戰爭未來記	笑	創	月月小說
花神夢	血淚餘生	創	繡像小說
青羊掛	不因人	創	小說林
俄皇宮中之人鬼	法‧前駐俄公使某君著，曼殊室主人譯	譯	新小說
俄國包探索		譯	繡像小說
俄國皇帝	冷	創	月月小說
俄羅斯之報冤奇事	HSY	譯	小說林
南鄙都閱兵記	天石	創	月月小說
後官場現形記	白眼	創	月月小說
恨史（言情）	報癖著，阿閣評	創	月月小說
查功課	趼	創	月月小說
柳非煙	天虛我生	創	月月小說
毒蛇圈	法‧鮑福著，上海知新室主人譯	譯	新小說
洪水禍	雨塵子	創	新小說
活地獄	南亭亭長著，願雨樓加評	創	繡像小說
珊瑚美人	日‧青軒居士	譯	繡像小說
紅寶石指環（一名：八角寶）	英‧宓德著，張瑛譯	譯	月月小說
美人局（威林筆記第三則）	威林樂干著，楊心一譯	譯	月月小說
美人島	鹿島櫻巷著，張倫譯述	譯	月月小說
美國獨立史別裁（乙部歷史小說第一種）	清河譯	譯	月月小說
苦學生	杞憂子	創	繡像小說
負曝閑談	蓬園	創	繡像小說
飛訪木星	上海知新室主人周桂笙譯述	譯	月月小說
倫敦新世界	上海周桂笙譯述	譯	月月小說
弱女救兄紀	品三譯述	譯	月月小說

振貝子英輶日記		創	繡像小說
泰西歷史演義	洗紅盦主演述	創	繡像小說
海底沉珠	上海新庵主人譯	譯	月月小說
海底旅行	英·肖魯士原著，南海盧藉東譯意，東越紅溪生潤文	譯	新小說
烏托邦游記	蕭然郁生	創	月月小說
特別菩薩（滑稽）	新樓	創	月月小說
珠宮會（巴黎五大奇案之一）	英·白髭拜著，仙友譯	譯	月月小說
破產	冷	創	月月小說
神女再世奇緣	英·解佳著，周樹奎譯述	譯	新小說
馬哥王后佚史	法·大仲馬著，東亞病夫譯述	譯	小說林
僞電案	羅人驥譯	譯	小說林
停車場	海虞邵粹夫	創	小說林
假女王案	英·伊柴君著，吳江大愛譯	譯	小說林
商界第一偉人戈布登軼事	憂患餘生述	譯	繡像小說
國事偵探（威林筆記第二則）	威林樂干著，楊心一譯	譯	月月小說
情中情	俠心女史譯述，我佛山人點定	譯	月月小說
掃迷帚	壯者	創	繡像小說
殺人公司	冷	創	月月小說
理想美人	葛維士著，日·文學士中內蝶二譯，錢塘吳檮重演	譯	繡像小說
第一百三十案	法·加寶耳奧著，女士陳鴻璧譯	譯	小說林
無理取鬧之西游記	我佛山人	創	月月小說
猴刺客	番禺女士黃翠凝	創	月月小說
痛史	我佛山人	創	新小說
發財秘史（一名：黃奴外史）	趼人	創	月月小說
盜馬（巴黎五大奇案之一）	英·白髭拜著，仙友譯	譯	月月小說
盜偵探（又名：金齒記）	解朋著，迪齋譯述	譯	月月小說
紫羅蘭	雲汀譯	譯	月月小說
善良煙鼠	柚斧	創	月月小說
華生包探索		譯	繡像小說
買路錢	卓呆	創	小說林

雲南野乘	跰	創	月月小說
黃繡球	頤瑣述，二我評	創	新小說
黑蛇奇談	美・威登著，張瑛譯	譯	小說林
黑籍冤魂	跰	創	月月小說
愛芩小傳	綺痕	創	月月小說
新中國未來記（稿本）	飲冰室主人著，平等閣主人批	創	新小說
新再生緣	英・海立福醫士筆記，張勉旃、陳無我譯	譯	月月小說
新封神傳	大陸	創	月月小說
新乾坤	石膓山民	創	月月小說
新淚珠緣	天虛我生	創	月月小說
新聊齋・唐生	平等閣	創	新小說
新鼠史	柚斧	創	月月小說
新舞台鴻雪記	報癖	創	月月小說
新舞臺	日・押川春浪著，東海覺我譯述	譯	小說林
新鏡花緣	蕭然郁生	創	月月小說
暗中摸索	虛白	創	月月小說
溫泉浴	卓呆	創	小說林
滑稽談	蘇州吳釗譯	譯	小說林
義盜記	跰	創	月月小說
電冠	英・佳漢，女士陳鴻璧譯	譯	小說林
電術奇談（一名：催眠術）	日・菊池幽芳氏元著，東莞方慶周譯述，我佛山人衍義，知新室主人評點	譯	新小說
預備立憲	偈	創	月月小說
墓中屍案（海謨偵探案之三）	哈華德著，楊心一譯	譯	月月小說
夢游二十一世紀（紀西曆紀元後二千零七十一年事）	荷・達愛斯克洛提斯	譯	繡像小說
碧血幕	吳門天笑生編述	創	小說林
綠林俠譚	無錫王蘊章譯	譯	小說林
綠林豪傑（威林筆記第四則）	威林樂干著，楊心一譯	譯	月月小說
劈棺	J.R. Hammond 著，石如麟譯	譯	小說林
劍術家被殺案（海謨偵探案之一）	哈華德著，心一譯	譯	月月小說

慶祝立憲	趼	創	月月小說
樂隊	卓呆	創	小說林
瞎騙奇聞	繭叟	創	繡像小說
窮丐	涵秋	創	小說林
諸神大會議	笑	創	月月小說
賣國奴	德·蘇德蒙	譯	繡像小說
鄰女語	憂患餘生	創	繡像小說
醋海波	英·哥林斯著，李郁譯	譯	月月小說
學究教育談	天僇生	創	月月小說
學究新談	吳蒙	創	繡像小說
學界鏡	厭叟	創	月月小說
燈臺卒	星科伊梯撰，日·國山花袋譯，錢塘吳檮重演	譯	繡像小說
親鑑	南支那老驥氏編，上海冷眼人評點	創	小說林
貓日記	上海新庵主人譯	譯	月月小說
環瀛志險	奧·維也納愛孫孟	譯	繡像小說
臨鏡妝	鐵漢杜撰，可庵加評	創	小說林
斷袖（巴黎五大奇案之一）	白髭拜著，仙友譯	譯	月月小說
醫意（滑稽體）	武	創	月月小說
離魂記	披髮生譯述	譯	新小說
雙公使	上海知新室主人譯述	譯	新小說
雙屍祭（巴黎五大奇案之一）	英·白髭拜著，仙友譯	譯	月月小說
雙圈媒	品三譯述	譯	月月小說
爆烈彈	冷	創	月月小說
癡人說夢記	旅生	創	繡像小說
孽海花（自二十一回起）	愛自由者發起，東亞病夫編述	創	小說林
蘇格蘭獨立記（第十一回起）	女士陳鴻璧譯，東海覺我潤辭	譯	小說林
警察之結果	濱江陶報癖	創	小說林
鐵窗紅淚記	法·囂俄著，天笑生譯述	譯	月月小說
魔海	吳江任墨緣譯意，東海覺我潤辭	譯	小說林
觚賸	醉茗	創	小說林

二、晚清小說研究書目聞見錄（初稿）

凡例：

一、本目錄收錄者，以研究晚清小說（自鴉片戰爭起〔西元 1840 年〕至民國八年〔西元 1919 年〕五四運動以前的小說）之研究篇目為範圍，共計一千零四十二條。

一、本目錄收錄之研究篇目取材自：

1. 《中華民國期刊論文索引》（民國 60 年～民國 77 年）。

2. 《中國古典文學研究論文索引》（1966 年 7 月～1983 年 12 月）（中國社科院文學研究所資料室編，北京，中華）。

3. 《1849～1980 中國古典文學研究論文索引》（中山大學中文系資料室編，廣西人民）。

4. 《東洋學文獻類目》（1934 年～1987 年）。

5. 其他個人所編之相關研究目錄等，如：《晚清小說研究概述》一書後之附錄《重要論文索引》等。

一、本目錄收錄公開發行之期刊、報刊之單篇學術論文。凡屬專著或個人文集之篇目，則酌量收錄。

一、本目錄收錄各篇，分篇名、作者、注譯者、期刊、卷、期、總期、起迄頁次、出版時及備注等十項登錄，依次排列，凡有不明者，暫缺不填。

一、本目錄所收錄之篇目，其排列順序主要依各篇篇名首字筆劃數多寡排列，首字相同者，按次字筆劃多寡排列，依此類推。但：

1. 凡遇阿拉伯數字及標點符號等特殊符號，則優先於文字排列，如：頁 157：「李伯元與《官場現形記》」條及「李伯元與劉鐵雲的一段文字案」條，因前條第五字為「《」，故列於後條之前。

2. 凡遇有日文字者，其日文不計筆劃數，盡歸於中文字之末。如：頁 175：「晚清譴責小說質言」條及「晚清に於ける虛無黨小說」條，因後條第三字為日文，故列於第三字最多筆劃的前條之後。

一、本目錄收錄之篇目，若有重複出刊者，僅收錄最新出版或新修訂者一條為原則，並於該條備注欄說明其餘未收錄各篇出處，以便查詢。

本目錄僅就編者個人聞見者收錄而成，遺漏缺誤之處，在所難免，尚祈不吝指正，以便補充修改，是所至幸。

〔0劃〕

篇名：80年代大陸的劉鶚及《老殘遊記》
　　　研究
作者：劉德隆
期刊：清末小說研究
注譯者：　　卷：0 期：11 總期：0
起迄頁次：12～23
出處：3
出版時：1988.12
備註：1988.12.01

篇名：《〈老殘遊記〉考證》補
作者：胡滌
期刊：中華月報
注譯者：　　卷：4 期：4 總期：0
起迄頁次：
出處：2
出版時：1936.04
備註：1936.04.01

篇名：《〈孽海花〉前言》的兩個問題
作者：周方黎
期刊：文學遺產
注譯者：　　卷：1982 期：3 總期：0
起迄頁次：
出處：5
出版時：1982
備註：

〔二劃〕

篇名：《九命奇冤》凶犯穿腮七檔案之發
　　　現
作者：羅爾綱
期刊：天津益世報・史學
注譯者：　　卷：0 期：43 總期：0
起迄頁次：
出處：2
出版時：1936.12
備註：1936.12.06

篇名：《九命奇冤》的本事
作者：羅爾綱
期刊：天津益世報・史學
注譯者：　　卷：0 期：35 總期：0
起迄頁次：

出處：2
出版時：1936.08
備註：1936.08.16

篇名：《九命奇冤》新序
作者：魏冰心
期刊：九命奇冤
注譯者：　　卷：0 期：0 總期：0
起迄頁次：
出處：2
出版時：1926.09
備註：上海世界書局 1926.09

篇名：《九命奇冤》と《梁天來》
作者：麥生美登江
期刊：中國文學論集
注譯者：　　卷：0 期：5 總期：0
起迄頁次：47～61
出處：1
出版時：1976.03
備註：

篇名：《九命奇冤》の成立
作者：香阪順一
期刊：日本中國學會報
注譯者：　　卷：0 期：15 總期：0
起迄頁次：179～196
出處：1
出版時：1963.10
備註：

篇名：《九命奇冤》ノォト──吳趼人研
　　　究ノォト（1）
作者：中島利郎
期刊：咿啞
注譯者：　　卷：0 期：11 總期：0
起迄頁次：43～53
出處：1
出版時：1978.12
備註：

篇名：《二十年目睹之怪現狀》
作者：蔣瑞藻
期刊：小說考證
注譯者：　　卷：0 期：0 總期：0
起迄頁次：
出處：2

出版時：1924.06
備註：商務印書館 1924.06

篇名：《二十年目睹之怪現狀》的評價
作者：陳幸惠
期刊：漢學論文集
注譯者：　　卷：0 期：3 總期：0
起迄頁次：
出處：2
出版時：1984.12
備註：文史哲出版社，漢學論文集晚清小說專號

篇名：《二十年目睹之怪現狀》的藍本
作者：鄭逸梅
期刊：新民報晚刊
注譯者：　　卷：0 期：0 總期：0
起迄頁次：
出處：2
出版時：1956.09
備註：1956.09.16

篇名：《二十年目睹之怪現狀》前言
作者：簡夷之
期刊：二十年目睹之怪現狀
注譯者：　　卷：0 期：0 總期：0
起迄頁次：
出處：2
出版時：1959.07
備註：人民文學出版社 1959.07

篇名：《二十年目睹之怪現狀》索隱
作者：高伯雨
期刊：河洛圖書出版社
注譯者：　　卷：0 期：0 總期：0
起迄頁次：
出處：2
出版時：1977.04
備註：

篇名：《二十年目睹之怪現狀》評語
作者：吳趼人を讀む會
期刊：咿啞
注譯者：　　卷：0 期：11 總期：0
起迄頁次：67～87
出處：1
出版時：1978.12

備註：

篇名：《二十年目睹之怪現狀》新序
作者：桐廬主人
期刊：二十年目睹之怪現狀
注譯者：　　卷：0 期：0 總期：0
起迄頁次：
出處：2
出版時：1936.03
備註：廣益書局 1936.03

篇名：《二十年目睹之怪現狀》與《談塵》
作者：趙景深
期刊：小說論叢
注譯者：　　卷：0 期：0 總期：0
起迄頁次：
出處：2
出版時：1947.06
備註：日新出版社 1947.06

篇名：《二十年目睹之怪現狀》語彙調查
作者：宮田一郎
期刊：明清文學言語研究會會報
注譯者：　　卷：0 期：7 總期：0
起迄頁次：21～42
出處：1
出版時：1966.02
備註：

篇名：《二十年目睹之怪現狀》あらすじ
作者：中島利郎、鈴木郁子
期刊：咿啞
注譯者：　　卷：0 期：11 總期：0
起迄頁次：55～66
出處：1
出版時：1978.12
備註：

篇名：《二十載繁華夢》
作者：陳汝衡
期刊：中央日報
注譯者：　　卷：0 期：0 總期：0
起迄頁次：
出處：2
出版時：1947.03
備註：1947.03.21

〔三劃〕

篇名：《三俠五義》有人民性嗎?
作者：周英
期刊：光明日報
注譯者：　　卷：0 期：0 總期：0
起迄頁次：
出處：2
出版時：1963.08
備註：1963.08.03

篇名：《三俠五義》序
作者：胡適
期刊：三俠五義
注譯者：　　卷：0 期：0 總期：0
起迄頁次：
出處：2
出版時：1930.09
備註：上海亞東圖書館 1930.09

篇名：《三俠五義》的思想和藝術
作者：熊起渭
期刊：光明日報
注譯者：　　卷：0 期：0 總期：0
起迄頁次：
出處：2
出版時：1956.09
備註：1956.09.03

篇名：《三俠五義》是一部什麼樣的書
作者：薛洪勣
期刊：說演彈唱
注譯者：　　卷：1980 期：5 總期：0
起迄頁次：
出處：5
出版時：1980
備註：

篇名：《三俠五義》是一部思想平庸的書
作者：石昌渝
期刊：文史知識
注譯者：　　卷：0 期：0 總期：0
起迄頁次：
出處：2
出版時：1986.01
備註：

篇名：《三俠五義》重版發行

作者：蠻勁
期刊：書林
注譯者：　　卷：1980 期：5 總期：0
起迄頁次：
出處：5
出版時：1980
備註：

篇名：《三俠五義》評析
作者：周先慎
期刊：文學遺產
注譯者：　　卷：1983 期：3 總期：0
起迄頁次：104～109
出處：1
出版時：1983.09
備註：

篇名：《三俠五義》に見る包公說話の新
　　　展開——清代における俠義公案
　　　小說の發生
作者：根ケ山徹
期刊：九州中國學會報
注譯者：　　卷：0 期：26 總期：0
起迄頁次：57～75
出處：1
出版時：1987.05
備註：

篇名：《上海之維新黨》
作者：楊世驥
期刊：文苑談往
注譯者：　　卷：0 期：0 總期：0
起迄頁次：
出處：2
出版時：1945.04
備註：中華書局

篇名：《上海遊驂錄》——吳趼人之政治
　　　思想
作者：阿英
期刊：人世間
注譯者：　　卷：0 期：32 總期：0
起迄頁次：
出處：2
出版時：1935.07
備註：1935.07.20

篇名：《女界爛污史》
作者：阿英
期刊：小說閑談
注譯者：　　卷：0 期：0 總期：0
起迄頁次：
出處：2
出版時：1936.06
備注：良友圖書印刷公司

篇名：《女銅像》
作者：楊世驥
期刊：文苑談往
注譯者：　　卷：0 期：0 總期：0
起迄頁次：
出處：2
出版時：1945.04
備注：中華書局

篇名：《小日報》與鴛鴦蝴蝶派
作者：晁良
期刊：蘇州大學學報
注譯者：　　卷：1982 期：1 總期：0
起迄頁次：
出處：5
出版時：1982
備注：

篇名：《小說林》的小說理論
作者：顏廷亮
期刊：貴州社會科學（文史哲）
注譯者：　　卷：1985 期：7 總期：34
起迄頁次：31～36
出處：1
出版時：1985.10
備注：

篇名：《小說叢話》評論
作者：蔡景康
期刊：廈門大學學報
注譯者：　　卷：1981 期：4 總期：0
起迄頁次：
出處：2
出版時：
備注：

〔四劃〕

篇名：《中國小說的歷史的變遷》（魯迅）について——その補訂を中心に
作者：豬俣庄八
期刊：東京支那學報
注譯者：　　卷：0 期：6 總期：0
起迄頁次：79～82
出處：1
出版時：1960.06
備注：

篇名：《中國近代文學研究資料叢書》編寫要旨
作者：效維
期刊：社會科學輯刊
注譯者：　　卷：1984 期：1 總期：30
起迄頁次：24
出處：1
出版時：1984.01
備注：

篇名：《中國現在記》的發現
作者：鷹隼
期刊：文藝新潮
注譯者：　　卷：1 期：6 總期：0
起迄頁次：
出處：2
出版時：1939.03
備注：

篇名：《中國歷代通俗演義》五題
作者：金名
期刊：讀書
注譯者：　　卷：1980 期：1 總期：0
起迄頁次：54～60
出處：1
出版時：1980.01
備注：

篇名：《六月霜》作著考——晚清小說札記
作者：中野美代子
期刊：加賀博士退官記念中國記念論集
注譯者：　　卷：0 期：0 總期：0
起迄頁次：939～959
出處：1
出版時：1979.03

備注：加賀博士退官記念中國中記念文史哲
學論集

篇名：《文明小史》
作者：寒峰
期刊：新小說
注譯者：　　卷：1 期：5 總期：0
起迄頁次：
出處：2
出版時：1935.06
備注：1935.06.15

篇名：《文明小史》
作者：楊世驥
期刊：文苑談往
注譯者：　　卷：0 期：1 總期：0
起迄頁次：
出處：2
出版時：1945.04
備注：文苑談往第 1 集，中華書局 1945.04

篇名：《文明小史》敘引
作者：阿英
期刊：文明小史
注譯者：　　卷：0 期：0 總期：0
起迄頁次：
出處：2
出版時：1957.07
備注：通俗文藝出版社 1957.07

篇名：《文明小史》をめぐつて
作者：太田辰夫
期刊：神戶外大論叢
注譯者：　　卷：12 期：3 總期：0
起迄頁次：105～107
出處：1
出版時：1961.08
備注：

篇名：《日日新聞》本的《老殘遊記》
作者：方詩銘
期刊：中央日報‧俗文學
注譯者：　　卷：0 期：46 總期：0
起迄頁次：
出處：2
出版時：1947.12
備注：1947.12.12

篇名：《水滸傳》與晚清小說理論批評
作者：徐應元
期刊：水滸爭鳴
注譯者：　　卷：0 期：2 總期：0
起迄頁次：
出處：2
出版時：1983.08
備注：長江文藝出版社

〔五劃〕

篇名：《包公案》及其考證
作者：衛聚賢
期刊：說文月刊
注譯者：　　卷：5 期：3 總期：0
起迄頁次：
出處：2
出版時：1945.08
備注：第 5 卷第 3、4 期合刊

篇名：《市聲》
作者：楊世驥
期刊：文苑談往
注譯者：　　卷：0 期：0 總期：0
起迄頁次：
出處：2
出版時：1945.04
備注：中華書局

篇名：《未來教育史》
作者：楊世驥
期刊：文苑談往
注譯者：　　卷：0 期：0 總期：0
起迄頁次：
出處：2
出版時：1945.04
備注：中華書局

篇名：《玉佛緣》
作者：阿英
期刊：小說閑談
注譯者：　　卷：0 期：0 總期：0
起迄頁次：
出處：2
出版時：1936.06
備注：良友圖書印刷公司

篇名：《玉梨魂》新論（1～3）
作者：夏志清
期刊：明報
注譯者：歐陽子譯　卷：20 期：9 總期：237
起迄頁次：59～64
出處：1
出版時：1985.09
備註：9～11 期，1985.09～11，10 期 p93～
97，11 期 P94～98

篇名：《白話西廂記》序
作者：陳東阜
期刊：白話西廂記
注譯者：　　卷：0 期：0 總期：0
起迄頁次：
出處：2
出版時：1921.10
備註：上海國家圖書館 1921.10

篇名：《白話西廂記》序
作者：戚飯牛
期刊：白話西廂記
注譯者：　　卷：0 期：0 總期：0
起迄頁次：
出處：2
出版時：1921.10
備註：上海國家圖書館 1921.10

〔六劃〕
篇名：《冰山雪海》
作者：楊世驥
期刊：文苑談往
注譯者：　　卷：0 期：1 總期：0
起迄頁次：
出處：2
出版時：1945.04
備註：文苑談往第 1 集，中華書局 1945.04

篇名：《冰山雪海》是冒名李伯元編譯的
　　　一本假貨——兼論楊世驥先生的
　　　評介文章
作者：魏紹昌
期刊：清末小說研究
注譯者：　　卷：0 期：3 總期：0
起迄頁次：1～6
出處：1

出版時：1979.12
備註：

篇名：《老殘遊記》
作者：劉鶚
期刊：中國文學
注譯者：岡崎俊夫譯　卷：0 期：64 總期：0
起迄頁次：
出處：1
出版時：1940～1941
備註：64～67 期

篇名：《老殘遊記》
作者：許嘯天
期刊：嘯天讀書記
注譯者：　　卷：0 期：0 總期：0
起迄頁次：
出處：2
出版時：1931.02
備註：上海群學社 1931.02

篇名：《老殘遊記》
作者：蔣瑞藻
期刊：小說枝談
注譯者：　　卷：0 期：0 總期：0
起迄頁次：
出處：2
出版時：1931.04
備註：商務印書館 1931.04

篇名：《老殘遊記》一集考證
作者：蔣逸雪
期刊：文史雜誌
注譯者：　　卷：4 期：1 總期：0
起迄頁次：
出處：2
出版時：1944.07
備註：1、2 期合刊，（附劉鶚年略）

篇名：《老殘遊記》二集
作者：阿英
期刊：小說閑談
注譯者：　　卷：0 期：0 總期：0
起迄頁次：
出處：2
出版時：1936.06
備註：良友圖書印刷公司 1936.06

篇名：《老殘遊記》二集序
作者：劉鐵雲
期刊：人間世
注譯者：　　卷：0 期：6 總期：0
起迄頁次：
出處：2
出版時：1934.06
備注：1934.06.20

篇名：《老殘遊記》二集序
作者：林語堂
期刊：老殘遊記二集
注譯者：　　卷：0 期：0 總期：0
起迄頁次：
出處：2
出版時：1935.03
備注：良友圖書印刷公司 1935.03.01

篇名：《老殘遊記》二集跋
作者：劉鐵孫
期刊：老殘遊記二集
注譯者：　　卷：0 期：0 總期：0
起迄頁次：
出處：2
出版時：1935.03
備注：良友圖書印刷公司 1935.03.01

篇名：《老殘遊記》中的敘景狀物
作者：王明庸
期刊：新聞戰線
注譯者：　　卷：1979 期：6 總期：0
起迄頁次：58～59
出處：1
出版時：1979.12
備注：

篇名：《老殘遊記》之作者
作者：頡剛
期刊：小說月報
注譯者：　　卷：15 期：3 總期：0
起迄頁次：
出處：2
出版時：1924.03
備注：1924.03.10

篇名：《老殘遊記》及其二集
作者：趙景深

期刊：新小說
注譯者：　　卷：2 期：1 總期：0
起迄頁次：
出處：2
出版時：1935.07
備注：1935.07.15

篇名：《老殘遊記》外篇殘稿の著作時期
　　　の問題について
作者：劉蕙孫
期刊：野草
注譯者：荒井由美譯　卷：0 期：33 總期：0
起迄頁次：39～41
出處：1
出版時：1984.02
備注：

篇名：《老殘遊記》外編及“三集”
作者：高健行
期刊：清末小說研究
注譯者：　　卷：0 期：8 總期：0
起迄頁次：
出處：3
出版時：1985.12
備注：1985.12.01

篇名：《老殘遊記》外編殘稿寫作年代考
作者：時萌
期刊：光明日報
注譯者：　　卷：0 期：0 總期：0
起迄頁次：
出處：2
出版時：1983.03
備注：1983.03.15

篇名：《老殘遊記》外編は偽作か
作者：樽本照雄
期刊：咿啞
注譯者：　　卷：0 期：5 總期：0
起迄頁次：（左）1～13
出處：1
出版時：1975.12
備注：

篇名：《老殘遊記》考
作者：趙苕狂
期刊：足本儒林外史老殘遊記

注譯者：　　卷：0 期：0 總期：0
起迄頁次：
出處：2
出版時：1935.01
備注：上海世界書局 1935.01

篇名：《老殘遊記》考證
作者：蔣逸雪
期刊：東方雜誌
注譯者：　　卷：40 期：1 總期：0
起迄頁次：
出處：2
出版時：1944.01
備注：1944.01.15

篇名：《老殘遊記》考證（1～3）
作者：胡滌
期刊：中華月報
注譯者：　　卷：3 期：9 總期：0
起迄頁次：
出處：2
出版時：1935.09
備注：3 卷 12 期 1935.12，4 卷 2 期 1936.02

篇名：《老殘遊記》作者劉鐵雲先生軼事
作者：劉大鈞
期刊：論語
注譯者：　　卷：0 期：25 總期：0
起迄頁次：
出處：2
出版時：1933.09
備注：1933.09.16

篇名：《老殘遊記》作者劉鶚的手稿
作者：沈颺民
期刊：文匯報
注譯者：　　卷：0 期：0 總期：0
起迄頁次：
出處：2
出版時：1962.04
備注：1962.04.28

篇名：《老殘遊記》序
作者：胡適
期刊：老殘遊記
注譯者：　　卷：0 期：0 總期：0
起迄頁次：

出處：2
出版時：1930.09
備注：上海亞東圖書館 1930.09

篇名：《老殘遊記》和作者劉鶚
作者：黃德成
期刊：長江日報
注譯者：　　卷：0 期：0 總期：0
起迄頁次：
出處：5
出版時：1979.05
備注：1979.05.27

篇名：《老殘遊記》的八十年
作者：李延
期刊：上海師範大學學報（哲學社會科學）
注譯者：　　卷：1987 期：4 總期：34
起迄頁次：21～25
出處：1
出版時：1987.12
備注：

篇名：《老殘遊記》的反動性和胡適在《老殘遊記》評價中所表現的反動政治立場
作者：張畢來
期刊：文學
注譯者：　　卷：1955 期：2 總期：0
起迄頁次：122～133
出處：1
出版時：1955.02
備注：新華月報 66 期 p242～248，明清小說研究論文集 p374～399，1959.02

篇名：《老殘遊記》的作者
作者：柳存仁
期刊：人物談
注譯者：　　卷：0 期：0 總期：0
起迄頁次：
出處：2
出版時：1952.09
備注：香港大公書局 1952.09

篇名：《老殘遊記》的作者劉鶚與濟南
作者：嚴薇青
期刊：濟南文藝
注譯者：　　卷：1980 期：4 總期：0

起迄頁次：
出處：5
出版時：1980
備注：

篇名：《老殘遊記》的思想意義和寫作特點
作者：汪德斌
期刊：語言文學
注譯者：　　卷：1982 期：6 總期：0
起迄頁次：
出處：5
出版時：1982
備注：

篇名：《老殘遊記》的思想與藝術
作者：張如法
期刊：河南師大學報
注譯者：　　卷：0 期：0 總期：0
起迄頁次：
出處：2
出版時：1983.02
備注：

篇名：《老殘遊記》的修辭技巧及其語言要點
作者：鈴木直治
期刊：清末語言文學研究會會報
注譯者：　　卷：0 期：2 總期：0
起迄頁次：
出處：2
出版時：1962.10
備注：

篇名：《老殘遊記》的殘稿
作者：魏紹昌
期刊：文匯報
注譯者：　　卷：0 期：0 總期：0
起迄頁次：
出處：2
出版時：1961.01
備注：1961.01.29

篇名：《老殘遊記》的價值
作者：李辰冬
期刊：學粹
注譯者：　　卷：15 期：3 總期：0

起迄頁次：
出處：2
出版時：1973.04
備注：台灣學粹社 1973.04，學粹第 154 卷 3、4 期

篇名：《老殘遊記》的趣味
作者：田中克己
期刊：中國文學
注譯者：　　卷：0 期：81 總期：0
起迄頁次：
出處：2
出版時：1942.02
備注：

篇名：《老殘遊記》的藝術與思想
作者：張如法
期刊：河南師大學報（社會科學）
注譯者：　　卷：1983 期：2 總期：71
起迄頁次：38～44
出處：1
出版時：1983.11
備注：

篇名：《老殘遊記》是一部什麼樣的作品
作者：王俊年
期刊：文學遺產
注譯者：　　卷：0 期：500 總期：0
起迄頁次：
出處：1
出版時：1965
備注：光明日報 1965.02.28

篇名：《老殘遊記》是一部什麼樣的書
作者：嚴薇青
期刊：文史知識
注譯者：　　卷：0 期：0 總期：0
起迄頁次：
出處：2
出版時：1984.09
備注：

篇名：《老殘遊記》校讀後記
作者：汪原放
期刊：老殘遊記
注譯者：　　卷：0 期：0 總期：0
起迄頁次：

出處：2
出版時：1925.12
備註：上海亞東圖書館 1925.12

篇名：《老殘遊記》評介
作者：林儒行
期刊：暢流
注譯者：　　卷：25 期：4 總期：0
起迄頁次：
出處：2
出版時：1962.04
備註：台北暢流半月社第 25 卷 4、5 期，
1962.04

篇名：《老殘遊記》新序
作者：章衣萍
期刊：老殘遊記
注譯者：　　卷：0 期：0 總期：0
起迄頁次：
出處：2
出版時：1932.12
備註：上海兒童書局 1932.12

篇名：《老殘遊記》裡的王小玉
作者：陸萼庭
期刊：中央日報・俗文學
注譯者：　　卷：0 期：68 總期：0
起迄頁次：
出處：2
出版時：1948.06
備註：1948.06.04

篇名：《老殘遊記》試論
作者：樽本照雄
期刊：清末小說研究
注譯者：　　卷：0 期：1 總期：0
起迄頁次：27～40
出處：1
出版時：1977.10
備註：

篇名：《老殘遊記》與福爾摩斯
作者：李陽
期刊：羊城晚報
注譯者：　　卷：0 期：0 總期：0
起迄頁次：
出處：5

出版時：1980.07
備註：1980.07.29

篇名：《老殘遊記》寫作發表年代初探
作者：劉德榮，朱喜
期刊：中華文史論叢
注譯者：　　卷：1984 期：2 總期：30
起迄頁次：205～212
出處：1
出版時：1984.05
備註：

篇名：《老殘遊記》簡論——兼評張畢來
　　　　對《老殘遊記》的觀點
作者：劉維俊
期刊：河北日報
注譯者：　　卷：0 期：0 總期：0
起迄頁次：
出處：2
出版時：1957.03
備註：1957.03.20

篇名：《老殘遊記》藝術欣賞
作者：時萌
期刊：中國近代文學論稿
注譯者：　　卷：0 期：0 總期：0
起迄頁次：
出處：2
出版時：1986.10
備註：上海古籍出版社

篇名：《老殘遊記》續集的一段內幕
作者：魏紹昌
期刊：羊城晚報
注譯者：　　卷：0 期：0 總期：0
起迄頁次：
出處：2
出版時：1961.04
備註：1961.04.17～18

篇名：《老殘遊記》の下書き手稿にてい
　　　　っ
作者：樽本照雄
期刊：清末小說研究
注譯者：　　卷：0 期：9 總期：0
起迄頁次：
出處：3

出版時：1986.12
備注：1986.12.01

篇名：《老殘遊記》の中の黃龍子たち
作者：樽本照雄
期刊：清末小說研究
注譯者：　　卷：0 期：11 總期：0
起迄頁次：1～11
出處：3
出版時：1988.12
備注：1988.12.01

篇名：《老殘遊記》の面白さ
作者：田中克己
期刊：中國文學
注譯者：　　卷：0 期：81 總期：0
起迄頁次：
出處：1
出版時：1942～1943
備注：

篇名：《老殘遊記》のモデル問題——璵
　　　姑の場合
作者：樽本照雄
期刊：野草
注譯者：　　卷：0 期：33 總期：0
起迄頁次：43～53
出處：1
出版時：1984.02
備注：

〔七劃〕

篇名：《冷眼觀》
作者：阿英
期刊：小說閑談
注譯者：　　卷：0 期：0 總期：0
起迄頁次：
出處：2
出版時：1936.06
備注：良友圖書印刷公司

篇名：《劫餘灰》
作者：楊世驥
期刊：文苑談往
注譯者：　　卷：0 期：1 總期：0
起迄頁次：

出處：2
出版時：1945.04
備注：中華書局 1945.04

篇名：《吳趼人傳》和《趼人十三種》
作者：邵汝愚
期刊：文學遺產
注譯者：　　卷：0 期：504 總期：0
起迄頁次：
出處：1
出版時：1965
備注：光明日報 1965.03.28

篇名：《宋元明清短篇白話小說選》序言
作者：范寧
期刊：文學研究集刊
注譯者：　　卷：0 期：3 總期：0
起迄頁次：117～154
出處：1
出版時：1956.09
備注：

〔八劃〕

篇名：《兒女英雄傳》（解說）
作者：豬俣庄八
期刊：中國文學
注譯者：　　卷：0 期：94 總期：0
起迄頁次：
出處：1
出版時：1946
備注：

篇名：《兒女英雄傳》小議
作者：范寧
期刊：文獻
注譯者：　　卷：0 期：9 總期：0
起迄頁次：
出處：5
出版時：1981.10
備注：

篇名：《兒女英雄傳》中之道情
作者：陳琴廬
期刊：小說世界
注譯者：　　卷：16 期：12 總期：0
起迄頁次：

出處：2
出版時：1927.09
備註：1927.09.16

篇名：《兒女英雄傳》中的大鼓史料
作者：趙景深
期刊：銀字集
注譯者：　　卷：0 期：0 總期：0
起迄頁次：
出處：2
出版時：1946.03
備註：永祥印書館 1946.03

篇名：《兒女英雄傳》中幾個社會問題
作者：林鳳
期刊：國民雜誌
注譯者：　　卷：2 期：1 總期：0
起迄頁次：
出處：2
出版時：1942.01
備註：1942.01.01

篇名：《兒女英雄傳》中諺語的運用
作者：江章
期刊：語文研究
注譯者：　　卷：0 期：0 總期：0
起迄頁次：
出處：2
出版時：1985.04
備註：

篇名：《兒女英雄傳》考
作者：趙苕狂
期刊：兒女英雄傳
注譯者：　　卷：0 期：0 總期：0
起迄頁次：
出處：2
出版時：1935
備註：文藝出版社 1935

篇名：《兒女英雄傳》考證（1～2）
作者：張慧德
期刊：新民報
注譯者：　　卷：2 期：2 總期：0
起迄頁次：
出處：2
出版時：1940.01

備註：2 期 1940.01.03，6 期 1940.03.15

篇名：《兒女英雄傳》作者文康的家世
作者：李玄伯
期刊：猛進
注譯者：　　卷：0 期：22 總期：0
起迄頁次：
出處：2
出版時：1925.07
備註：

篇名：《兒女英雄傳》作者文康家世、生平及著述考略
作者：林薇
期刊：文史
注譯者：　　卷：0 期：18 總期：0
起迄頁次：233～246
出處：1
出版時：1983.07
備註：

篇名：《兒女英雄傳》序
作者：胡適
期刊：兒女英雄傳
注譯者：　　卷：0 期：0 總期：0
起迄頁次：
出處：2
出版時：1930.09
備註：上海亞東圖書館 1930.09

篇名：《兒女英雄傳》注稿（1）
作者：
期刊：北方語研究叢刊
注譯者：太田辰夫注卷：2 期：0 總期：0
起迄頁次：34
出處：1
出版時：1970.06
備註：

篇名：《兒女英雄傳》的分析（1～2）
作者：聖美
期刊：新光雜誌
注譯者：　　卷：1 期：11 總期：0
起迄頁次：
出處：2
出版時：1941.02
備註：11 期 1941.02.10，12 期 1941.03.10

篇名：《兒女英雄傳》的民族特點及思想
　　　意義
作者：趙志輝
期刊：滿族文學研究
注譯者：　　卷：0 期：0 總期：0
起迄頁次：
出處：2
出版時：1982.01
備註：

篇名：《兒女英雄傳》的滿語語匯特色
作者：趙志忠，季永海
期刊：民族文學研究
注譯者：　　卷：1985 期：3 總期：8
起迄頁次：32～35
出處：1
出版時：1985.08
備註：

篇名：《兒女英雄傳》研究の資料
作者：島居久靖
期刊：中文研究
注譯者：　　卷：0 期：2 總期：0
起迄頁次：29～37
出處：1
出版時：1962.01
備註：

篇名：《兒女英雄傳》殘存說質疑
作者：龔維英
期刊：文學評論叢刊
注譯者：　　卷：0 期：16 總期：0
起迄頁次：
出處：5
出版時：1982.10
備註：

篇名：《兒女英雄傳》滿語校注商榷
作者：肇詠
期刊：中央民族學院學報
注譯者：　　卷：1986 期：2 總期：47
起迄頁次：90～91
出處：1
出版時：1986.05
備註：

篇名：《兒女英雄傳》標點辨誤

篇名：隋文昭
作者：隋文昭
期刊：天津師大學報
注譯者：　　卷：1986 期：5 總期：68
起迄頁次：92～96
出處：1
出版時：1986.10
備註：92～96 封三 1986.10

篇名：《兒女英雄傳》簡論
作者：亦鳴
期刊：大連師專學報
注譯者：　　卷：1983 期：2 總期：0
起迄頁次：
出處：5
出版時：1983
備註：

篇名：《兒女英雄傳》雜考
作者：太田辰夫
期刊：神戶大論叢
注譯者：　　卷：25 期：3 總期：0
起迄頁次：1～18
出處：1
出版時：1974.08
備註：

篇名：《兒女英雄傳》雜考
作者：齋藤喜代子
期刊：二松學社大學東洋學研究所集刊
注譯者：　　卷：0 期：16 總期：0
起迄頁次：41～60
出處：1
出版時：1986.03
備註：

篇名：《兒女英雄傳》について
作者：內田道夫
期刊：東北大學文學部研究年報
注譯者：　　卷：0 期：13 總期：0
起迄頁次：47～71
出處：1
出版時：1963.03
備註：13 期下

篇名：《兒女英雄傳》の言語
作者：太田辰夫
期刊：日本中國學會報

注譯者： 卷：0 期：26 總期：0
起迄頁次：141～156
出處：1
出版時：1974.10
備注：

篇名：《兒女英雄傳》の言語について
作者：太田辰夫
期刊：中國語學研究會關西月報
注譯者： 卷：0 期：0 總期：0
起迄頁次：
出處：1
出版時：1950.10
備注：

篇名：《兒女英雄傳》の副詞
作者：太田辰夫
期刊：神戶外大論叢
注譯者： 卷：26 期：3 總期：0
起迄頁次：1～16
出處：1
出版時：1975.08
備注：

篇名：《制台見洋人》試析
作者：彭華生
期刊：南充師院學報
注譯者： 卷：1982 期：3 總期：0
起迄頁次：
出處：5
出版時：1982
備注：

篇名：《制台見洋人》瑣談
作者：培蓓
期刊：語文教學（江西師院）
注譯者： 卷：1982 期：8 總期：0
起迄頁次：
出處：5
出版時：1982
備注：

篇名：《制台見洋人》簡析
作者：平慧善
期刊：語文戰線
注譯者： 卷：1982 期：7 總期：0
起迄頁次：

出處：5
出版時：1982
備注：

篇名：《官場現形記》
作者：高平
期刊：太白半月刊
注譯者： 卷：2 期：10 總期：0
起迄頁次：
出處：2
出版時：1935.08
備注：1935.08.05

篇名：《官場現形記》人物
作者：張琦翔
期刊：社會科學戰線
注譯者： 卷：0 期：0 總期：0
起迄頁次：
出處：2
出版時：1982.04
備注：

篇名：《官場現形記》序
作者：胡適
期刊：官場現形記
注譯者： 卷：0 期：0 總期：0
起迄頁次：
出處：2
出版時：1930.09
備注：上海亞東圖書館 1930.09

篇名：《官場現形記》的初期版本
作者：樽本照雄
期刊：中國文藝研究會會報
注譯者： 卷：0 期：31 總期：0
起迄頁次：
出處：2
出版時：1981.12
備注：

篇名：《官場現形記》的思想成就及其局限
作者：王祖獻
期刊：安徽大學學報
注譯者： 卷：1978 期：2 總期：0
起迄頁次：
出處：5

出版時：1978.02
備注：

篇名：《官場現形記》的真偽問題
作者：樽本照雄
期刊：清末小說研究
注譯者：　　卷：0 期：6 總期：0
起迄頁次：
出處：2
出版時：1982.12
備注：

篇名：《官場現形記》的語言
作者：太田辰夫
期刊：中國古典文學全集月報
注譯者：　　卷：0 期：26 總期：0
起迄頁次：
出處：2
出版時：1961.10
備注：

篇名：《官場現形記》的寫作和刊行問題
作者：魏紹昌
期刊：文匯報
注譯者：　　卷：0 期：0 總期：0
起迄頁次：
出處：2
出版時：1962.07
備注：1962.07.11

**篇名：《官場現形記》的譴責與揭露有進
　　　　步意義**
作者：李永先
期刊：文學遺產
注譯者：　　卷：0 期：543 總期：0
起迄頁次：
出處：1
出版時：1966
備注：光明日報 1966.02.13

**篇名：《官場現形記》是早期資產階級文
　　　　學**
作者：華社
期刊：文匯報
注譯者：　　卷：0 期：0 總期：0
起迄頁次：
出處：2

出版時：1984.04
備注：1984.04.09

篇名：《官場現形記》研究
作者：橘樸
期刊：橘樸著作集
注譯者：　　卷：1 期：0 總期：0
起迄頁次：
出處：2
出版時：1966.01
備注：勁草書房

篇名：《官場現形記》索引
作者：周貽白
期刊：文史雜誌
注譯者：　　卷：6 期：2 總期：0
起迄頁次：
出處：2
出版時：1948.05
備注：

篇名：《官場現形記》淺論
作者：牛仰山
期刊：中國古典小說評論集
注譯者：　　卷：0 期：0 總期：0
起迄頁次：170～182
出處：1
出版時：1957.12
備注：北京出版社

**篇名：《官場現形記》裡的癮君子──從
　　　　"官""士"競走談起**
作者：張素貞
期刊：幼獅月刊
注譯者：　　卷：46 期：2 總期：0
起迄頁次：
出處：2
出版時：1977.08
備注：

**篇名：《官場現形記》對崇洋媚外醜行的
　　　　揭露**
作者：胡冠瑩
期刊：南寧師院學報
注譯者：　　卷：0 期：0 總期：0
起迄頁次：
出處：2

出版時：1982.04

備註：

篇名：《官場現形記》與《二十年目睹之
　　　怪現狀》

作者：柏佐志

期刊：撫順師專學報

注譯者：　　卷：0 期：0 總期：0

起迄頁次：

出處：2

出版時：1986.02

備註：

篇名：《官場現形記》與《文明小史》

作者：內田道夫

期刊：東北大學文學部研究年報

注譯者：　　卷：0 期：11 總期：0

起迄頁次：

出處：2

出版時：1961.03

備註：

篇名：《官場現形記》簡論

作者：吳皙

期刊：光明日報

注譯者：　　卷：0 期：0 總期：0

起迄頁次：

出處：2

出版時：1956.06

備註：1956.06.03

篇名：《官場現形記》藝術上的得與失

作者：胡冠瑩

期刊：南寧師院學報

注譯者：　　卷：0 期：0 總期：0

起迄頁次：

出處：2

出版時：1983.03

備註：

篇名：《官場現形記》を一讀して

作者：宮田一郎

期刊：清末文學言語研究會會報

注譯者：　　卷：0 期：1 總期：0

起迄頁次：5～6

出處：1

出版時：1962.07

備註：

篇名：《怪現狀》のテキストについて

作者：飯田吉郎

期刊：清末文學言語研究會會報

注譯者：　　卷：0 期：1 總期：0

起迄頁次：10～12

出處：1

出版時：1962.07

備註：

篇名：《明湖居聽書》的音樂描寫

作者：李夢藍、汪華藻

期刊：語文教學（江西師院）

注譯者：　　卷：1982 期：8 總期：0

起迄頁次：

出處：5

出版時：1982

備註：

篇名：《明湖居聽書》的修辭特色

作者：于海州

期刊：語文教學（江西師院）

注譯者：　　卷：1982 期：8 總期：0

起迄頁次：

出處：5

出版時：1982

備註：

篇名：《明湖居聽書》的蓄勢藝術

作者：朱三劍

期刊：寧夏大學學報

注譯者：　　卷：1982 期：2 總期：0

起迄頁次：

出處：5

出版時：1982

備註：

篇名：《明湖居聽書》的寫作特色

作者：沈新林

期刊：語文戰線

注譯者：　　卷：1982 期：10 總期：0

起迄頁次：

出處：5

出版時：1982

備註：

篇名：《明湖居聽書》的藝術技巧

作者：盧斯飛、廖采龍
期刊：韓山師專學報
注譯者：　　卷：1983 期：2 總期：0
起迄頁次：
出處：5
出版時：1983
備注：

篇名：《明湖居聽書》寫作特點試析
作者：韓振鐵
期刊：語文教學（江西師院）
注譯者：　　卷：1982 期：12 總期：0
起迄頁次：
出處：5
出版時：1982
備注：

篇名：《明湖居聽書》藝術手法管窺
作者：翟長庚
期刊：教學通訊（鄭州）
注譯者：　　卷：1982 期：11 總期：0
起迄頁次：
出處：5
出版時：1982
備注：

篇名：《明湖居聽書》藝術談
作者：董清潔
期刊：語文教學與研究（錦州師院）
注譯者：　　卷：1982 期：5 總期：0
起迄頁次：
出處：5
出版時：1982
備注：

篇名：《東歐女豪傑》作者考
作者：于必昌
期刊：文學評論
注譯者：　　卷：0 期：0 總期：0
起迄頁次：
出處：2
出版時：1981.03
備注：

篇名：《花月痕》作者
作者：誠齋
期刊：北平晨報・藝圃

注譯者：　　　卷：0 期：0 總期：0
起迄頁次：
出處：2
出版時：1936.10
備注：1936.10.20

篇名：《花月痕》作者之思想
作者：劉歐波
期刊：小說世界
注譯者：　　卷：12 期：13 總期：0
起迄頁次：
出處：2
出版時：1925.12
備注：1925.12.25

篇名：《花月痕》的作者魏秀仁傳
作者：容肇祖
期刊：史語所集刊
注譯者：　　卷：4 期：2 總期：0
起迄頁次：
出處：2
出版時：1933
備注：史語所集刊第 4 本第 2 分

篇名：《花月痕》跋
作者：趙景深
期刊：小說戲曲新考
注譯者：　　卷：0 期：0 總期：0
起迄頁次：
出處：2
出版時：1939.01
備注：上海世界書局 1939.01.01

篇名：《花月痕》與其作者魏子安
作者：水
期刊：世界日報副刊
注譯者：　　卷：0 期：0 總期：0
起迄頁次：
出處：2
出版時：1928.08
備注：1928.08.02

篇名：《青樓夢》作者的佚著
作者：譚正璧
期刊：中央日報
注譯者：　　卷：0 期：0 總期：0
起迄頁次：

出處：2
出版時：1947.03
備註：1947.03.07

篇名：《青樓夢》作者俞達的《艷異新編》
作者：蔡國良
期刊：明清小說探幽
注譯者：　　卷：0 期：0 總期：0
起迄頁次：
出處：2
出版時：1985.12
備註：

〔九劃〕

篇名：《品花寶鑑》考證
作者：趙景深
期刊：逸經半月刊
注譯者：　　卷：0 期：17 總期：0
起迄頁次：
出處：2
出版時：1936.11
備註：1936.11.05

篇名：《品花寶鑑》成書的年代
作者：周紹良
期刊：光明日報
注譯者：　　卷：0 期：0 總期：0
起迄頁次：
出處：2
出版時：1958.03
備註：1958.03.16

篇名：《宦海升沉錄》
作者：阿英
期刊：好文章
注譯者：　　卷：0 期：5 總期：0
起迄頁次：
出處：2
出版時：1937.10
備註：

篇名：《後官場現形記》
作者：楊世驥
期刊：文苑談往
注譯者：　　卷：0 期：0 總期：0
起迄頁次：

出處：2
出版時：1945.04
備註：中華書局

篇名：《施公案》、《彭公案》和《七俠五
　　　義》都是壞書
作者：劉世德、鄧紹基
期刊：中國青年報
注譯者：　　卷：0 期：0 總期：0
起迄頁次：
出處：2
出版時：1964.06
備註：1964.06.13

篇名：《洪秀全演義》作者黃小配
作者：李育中
期刊：隨筆叢刊
注譯者：　　卷：0 期：1 總期：0
起迄頁次：
出處：5
出版時：1979.06
備註：廣東人民出版社

篇名：《洪秀全演義》作者黃世仲
作者：馮自由
期刊：革命逸史
注譯者：　　卷：0 期：2 總期：0
起迄頁次：
出處：2
出版時：1943.02
備註：商務印書館

篇名：《洗恥記》
作者：阿英
期刊：小說閑談
注譯者：　　卷：0 期：0 總期：0
起迄頁次：
出處：2
出版時：1936.06
備註：良友圖書印刷公司

篇名：《活地獄》序
作者：趙景深
期刊：活地獄
注譯者：　　卷：0 期：0 總期：0
起迄頁次：
出處：2

出版時：1956.11

備註：上海文化出版社 1956.11

篇名：《秋瑾集》外詩輯

作者：郭延禮

期刊：清末小說研究

注譯者：　　卷：0 期：10 總期：0

起迄頁次：

出處：3

出版時：1987.12

備註：1987.12.01

篇名：《紅樓夢》《兒女英雄傳》中的副詞
　　　“白”

作者：馬思周、潘愼

期刊：中國語文

注譯者：　　卷：1981 期：6 總期：0

起迄頁次：

出處：5

出版時：1981

備註：

篇名：《紅樓夢》和《兒女英雄傳》的成
　　　書年代

作者：覺悟

期刊：大白

注譯者：　　卷：0 期：0 總期：0

起迄頁次：

出處：2

出版時：1924.03

備註：1924.03.03

篇名：《胡寶玉》

作者：阿英

期刊：小說閑談

注譯者：　　卷：0 期：0 總期：0

起迄頁次：

出處：2

出版時：1936.06

備註：良友圖書印刷公司 1936.06

篇名：《苦學生》

作者：阿英

期刊：小說閑談

注譯者：　　卷：0 期：0 總期：0

起迄頁次：

出處：2

出版時：1936.06

備註：良友圖書印刷公司 1936.06

〔十劃〕

篇名：《海上花列傳》

作者：孫玉聲

期刊：退醒廬筆記

注譯者：　　卷：0 期：0 總期：0

起迄頁次：

出處：2

出版時：1925.11

備註：上海圖書館 1925.11

篇名：《海上花列傳》

作者：趙景深

期刊：好文章

注譯者：　　卷：0 期：4 總期：0

起迄頁次：

出處：2

出版時：1937.01

備註：1937.01.10

篇名：《海上花列傳》序

作者：胡適

期刊：海上花列傳

注譯者：　　卷：0 期：0 總期：0

起迄頁次：

出處：2

出版時：1930.09

備註：上海亞東圖書館 1930.09

篇名：《海上花列傳》的藝術成就及胡適
　　　對於本書的歪曲

作者：博懋勉

期刊：雲南大學學報

注譯者：　　卷：0 期：0 總期：0

起迄頁次：

出處：2

出版時：1957.03

備註：

篇名：《海上花列傳》與其以前的小說

作者：章培恆

期刊：明清小說研究

注譯者：　　卷：0 期：1 總期：0

起迄頁次：

出處：2
出版時：1985.08
備註：明清小說研究第一輯，中國文聯
1985.08

篇名：《海上花列傳》與其以前的小說
作者：章培恒
期刊：清末小說研究
注譯者：　　卷：0 期：7 總期：0
起迄頁次：
出處：3
出版時：1983.12
備註：中文版，明清小說研究第一輯，中國
文聯 1985.08

篇名：《海上花列傳》とそれ以前の小說
作者：章培恆
期刊：野草
注譯者：荒井由美譯　卷：0 期：33 總期：0
起迄頁次：11～17
出處：1
出版時：1984.02
備註：

篇名：《海上花列傳》の "个" について
作者：原瀨隆司
期刊：中國學志
注譯者：　　卷：0 期：1 總期：0
起迄頁次：27～44（左）
出處：1
出版時：1986.11
備註：中國學志 1（乾號）

篇名：《海上花列傳》の 言語
作者：宮田一郎
期刊：東洋研究
注譯者：　　卷：0 期：73 總期：0
起迄頁次：23～44（左）
出處：1
出版時：1985.01
備註：

篇名：《海天鴻雪記》——李伯元的一部
　　　吳語小說
作者：阿英
期刊：大晚報·通俗文學
注譯者：　　卷：0 期：0 總期：0

起迄頁次：
出處：2
出版時：1936.07
備註：1936.07.22

篇名：《海外奇談》について
作者：鎌田重雄
期刊：日本大學史學會研究彙報
注譯者：　　卷：0 期：9 總期：0
起迄頁次：1～8
出處：1
出版時：1965.12
備註：

篇名：《狸貓換太子》故事的演變（1～2）
作者：胡適
期刊：現代評論
注譯者：　　卷：1 期：14 總期：0
起迄頁次：
出處：2
出版時：1925.03
備註：14 期 1925.03.14，15 期 1925.03.21

〔十一劃〕

篇名：《康聖人顯聖記》
作者：楊世驥
期刊：文苑談往
注譯者：　　卷：0 期：0 總期：0
起迄頁次：
出處：2
出版時：1945.04
備註：中華書局

篇名：《掃迷帚》
作者：阿英
期刊：小說閑談
注譯者：　　卷：0 期：0 總期：0
起迄頁次：
出處：2
出版時：1936.06
備註：良友圖書印刷公司 1936.06

篇名：《掃迷帚》
作者：楊世驥
期刊：文苑談往
注譯者：　　卷：0 期：0 總期：0

起迄頁次：

出處：2

出版時：1945.04

備註：中華書局 1945.04

篇名：《救劫傳》

作者：阿英

期刊：小說閑談

注譯者：　　卷：0 期：0 總期：0

起迄頁次：

出處：2

出版時：1936.06

備註：良友圖書印刷公司 1936.06

篇名：《晚清小說目》補編

作者：歐陽健、蕭相愷編

期刊：文獻

注譯者：　　卷：1989 期：2 總期：0

起迄頁次：

出處：5

出版時：1989.04

備註：

篇名：《梅花夢》與《品花寶鑑》

作者：嚴敦易

期刊：大晚報・通俗文學

注譯者：　　卷：0 期：37 總期：0

起迄頁次：

出處：2

出版時：1947.07

備註：1947.07.14

篇名：《清實錄》中的劉鶚

作者：馬泰來

期刊：清末小說研究

注譯者：　　卷：0 期：7 總期：0

起迄頁次：

出處：3

出版時：1983.12

備註：中文版

篇名：《清實錄》の中の劉鶚

作者：馬泰來

期刊：野草

注譯者：澤本香子譯　卷：0 期：33 總期：0

起迄頁次：55〜60

出處：1

出版時：1984.02

備註：

篇名：《清議報》誌上の漢譯《經國美談》
　　　──中國政治小說研究札記

作者：山田敬三

期刊：文化學年報（神戸大學）

注譯者：　　卷：0 期：3 總期：0

起迄頁次：195〜226

出處：1

出版時：1984.03

備註：

篇名：《猛回頭》和《警黃鐘》的寫作年
　　　代

作者：陳匡時

期刊：光明日報

注譯者：　　卷：0 期：0 總期：0

起迄頁次：

出處：2

出版時：1963.04

備註：1963.04.24

篇名：《趼廛外編》──吳趼人軼著的新
　　　發現

作者：張純

期刊：清末小說研究

注譯者：　　卷：0 期：10 總期：0

起迄頁次：

出處：3

出版時：1987.12

備註：1987.12.01

〔十二劃〕

篇名：《彭公案》考

作者：衛聚賢

期刊：東方雜誌

注譯者：　　卷：44 期：7 總期：0

起迄頁次：

出處：2

出版時：1948.07

備註：

篇名：《游戲報》抄

作者：麗澤生

期刊：清末小說研究

注譯者： 卷：0 期：9 總期：0
起迄頁次：
出處：3
出版時：1986.12
備注：1986.12.01

篇名：《痛史》
作者：楊世驥
期刊：文苑談往
注譯者： 卷：0 期：1 總期：0
起迄頁次：
出處：2
出版時：1945.04
備注：中華書局 1945.04

篇名：《發財秘訣》
作者：楊世驥
期刊：文苑談往
注譯者： 卷：0 期：1 總期：0
起迄頁次：
出處：2
出版時：1945.04
備注：中華書局 1945.04

篇名：《黃金世界》
作者：阿英
期刊：小說閑談
注譯者： 卷：0 期：0 總期：0
起迄頁次：
出處：2
出版時：1936.06
備注：良友圖書印刷公司 1936.06

〔十三劃〕
篇名：《新小說》上的"曼殊"考
作者：馬以君
期刊：華南師範大學學報（社會科學）
注譯者： 卷：1983 期：4 總期：48
起迄頁次：92～96
出處：1
出版時：1983.10
備注：

篇名：《新中國未來記》考說——中國文
藝に及ぼせる日本文藝の影響の
一例

作者：中村忠行
期刊：天理大學學報
注譯者： 卷：1 期：1 總期：0
起迄頁次：
出處：1
出版時：1949
備注：

篇名：《新石頭記》
作者：阿英
期刊：小說閑談
注譯者： 卷：0 期：0 總期：0
起迄頁次：
出處：2
出版時：1936.06
備注：良友圖書印刷公司 1936.06

篇名：《新石頭記》
作者：楊世驥
期刊：文苑談往
注譯者： 卷：0 期：1 總期：0
起迄頁次：
出處：2
出版時：1945.04
備注：中華書局 1945.04

篇名：《新癡婆子》
作者：楊世驥
期刊：文苑談往
注譯者： 卷：0 期：0 總期：0
起迄頁次：
出處：2
出版時：1945.04
備注：中華書局

篇名：《新孽鏡》
作者：楊世驥
期刊：文苑談往
注譯者： 卷：0 期：0 總期：0
起迄頁次：
出處：2
出版時：1945.04
備注：中華書局 1945.04

篇名：《新黨發財記》
作者：阿英
期刊：小說閑談

注譯者：　　卷：0 期：0 總期：0
起迄頁次：
出處：2
出版時：1936.06
備註：良友圖書印刷公司 1936.06

篇名：《禽海石》
作者：楊世驥
期刊：文苑談往
注譯者：　　卷：0 期：0 總期：0
起迄頁次：
出處：2
出版時：1945.04
備註：中華書局 1945.04

篇名：《電世界》──清朝末年的一篇科幻小說
作者：武田雅哉
期刊：科學文藝
注譯者：　　卷：1982 期：4 總期：0
起迄頁次：
出處：5
出版時：1982
備註：

篇名：《電術奇談》
作者：楊世驥
期刊：文苑談往
注譯者：　　卷：0 期：1 總期：0
起迄頁次：
出處：2
出版時：1945.04
備註：中華書局 1945.04

〔十四劃〕
篇名：《慘世界》為創作小說辨
作者：裴效維
期刊：文學遺產
注譯者：　　卷：0 期：575 總期：0
起迄頁次：
出處：5
出版時：1983
備註：光明日報 1983.02.22

〔十五劃〕
篇名：《瞎騙奇聞》

作者：楊世驥
期刊：文苑談往
注譯者：　　卷：0 期：1 總期：0
起迄頁次：
出處：2
出版時：1945.04
備註：中華書局 1945.04

篇名：《鄰女語》
作者：楊世驥
期刊：文苑談往
注譯者：　　卷：0 期：0 總期：0
起迄頁次：
出處：2
出版時：1945.04
備註：中華書局 1945.04

〔十六劃〕
篇名：《憲之魂》
作者：阿英
期刊：小說閑談
注譯者：　　卷：0 期：0 總期：0
起迄頁次：
出處：2
出版時：1936.06
備註：良友圖書印刷公司 1936.06

篇名：《蕩寇志》批判
作者：談鳳梁
期刊：文藝論叢
注譯者：　　卷：0 期：20 總期：0
起迄頁次：24～46
出處：1
出版時：1984.06
備註：

篇名：《蕩寇志》新說
作者：歐陽健
期刊：上海師範大學學報（哲學社會科學）
注譯者：　　卷：1984 期：4 總期：22
起迄頁次：37～42，26
出處：1
出版時：1984.12
備註：

篇名：《醒世緣》為李伯元著作考

作者：阿英
期刊：小說閑談
注譯者：　　卷：0 期：0 總期：0
起迄頁次：
出處：2
出版時：1936.06
備注：良友圖書印刷公司 1936.06

篇名：《龍川年譜》中的劉鶚史料
作者：張純
期刊：清末小說研究
注譯者：　　卷：0 期：9 總期：0
起迄頁次：
出處：3
出版時：1986.12
備注：1986.12.01

篇名：《龍圖公案》與《三俠五義》
作者：王虹
期刊：文苑
注譯者：　　卷：0 期：5 總期：0
起迄頁次：
出處：2
出版時：1940.11
備注：文苑第 5 輯

〔十七劃〕
篇名：《嶺南逸史》及其作者
作者：孟微子
期刊：藝林叢錄
注譯者：　　卷：0 期：3 總期：0
起迄頁次：152～155
出處：1
出版時：1962.01
備注：

篇名：《繁華夢》非李伯元著作考
作者：魏紹昌
期刊：文匯報
注譯者：　　卷：0 期：0 總期：0
起迄頁次：
出處：2
出版時：1962.05
備注：1962.05.20

篇名：《還魂草》

作者：楊世驥
期刊：文苑談往
注譯者：　　卷：0 期：0 總期：0
起迄頁次：
出處：2
出版時：1945.04
備注：中華書局 1945.04

〔十八劃〕
篇名：《斷腸草》
作者：楊世驥
期刊：文苑談往
注譯者：　　卷：0 期：0 總期：0
起迄頁次：
出處：2
出版時：1945.04
備注：中華書局 1945.04

〔二十劃以上〕
篇名：《繡像小說》及其編輯人
作者：汪家熔
期刊：出版史料
注譯者：　　卷：0 期：2 總期：0
起迄頁次：108～112
出處：1
出版時：1983.12
備注：

篇名：《繡像小說》總目錄——附解題，
　　　著者名索引，作品名索引
作者：樽本照雄
期刊：大阪經大論集
注譯者：　　卷：0 期：93 總期：0
起迄頁次：75～131
出處：1
出版時：1973.05
備注：

篇名：《癡人說夢記》
作者：阿英
期刊：小說閑談
注譯者：　　卷：0 期：0 總期：0
起迄頁次：
出處：2
出版時：1936.06

備註：良友圖書印刷公司 1936.06

篇名：《孽海花‧前言》的兩個問題
作者：周方黎
期刊：文學遺產
注譯者：　　卷：0 期：0 總期：0
起迄頁次：
出處：2
出版時：1982.03
備註：

篇名：《孽海花》
作者：目加田誠
期刊：文學研究
注譯者：　　卷：0 期：54 總期：0
起迄頁次：33～56
出處：1
出版時：1956.03
備註：

篇名：《孽海花》
作者：木材
期刊：建國月刊
注譯者：　　卷：1 期：5 總期：0
起迄頁次：
出處：2
出版時：1948.02
備註：

篇名：《孽海花》〈20回本〉と〈30回本〉
との字句の異同について──文
學革命と關連して
作者：麥生登美江
期刊：野草
注譯者：　　卷：0 期：25 總期：0
起迄頁次：107～120
出處：1
出版時：1980.05
備註：

篇名：《孽海花》二三事
作者：東山
期刊：中央日報
注譯者：　　卷：0 期：0 總期：0
起迄頁次：
出處：2
出版時：1946.07

備註：1946.07.30～31

篇名：《孽海花》人名索引表
作者：冒鶴亭
期刊：古今
注譯者：　　卷：0 期：51 總期：0
起迄頁次：
出處：2
出版時：1944.07
備註：1944.07.16

篇名：《孽海花》人物家世
作者：周黎庵
期刊：古今
注譯者：　　卷：0 期：37 總期：0
起迄頁次：
出處：2
出版時：1943.10
備註：1943.10.16

篇名：《孽海花》及其他
作者：余時
期刊：羊城晚報
注譯者：　　卷：0 期：0 總期：0
起迄頁次：
出處：5
出版時：1980.06
備註：1980.06.23

篇名：《孽海花》及其續著
作者：江東山
期刊：中央日報
注譯者：　　卷：0 期：0 總期：0
起迄頁次：
出處：2
出版時：1946.10
備註：1946.10.13

篇名：《孽海花》刊印經過
作者：竺少華
期刊：書林
注譯者：　　卷：1980 期：6 總期：0
起迄頁次：57
出處：1
出版時：1980.12
備註：

篇名：《孽海花》在晚清文學中之地位─

——紀念東亞病夫曾孟樸先生
作者：阿英
期刊：曾公孟樸訃告
注譯者：　　　卷：0 期：0 總期：0
起迄頁次：
出處：2
出版時：1935.10
備注：

篇名：《孽海花》考信錄
作者：錢基博
期刊：子曰叢刊
注譯者：　　　卷：0 期：5 總期：0
起迄頁次：
出處：2
出版時：1948.10
備注：1948.10.25

篇名：《孽海花》考證（1）～（4）
作者：思仿
期刊：中和
注譯者：　　　卷：6 期：1 總期：0
起迄頁次：
出處：2
出版時：1945.01
備注：1945.01.20，1945.02.20，3、4 期合刊
04.20

篇名：《孽海花》作者生年考
作者：魏紹昌
期刊：羊城晚報
注譯者：　　　卷：0 期：0 總期：0
起迄頁次：
出處：2
出版時：1961.03
備注：1961.03.23

篇名：《孽海花》版本札記
作者：島居久靖
期刊：中國語學
注譯者：　　　卷：0 期：133 總期：0
起迄頁次：1～4
出處：1
出版時：1963.08
備注：

篇名：《孽海花》的兩種版本

作者：魏紹昌
期刊：文匯報
注譯者：　　　卷：0 期：0 總期：0
起迄頁次：
出處：2
出版時：1961.02
備注：1961.02.28

篇名：《孽海花》述評
作者：熊起渭
期刊：光明日報
注譯者：　　　卷：0 期：0 總期：0
起迄頁次：
出處：2
出版時：1956.06
備注：1956.06.24

篇名：《孽海花》側記
作者：范煙橋
期刊：光明日報
注譯者：　　　卷：0 期：0 總期：0
起迄頁次：
出處：2
出版時：1961.05
備注：1961.05.18

篇名：《孽海花》造意者金一先生訪問記
作者：含涼生
期刊：明報・明晶
注譯者：　　　卷：0 期：0 總期：0
起迄頁次：
出處：2
出版時：1934.11
備注：1934.11.30

篇名：《孽海花》創作規劃全貌管窺——
　　　兼考曾樸手擬孽海花人物名單及
　　　金、曾合擬六十回目
作者：時萌
期刊：中國近代文學論稿
注譯者：　　　卷：0 期：0 總期：0
起迄頁次：
出處：2
出版時：1986.10
備注：上海古籍出版社 1986.10

篇名：《孽海花》閑話

作者：冒鶴亭
期刊：古今
注譯者：　　卷：0 期：41 總期：0
起迄頁次：
出處：2
出版時：1944.02
備注：古今第 41～50 期，1944.02──07

篇名：《孽海花》僅存人物
作者：夏融冰
期刊：古今
注譯者：　　卷：0 期：47 總期：0
起迄頁次：
出處：2
出版時：1944.05
備注：1944.05.16

篇名：《孽海花》碩果僅存人物──與冒
　　　　鶴亭先生一席談
作者：周黎庵
期刊：古今
注譯者：　　卷：0 期：42 總期：0
起迄頁次：
出處：2
出版時：1944.03
備注：1944.03.01

篇名：《孽海花》與《轟天雷》
作者：懺庵
期刊：古今
注譯者：　　卷：0 期：43 總期：0
起迄頁次：
出處：2
出版時：1944.04
備注：第 43、44 期合刊，1944.04.01

篇名：《孽海花》雜話
作者：阿英
期刊：好文章
注譯者：　　卷：0 期：2 總期：0
起迄頁次：
出處：2
出版時：1936.11
備注：1936.11.10

篇名：《孽海花》覺ぇ書き
作者：相浦杲

期刊：野草
注譯者：　　卷：2 期：0 總期：0
起迄頁次：32～40
出處：1
出版時：1971.01
備注：

篇名：《孽海花》における 創作態度──
　　　　その〈二十回本〉と〈三十回本〉
　　　　の 比較
作者：麥生登美江
期刊：中國文學論集
注譯者：　　卷：2 期：0 總期：0
起迄頁次：48～58
出處：1
出版時：1971.05
備注：

篇名：《孽海花》について
作者：賴芳伶
期刊：西南學院大學文理論集
注譯者：王孝廉譯　卷：26 期：1 總期：0
起迄頁次：285～324
出處：1
出版時：1985.07
備注：

篇名：《孽海花》の 文體──美への 追求
作者：麥生登美江
期刊：中國文學論集
注譯者：　　卷：0 期：4 總期：0
起迄頁次：118～130
出處：1
出版時：1974.05
備注：濱一衛先生退官記念號

篇名：《孽海花》の 版本
作者：島居久靖
期刊：天理大學學報
注譯者：　　卷：0 期：39 總期：0
起迄頁次：68～84
出處：1
出版時：1962.12
備注：

篇名：《蘇曼殊小說集》
作者：王稼句

期刊：讀書
注譯者：　　卷：1982 期：11 總期：0
起迄頁次：
出處：5
出版時：1982
備注：

篇名：《轟天雷》
作者：阿英
期刊：小說閑談
注譯者：　　卷：0 期：0 總期：0
起迄頁次：
出處：2
出版時：1936.06
備注：良友圖書印刷公司 1936.06

篇名：《轟天雷》主人沈北山之獄中詩
作者：鄭逸梅
期刊：社會科學戰線
注譯者：　　卷：1978 期：2 總期：0
起迄頁次：
出處：5
出版時：1978
備注：

篇名：《豺遊記》
作者：楊世驥
期刊：文苑談往
注譯者：　　卷：0 期：0 總期：0
起迄頁次：
出處：2
出版時：1945.04
備注：中華書局 1945.04

篇名：「新小說」としての「歷史小說」（上、
　　　下）——中國政治小說研究札記
作者：山田敬三
期刊：神戶大學文學部紀要
注譯者：　　卷：0 期：11 總期：0
起迄頁次：175〜201
出處：1
出版時：1984.03
備注：（下）12 期 p123〜145，1985.02

篇名："小說" が 書物 と な る ま で ——中
　　　國近世 に 於ける "小說" という 語
　　　の 意味

作者：小松建男
期刊：香川大學教育學部研究報告（1部）
注譯者：　　卷：0 期：63 總期：0
起迄頁次：161〜180
出處：1
出版時：1985.01
備注：

篇名："五四" 以來中國近代文學研究之
　　　回顧和對今後工作的設想
作者：王俊年
期刊：中國近代文學研究
注譯者：　　卷：0 期：1 總期：0
起迄頁次：13〜40
出處：1
出版時：1983.11
備注：

篇名："王小玉說書，為聲色絕調"——
　　　《明湖居聽書》淺析
作者：尹相如
期刊：昆明師院學報
注譯者：　　卷：1982 期：3 總期：0
起迄頁次：
出處：5
出版時：1982
備注：

篇名："老殘" 游日本
作者：汝良
期刊：文學報
注譯者：　　卷：0 期：0 總期：0
起迄頁次：
出處：5
出版時：1983.12
備注：1983.12.01

篇名："我佛山人" 吳趼人
作者：李育中
期刊：隨筆叢刊
注譯者：　　卷：0 期：1 總期：0
起迄頁次：
出處：5
出版時：1979.06
備注：

篇名："言人所未嘗言"——談《老殘遊

記》的思想與藝術

作者：黃澤新

期刊：文稿與資料

注譯者：　　卷：1981 期：2 總期：0

起迄頁次：

出處：5

出版時：1981

備注：

篇名："門簾一挑"——《明湖居聽書》人物虛出的生花妙筆

作者：張選一

期刊：語文學習

注譯者：　　卷：1982 期：6 總期：0

起迄頁次：

出處：5

出版時：1982

備注：

篇名："竽香印譜"和《還我靈魂記》

作者：魏紹昌

期刊：齊魯學刊

注譯者：　　卷：1980 期：1 總期：0

起迄頁次：

出處：5

出版時：1980

備注：

篇名："清末文學革新運動"新論

作者：孫晨

期刊：江海學刊（文史哲）

注譯者：　　卷：1987 期：5 總期：129

起迄頁次：40～44

出處：1

出版時：1987.09

備注：

篇名："翻譯界的奇人"——林紓

作者：白雲

期刊：中國青年報

注譯者：　　卷：0 期：0 總期：0

起迄頁次：

出處：5

出版時：1983.09

備注：1983.09.08

篇名："孽海"之"花"為何而開——評

小說《孽海花》的思想傾向

作者：簡茂森

期刊：上海師範大學學報（哲學社會科學）

注譯者：　　卷：1979 期：2 總期：0

起迄頁次：26～33

出處：1

出版時：1979.05

備注：

〔1 劃〕

篇名：一本似《紅樓夢》的廣東小說

作者：李育中

期刊：羊城晚報

注譯者：　　卷：0 期：0 總期：0

起迄頁次：

出處：5

出版時：1980.08

備注：1980.08.20

篇名：一個不懂外文的著名翻譯家

作者：魏家國

期刊：花城譯作

注譯者：　　卷：1982 期：7 總期：0

起迄頁次：

出處：5

出版時：1982

備注：

篇名：一個不懂外文的翻譯家

作者：張肇祺

期刊：書林

注譯者：　　卷：1980 期：4 總期：0

起迄頁次：

出處：5

出版時：1980

備注：

篇名：一個外國人對於《老殘遊記》的印象

作者：謝迪克

期刊：文苑

注譯者：杜陽春譯卷：0 期：1 總期：0

起迄頁次：

出處：2

出版時：1939.04

備注：1939.04.15

篇名：一個未經深掘的寶藏──漫談近代
　　　小說
作者：沈天佑
期刊：文史知識
注譯者：　　卷：0 期：0 總期：0
起迄頁次：
出處：2
出版時：1986.09
備註：

篇名：一部早期的反帝小說──《羊石園
　　　演義》
作者：黃良
期刊：羊城晚報
注譯者：　　卷：0 期：0 總期：0
起迄頁次：
出處：2
出版時：1963.11
備註：1963.11.05

篇名：一部似《紅樓夢》的廣東小說──
　　　黃小配作《二十載繁華夢》
作者：李育中
期刊：羊城晚報
注譯者：　　卷：0 期：0 總期：0
起迄頁次：
出處：2
出版時：1980.08
備註：1980.08.20

篇名：一部具有愛國與民主思想的歷史小
　　　說──評《孽海花》的主導傾向
作者：王祖獻
期刊：安徽大學學報
注譯者：　　卷：1981 期：1 總期：0
起迄頁次：
出處：5
出版時：1981
備註：

篇名：一部揭露美帝虐待華僑的小說《苦
　　　社會》
作者：牛仰山
期刊：光明日報
注譯者：　　卷：0 期：0 總期：0
起迄頁次：
出處：2

出版時：1960.08
備註：1960.08.14

〔2 劃〕

篇名：十九至二十世紀中國文學斷代問題
　　　討論綜述
作者：亦簫
期刊：中國現代文學研究叢刊
注譯者：　　卷：1987 期：1 總期：30
起迄頁次：186～203
出處：1
出版時：1987.02
備註：

〔3 劃〕

篇名：三十年文化推移的“足印”──
　　　《孽海花》反映歷史的重要成就之
　　　一
作者：王祖獻
期刊：古典文學論叢
注譯者：　　卷：0 期：5 總期：0
起迄頁次：
出處：2
出版時：1986.06
備註：齊魯書社

篇名：三十年舊事，寫來都是血痕──讀
　　　《孽海花》
作者：裴效維
期刊：文史知識
注譯者：　　卷：0 期：0 總期：0
起迄頁次：
出處：2
出版時：1986.09
備註：

篇名：三俠五義
作者：金子二郎
期刊：中國の名著
注譯者：　　卷：0 期：0 總期：0
起迄頁次：285～291
出處：1
出版時：1961.10
備註：

篇名：下里巴人的挑戰──關於小說的普

及性的第一次討論
作者：舒蕪
期刊：古代文學理論研究叢刊
注譯者：　　卷：0 期：3 總期：0
起迄頁次：
出處：5
出版時：1981.02
備注：

篇名：也談《二十年目睹之怪現狀》的結構
作者：胡冠瑩
期刊：廣西師院學報
注譯者：　　卷：0 期：0 總期：0
起迄頁次：
出處：2
出版時：1986.05
備注：

篇名：小說《東歐女豪傑》の作者
作者：小林壽彥
期刊：東洋學報
注譯者：　　卷：55 期：3 總期：0
起迄頁次：72～110
出處：1
出版時：1972.12
備注：

篇名：小說《痛史》的思想性
作者：宮內保
期刊：語學文學
注譯者：　　卷：0 期：11 總期：0
起迄頁次：
出處：2
出版時：1973.03
備注：

篇名：小說《轟天雷》作者藤谷古香考
作者：沈縉
期刊：文學遺產
注譯者：　　卷：0 期：0 總期：0
起迄頁次：
出處：2
出版時：1986.03
備注：

篇名：小說中出現的清末官吏社會

作者：松井秀吉
期刊：滿蒙
注譯者：　　卷：0 期：0 總期：0
起迄頁次：
出處：2
出版時：1934.07
備注：

篇名：小說的回憶
作者：孟楷
期刊：子曰叢刊
注譯者：　　卷：0 期：58 總期：0
起迄頁次：
出處：2
出版時：1948.10
備注：1948.10.25

篇名：小說的回憶
作者：鎤西
期刊：讀書
注譯者：　　卷：1980 期：6 總期：0
起迄頁次：
出處：5
出版時：1980
備注：

篇名：小說界革命と梁啟超——思想史的考查（清末小說研究その五）
作者：中野美代子
期刊：北海道大學外國語、外國文學研究
注譯者：　　卷：0 期：9 總期：0
起迄頁次：66～82
出處：1
出版時：1962.03
備注：

篇名：小說家羽衣女士是誰?
作者：李育中
期刊：隨筆叢刊
注譯者：　　卷：0 期：1 總期：0
起迄頁次：
出處：5
出版時：1979.06
備注：

篇名：小說偶記五則
作者：畢樹棠

期刊：清華周刊

注譯者：　　卷：42 期：1 總期：0

起迄頁次：

出處：2

出版時：1934.10

備注：1934.10.22

篇名：**小說瑣志**

作者：畢樹棠

期刊：朔風

注譯者：　　卷：0 期：4 總期：0

起迄頁次：

出處：2

出版時：1939.02

備注：1939.02.10

篇名：**小說瑣記**

作者：王古魯

期刊：藝文雜誌

注譯者：　　卷：1 期：6 總期：0

起迄頁次：

出處：1

出版時：1942.1943

備注：

篇名：**小說瑣記**

作者：阿英

期刊：太白半月刊

注譯者：　　卷：2 期：5 總期：0

起迄頁次：

出處：2

出版時：1935.05

備注：1935.05.20

篇名：**小說叢話**

作者：呂思勉

期刊：古代文學理論研究叢刊

注譯者：　　卷：0 期：6 總期：0

起迄頁次：

出處：5

出版時：1982.09

備注：

〔**4 劃**〕

篇名：**不肖生和他的《江湖奇俠傳》**

作者：凌輝存

期刊：洞庭湖

注譯者：　　卷：1982 期：5 總期：0

起迄頁次：

出處：5

出版時：1982

備注：5、6 期合刊

篇名：**不要曲意美化李伯元的作品——與
　　　海孺同志商榷**

作者：王祖獻

期刊：文學遺產

注譯者：　　卷：0 期：542 總期：0

起迄頁次：

出處：1

出版時：1966

備注：光明日報 1966.02.06

篇名：**不要美化改良主義作家和作品——
　　　評文乃山的《李伯元作品思想傾向
　　　初探》**

作者：王俊年

期刊：文學遺產

注譯者：　　卷：0 期：531 總期：0

起迄頁次：

出處：1

出版時：1965

備注：光明日報 1965.11.07

篇名：**不能為劉鶚的賣國言行辯護——與
　　　嚴薇青先生商榷**

作者：尺松

期刊：文史哲

注譯者：　　卷：1964 期：6 總期：0

起迄頁次：50～55

出處：1

出版時：1964.12

備注：

篇名：**不教你一眼看到底——剖析《明湖
　　　居聽書》**

作者：王尊政

期刊：語文教學通訊

注譯者：　　卷：1982 期：9 總期：0

起迄頁次：

出處：5

出版時：1982

備注：

篇名：不懂外文的翻譯家
作者：林松
期刊：工人日報
注譯者：　　卷：0 期：0 總期：0
起迄頁次：
出處：5
出版時：1979.06
備註：1979.06.23

篇名：不懂外文的翻譯家林紓
作者：汪惠萍
期刊：上饒師專學報
注譯者：　　卷：1982 期：3 總期：0
起迄頁次：
出處：5
出版時：1982
備註：

篇名：中日文化交流的一個側影──談日
　　　本的《清末小說研究》及其他
作者：李育中
期刊：羊城晚報
注譯者：　　卷：0 期：0 總期：0
起迄頁次：
出處：5
出版時：1980.08
備註：1980.08.08

篇名：中日近代小說形成之比較
作者：麻貴賓
期刊：華南師範大學學報（社會科學）
注譯者：　　卷：1984 期：4 總期：52
起迄頁次：123～126
出處：1
出版時：1984.10
備註：

篇名：中國小說美學與明清小說評點
作者：葉朗
期刊：學術月刊
注譯者：　　卷：1982 期：11 總期：0
起迄頁次：
出處：5
出版時：1982
備註：

篇名：中國小說述略

作者：伍錦仁
期刊：香港大學中文學會會刊
注譯者：　　卷：0 期：0 總期：0
起迄頁次：46～47
出處：1
出版時：1955.12
備註：

篇名：中國小說理論的雛形──讀明清之
　　　際小說的序跋
作者：林辰
期刊：文學遺產
注譯者：　　卷：0 期：584 總期：0
起迄頁次：
出處：5
出版時：1983
備註：光明日報 1983.05.03

篇名：中國工人階級血淚生活的第一章─
　　　─讀晚清兩部最早描寫華工的小
　　　說
作者：許國良
期刊：文學研究叢刊
注譯者：　　卷：0 期：2 總期：0
起迄頁次：295～308
出處：1
出版時：1986.05
備註：

篇名：中國古代小說理論批評之概觀
作者：陸聯星
期刊：淮北煤炭師院學報
注譯者：　　卷：1983 期：1 總期：0
起迄頁次：
出處：5
出版時：1983
備註：

篇名：中國官僚的特殊性
作者：橘樸
期刊：中國研究
注譯者：　　卷：0 期：1 總期：0
起迄頁次：
出處：2
出版時：1924.12
備註：

篇名：中國近代小說理論簡論
作者：鍾賢培
期刊：華南師範大學學報（社會科學）
注譯者：　　卷：1987 期：4 總期：66
起迄頁次：26～33
出處：1
出版時：1987.10
備注：

篇名：中國近代小說發展評述
作者：鍾賢培
期刊：中國近代文學評林
注譯者：　　卷：0 期：2 總期：0
起迄頁次：
出處：2
出版時：1986.07
備注：廣東高等教育出版社 1986.07

篇名：中國近代文學的社會基礎及其特徵
作者：陳則光
期刊：中山大學學報
注譯者：　　卷：1959 期：1 總期：0
起迄頁次：
出處：2
出版時：1959.01
備注：1959.01～2

篇名：中國近代文學的思想傾向及對五四
　　　新文學的影響
作者：李興武
期刊：社會科學輯刊
注譯者：　　卷：1984 期：4 總期：33
起迄頁次：132～140
出處：1
出版時：1984.07
備注：

篇名：中國近代文學前史の一面──傳統
　　　的なものを中心に
作者：太田進
期刊：人文科學
注譯者：　　卷：2 期：3 總期：0
起迄頁次：106～122
出處：1
出版時：1974.07
備注：

篇名：中國近代文學思想史分期探索
作者：張海珊
期刊：福建論壇（文史哲）
注譯者：　　卷：1985 期：4 總期：0
起迄頁次：22～27，79
出處：1
出版時：1985.08
備注：

篇名：中國近代文學論序說（1）──そ
　　　の比較文學的觀察
作者：山田敬三
期刊：文學論輯
注譯者：　　卷：0 期：21 總期：0
起迄頁次：（左）1～12
出處：1
出版時：1974.03
備注：

篇名：中國近代文學應當成為一門獨立學
　　　科
作者：張永方
期刊：瀋陽師範學院學報（社會科學）
注譯者：　　卷：1987 期：4 總期：44
起迄頁次：75～77
出處：1
出版時：1987.10
備注：

篇名：中國近代文學に描かれた女性像
作者：岡田英樹
期刊：大阪外國與語大學學報（文學編）
注譯者：　　卷：0 期：36 總期：0
起迄頁次：47～60
出處：1
出版時：1976.03
備注：

篇名：中國近代兩小說家傳
作者：塵夢
期刊：小說世界
注譯者：　　卷：9 期：4 總期：0
起迄頁次：
出處：2
出版時：1925.01
備注：1925.01.23

篇名：中國近代的小說
作者：任訪秋
期刊：文學知識
注譯者：　　卷：0 期：0 總期：0
起迄頁次：
出處：2
出版時：1985.04
備注：1985.04～5

篇名：中國近代知識普及運動與通俗文學
　　　之興起
作者：王爾敏
期刊：中華民國初期歷史研討會論文集
注譯者：lee，Mabel 評論　卷：0 期：0 總
期：0
起迄頁次：921～989
出處：1
出版時：1984.04
備注：論文集有（上，下）二冊，1912～1927

篇名：中國政治小說の成立──その理論
　　　の比較文學的考察
作者：山田敬三
期刊：文學論輯
注譯者：　　卷：0 期：22 總期：0
起迄頁次：（左）1～24
出處：1
出版時：1975.03
備注：

篇名：中國現實主義小說理論的歷史發展
作者：劉健芬
期刊：古典文學論叢
注譯者：　　卷：0 期：3 總期：0
起迄頁次：
出處：5
出版時：1982.11
備注：《社會科學戰線》編

篇名：中國最長的歷史小說
作者：支廈
期刊：中國青年報
注譯者：　　卷：0 期：0 總期：0
起迄頁次：
出處：5
出版時：1981.01

備注：1981.01.11

篇名：中國の近代・現代文學に面して
作者：阿部知二
期刊：文學
注譯者：　　卷：35 期：3 總期：0
起迄頁次：40～49
出處：1
出版時：1967.03
備注：

篇名：中國の清末社會小說（上）
作者：木村益夫
期刊：東洋文學研究
注譯者：　　卷：0 期：12 總期：0
起迄頁次：17～28
出處：1
出版時：1964.03
備注：

篇名：中華書局創立までの陸費逵
作者：本郁馬
期刊：清末小說研究
注譯者：　　卷：0 期：5 總期：0
起迄頁次：
出處：3
出版時：1981.12
備注：

篇名：五十二年前的一篇報告文學
作者：李運
期刊：南方日報
注譯者：　　卷：0 期：0 總期：0
起迄頁次：
出處：2
出版時：1963.04
備注：1963.04.14

篇名：介紹研究《老殘遊記》的新文獻
作者：柳存仁
期刊：宇宙風乙刊
注譯者：　　卷：0 期：20 總期：0
起迄頁次：
出處：2
出版時：1940.01
備注：1940.01.01

篇名：天津圖書館所藏の吳趼人著作
作者：樽本照雄
期刊：咿啞
注譯者：　　卷：0 期：20 總期：0
起迄頁次：7～9
出處：1
出版時：1985.03
備注：

篇名：文廷式著作表
作者：錢仲聯
期刊：明清詩文研究叢刊
注譯者：　　卷：0 期：1 總期：0
起迄頁次：
出處：5
出版時：1982.07
備注：

篇名：文采煥發的譴責小說《老殘遊記》
作者：徐濤
期刊：湖北日報
注譯者：　　卷：0 期：0 總期：0
起迄頁次：
出處：5
出版時：1980.02
備注：1980.02.10

篇名：文康《兒女英雄傳》源流論考
作者：劉蔭柏
期刊：民族文學研究
注譯者：　　卷：1985 期：3 總期：8
起迄頁次：27～31
出處：1
出版時：1985.08
備注：

篇名：文康的《兒女英雄傳》是一部宣揚
　　　封建教化的“理治之書”
作者：李令媛
期刊：河北大學學報
注譯者：　　卷：0 期：0 總期：0
起迄頁次：
出處：2
出版時：1984.01
備注：

篇名：文學改良芻義

作者：胡適
期刊：新青年
注譯者：　　卷：2 期：5 總期：0
起迄頁次：
出處：2
出版時：1917.01
備注：1917.01.01

篇名：文學家曾樸
作者：時萌
期刊：書林
注譯者：　　卷：1983 期：1 總期：0
起迄頁次：
出處：5
出版時：1983.01
備注：

篇名：文藝的反華工禁約運動
作者：阿英
期刊：文學
注譯者：　　卷：5 期：3 總期：0
起迄頁次：
出處：2
出版時：1935.09
備注：1935.09.01

篇名：文藝閣《雲起軒詞》與吳趼人小說
作者：陳友琴
期刊：文章
注譯者：　　卷：0 期：1 總期：0
起迄頁次：
出處：2
出版時：1935.04
備注：1935.04.01

篇名：日本研究中國近代（清末）文學述
　　　略
作者：林崗
期刊：中國近代文學研究
注譯者：　　卷：0 期：1 總期：0
起迄頁次：252～268
出處：1
出版時：1983.11
備注：

篇名：日本學者研究劉鶚及《老殘遊記》
　　　簡況

作者：高健行
期刊：文學遺產
注譯者：　　卷：0 期：572 總期：0
起迄頁次：
出處：5
出版時：1983
備註：光明日報 1983.02.01

篇名：日本學術界關注蔣逸雪等的劉鶚研　　　究活動
作者：樽本照雄
期刊：揚州師院學報
注譯者：漢祥卷：1981 期：2 總期：0
起迄頁次：
出處：5
出版時：1981
備註：

篇名：日本に於ける清末小說
作者：增田涉
期刊：野草
注譯者：　　卷：2 期：0 總期：0
起迄頁次：41～48
出處：1
出版時：1971.01
備註：

篇名：日本における劉鶚研究について
作者：中島利郎
期刊：清末小說研究
注譯者：　　卷：0 期：10 總期：0
起迄頁次：
出處：3
出版時：1987.12
備註：1987.12.01

篇名：王國維
作者：任訪秋
期刊：中國近代文學作家論
注譯者：　　卷：0 期：0 總期：0
起迄頁次：227～248
出處：4
出版時：1984.03
備註：

篇名：王國維劉鶚甲骨資料的親情戚誼
作者：高健行

期刊：清末小說研究
注譯者：　　卷：0 期：10 總期：0
起迄頁次：
出處：3
出版時：1987.12
備註：1987.12.01

篇名：王韜究竟卒於何時
作者：李景光
期刊：文學遺產
注譯者：　　卷：0 期：0 總期：0
起迄頁次：
出處：2
出版時：1986.03
備註：

篇名：王韜和他的文學事業
作者：陳汝衡
期刊：文學遺產
注譯者：　　卷：0 期：0 總期：0
起迄頁次：
出處：2
出版時：1982.01
備註：

〔5 劃〕
篇名：以形繪聲以境顯聲──《明湖居聽　　　書》描寫一得
作者：張漢清、方弢
期刊：語文學習
注譯者：　　卷：1982 期：6 總期：0
起迄頁次：
出處：5
出版時：1982
備註：

篇名：以黃天霸為中心推測近代武俠小說　　　的背景（1～5）
作者：杜穎陶
期刊：華北日報・俗文學
注譯者：　　卷：0 期：61 總期：0
起迄頁次：
出處：2
出版時：1948.08
備註：61～65 期，（1）08.27，（2）09.03，（3）09.10，（4）09.17，

（5）09.24

篇名：包公傳說
作者：趙景深
期刊：青年界
注譯者：　　卷：3 期：5 總期：0
起迄頁次：
出處：2
出版時：1933.07
備注：1933.07.05

篇名：包天笑與鴛鴦蝴蝶派
作者：吳泰昌
期刊：解放日報
注譯者：　　卷：0 期：0 總期：0
起迄頁次：
出處：5
出版時：1981.02
備注：1981.02.15

篇名：包樓斧不是李涵秋的筆名
作者：裴效維
期刊：文獻
注譯者：　　卷：0 期：12 總期：0
起迄頁次：
出處：5
出版時：1982.06
備注：

篇名：半封建半殖民地社會的特殊產物——
　　　鴛鴦蝴蝶派
作者：曾廣輝
期刊：邊疆文藝
注譯者：　　卷：1983 期：8 總期：0
起迄頁次：
出處：5
出版時：1983
備注：

篇名：史料中的劉鶚與滬漢鐵路
作者：劉德隆・劉德平
期刊：清末小說研究
注譯者：　　卷：0 期：10 總期：0
起迄頁次：
出處：3
出版時：1987.12
備注：1987.12.01

篇名：台灣・林明德編《晚清小說研究》
　　　書評
作者：中島利郎
期刊：清末小說研究
注譯者：　　卷：0 期：11 總期：0
起迄頁次：33～40
出處：3
出版時：1988.12
備注：1988.12.01

篇名：四作家研究資料目錄補遺 1
作者：清末小說研究會
期刊：清末小說研究
注譯者：　　卷：0 期：6 總期：0
起迄頁次：
出處：3
出版時：1982.12
備注：

篇名：正確估計《孽海花》在中國近代文
　　　學史上的地位——揭露胡適誣蔑
　　　《孽海花》的謬論
作者：陳則光
期刊：中山大學學報（社會科學版）
注譯者：　　卷：1956 期：3 總期：0
起迄頁次：39～48
出處：1
出版時：1956.06
備注：明清小說研究論文集 1 集 p410～426，
1959.02

篇名：正確認識小說的社會作用——讀晚
　　　清文論偶感
作者：李貴仁
期刊：社會科學（上海）
注譯者：　　卷：1983 期：11 總期：39
起迄頁次：90～91
出處：1
出版時：1983.11
備注：

篇名：永井禾原と李伯元
作者：入谷仙介
期刊：清末小說研究
注譯者：　　卷：0 期：5 總期：0
起迄頁次：
出處：3

出版時：1981.12

備注：

篇名：甲午戰爭的再現──《中東大戰演義》

作者：蔡國良

期刊：明清小說探幽

注譯者：　　　卷：0 期：0 總期：0

起迄頁次：

出處：2

出版時：1985.12

備注：浙江文藝出版社

篇名：白描文學の《老殘遊記》と黃河鯉

作者：橋川時雄

期刊：大黃河

注譯者：　　　卷：0 期：0 總期：0

起迄頁次：

出處：1

出版時：1938.1939

備注：

篇名：石玉昆及其《三俠五義》

作者：河北歷代著名作家傳略編寫組

期刊：河北文學

注譯者：　　　卷：0 期：0 總期：0

起迄頁次：

出處：2

出版時：1961.09

備注：

〔6 劃〕

篇名：全國首次近代文學學術討論會綜述

作者：柯夫、效維

期刊：中國近代文學研究

注譯者：　　　卷：0 期：1 總期：0

起迄頁次：243～251

出處：1

出版時：1983.11

備注：

篇名：再談《孽海花》

作者：拙軒

期刊：中和

注譯者：　　　卷：2 期：4 總期：0

起迄頁次：

出處：2

出版時：1941.04

備注：

篇名：向盤與紅頂子──讀《老殘遊記》

作者：許政揚

期刊：中國古典小說評論集

注譯者：　　　卷：0 期：0 總期：0

起迄頁次：199～204

出處：1

出版時：1957.12

備注：文藝學習 1956.11

篇名：地方官僚的生活

作者：橘樸

期刊：中國研究

注譯者：　　　卷：0 期：2 總期：0

起迄頁次：

出處：2

出版時：1925.01

備注：

篇名：地獄の報告書──李伯元作《活地獄》のこと

作者：澤田瑞穗

期刊：天理大學學報

注譯者：　　　卷：0 期：39 總期：0

起迄頁次：43～67

出處：1

出版時：1962.12

備注：

篇名：如何看待晚清的文學和政治──從新版《孽海花》（增訂本）《前言》想起的

作者：穆欣

期刊：光明日報

注譯者：　　　卷：0 期：0 總期：0

起迄頁次：

出處：1

出版時：1964.07.3

備注：

篇名：如何評價劉鶚

作者：燕凌

期刊：北京晚報

注譯者：　　　卷：0 期：0 總期：0

起迄頁次：
出處：5
出版時：1980.12
備注：1980.12.30

篇名：江南才子文廷式
作者：陳良運等
期刊：江西日報
注譯者：　　卷：0 期：0 總期：0
起迄頁次：
出處：5
出版時：1983.09
備注：1983.09.25

篇名：老殘與清廉
作者：凌霄漢閣
期刊：中國公論
注譯者：　　卷：2 期：3 總期：0
起迄頁次：
出處：2
出版時：1939.12
備注：1939.12.01

篇名：艮岳烽
作者：楊世驥
期刊：文苑談往
注譯者：　　卷：0 期：0 總期：0
起迄頁次：
出處：2
出版時：1945.04
備注：中華書局

〔7 劃〕

篇名：何謂 "鴛鴦蝴蝶派"
作者：成紀
期刊：新聞戰線
注譯者：　　卷：1980 期：1 總期：0
起迄頁次：
出處：5
出版時：1980
備注：

篇名：別具一格的音樂描寫
作者：朱克
期刊：語文戰線
注譯者：　　卷：1980 期：8 總期：0

起迄頁次：
出處：5
出版時：1980
備注：

篇名：別具一格的晚清譴責小說
作者：吳泰昌
期刊：書林
注譯者：　　卷：1980 期：6 總期：0
起迄頁次：52～53
出處：1
出版時：1980.12
備注：

篇名：吳沃堯
作者：任訪秋
期刊：中國近代文學作家論
注譯者：　　卷：0 期：0 總期：0
起迄頁次：249～261
出處：4
出版時：1984.03
備注：

篇名：吳沃堯《歷史小說總序》
作者：楊世驥
期刊：文苑談往
注譯者：　　卷：0 期：1 總期：0
起迄頁次：
出處：2
出版時：1945.04
備注：中華書局 1945.04

篇名：吳沃堯和他的《二十年目睹之怪現狀》
作者：任訪秋
期刊：語文教學通訊
注譯者：　　卷：0 期：0 總期：0
起迄頁次：
出處：2
出版時：1957.05
備注：1957.5～6

篇名：吳沃堯的生卒年
作者：劉世德
期刊：明清小說研究論文集
注譯者：　　卷：0 期：0 總期：0
起迄頁次：371～373

出處：1
出版時：1959.02
備注：光明日報 1957.09.01

篇名：吳沃堯的社會小說簡評
作者：賴力行
期刊：華中師院研究生學報
注譯者：　　卷：0 期：0 總期：0
起迄頁次：
出處：2
出版時：1982.03
備注：

篇名：吳沃堯論
作者：任訪秋
期刊：河南師大學報
注譯者：　　卷：0 期：0 總期：0
起迄頁次：
出處：2
出版時：1981.06
備注：中國近代文學作家論

篇名：吳趼人
作者：陳伯熙
期刊：上海軼事大觀
注譯者：　　卷：0 期：0 總期：0
起迄頁次：
出處：2
出版時：1919.06
備注：上海泰東圖書局 1919.06

篇名：吳趼人
作者：孫玉聲
期刊：退醒廬筆記
注譯者：　　卷：0 期：0 總期：0
起迄頁次：
出處：2
出版時：1925.11
備注：上海圖書館 1925.11

篇名：吳趼人
作者：鄭逸梅
期刊：小品大觀
注譯者：　　卷：0 期：0 總期：0
起迄頁次：
出處：2
出版時：1935.08

備注：上海校經山房書局 1935.08

篇名：吳趼人
作者：麥生登美江
期刊：野草
注譯者：　　卷：0 期：0 總期：0
起迄頁次：
出處：2
出版時：1973.12
備注：

篇名：吳趼人《上海游驂錄》札記
作者：中島利郎
期刊：咿啞
注譯者：　　卷：0 期：16 總期：0
起迄頁次：15～25
出處：1
出版時：1983.09
備注：

**篇名：吳趼人《胡寶玉》小考──晚清小
　　　　說雜記（2）**
作者：小野美代子
期刊：咿啞
注譯者：　　卷：0 期：11 總期：0
起迄頁次：27～41
出處：1
出版時：1978.12
備注：

篇名：吳趼人《電術奇談》の方法
作者：樽本照雄
期刊：清末小說研究
注譯者：　　卷：0 期：8 總期：0
起迄頁次：
出處：3
出版時：1985.12
備注：1985.12.01

篇名：吳趼人《滬上百多談》箋注
作者：魏紹昌
期刊：咿啞
注譯者：中島利郎譯卷：0 期：20 總期：0
起迄頁次：1～3
出處：1
出版時：1985.03
備注：

篇名：吳趼人《滬上百多談》關連上海地
　　　圖
作者：中島利郎
期刊：咿啞
注譯者：　　卷：0 期：20 總期：0
起迄頁次：4～6
出處：1
出版時：1985.03
備註：

篇名：吳趼人《還我魂靈記》の發見
作者：樽本照雄
期刊：大阪經大論集
注譯者：　　卷：0 期：133 總期：0
起迄頁次：179～186
出處：1
出版時：1980.01
備註：

篇名：吳趼人生平及其著作
作者：李育中
期刊：嶺南文史
注譯者：　　卷：1984 期：1 總期：3
起迄頁次：120～128
出處：1
出版時：1984.05
備註：中國近代文學評林 2 輯，廣東高等教
育出版社 1986.07

篇名：吳趼人年譜
作者：王立言
期刊：語言文學論文集上集（北師大）
注譯者：　　卷：0 期：0 總期：0
起迄頁次：
出處：5
出版時：1982
備註：

篇名：吳趼人年譜（1～2）
作者：王俊年
期刊：中國近代文學研究
注譯者：　　卷：0 期：2 總期：0
起迄頁次：
出處：2
出版時：1985.09
備註：第 2、3 輯，中山大學出版社 1985.09，
1985.12

篇名：吳趼人作品中的愛國和重科學的思
　　　想
作者：王延齡
期刊：讀書
注譯者：　　卷：1979 期：9 總期：0
起迄頁次：64～67
出處：1
出版時：1979.12
備註：

篇名：吳趼人究竟何時到上海謀生？
作者：王俊年
期刊：清末小說研究
注譯者：　　卷：0 期：7 總期：0
起迄頁次：
出處：3
出版時：1983.12
備註：中文版

篇名：吳趼人到上海年份考
作者：葉易
期刊：復旦學報（社會科學）
注譯者：　　卷：1983 期：2 總期：0
起迄頁次：110～112
出處：1
出版時：1983.03
備註：

篇名：吳趼人和《九命奇冤》
作者：何連強
期刊：嘉應師專學報
注譯者：　　卷：0 期：0 總期：0
起迄頁次：
出處：2
出版時：1985.01
備註：

篇名：吳趼人和《二十年目睹之怪現狀》
作者：白馬
期刊：知識
注譯者：　　卷：1980 期：3 總期：0
起迄頁次：
出處：5
出版時：1980
備註：

篇名：吳趼人和他的推理小說

作者：子雲
期刊：廣州日報
注譯者：　　卷：0 期：0 總期：0
起迄頁次：
出處：2
出版時：1984.07
備注：1984.07.14

篇名：吳趼人的一首佚詩
作者：官桂銓
期刊：學術研究
注譯者：　　卷：1984 期：4 總期：65
起迄頁次：84
出處：1
出版時：1984
備注：

篇名：吳趼人的十七首佚詩和一篇佚文
作者：王俊年
期刊：清末小說研究
注譯者：　　卷：0 期：10 總期：0
起迄頁次：
出處：3
出版時：1987.12
備注：1987.12.01

篇名：吳趼人的小說理論
作者：姜東賦
期刊：天津師專學報
注譯者：　　卷：1983 期：4 總期：0
起迄頁次：
出處：5
出版時：1983
備注：

篇名：吳趼人的小說論
作者：阿英
期刊：海市集
注譯者：　　卷：0 期：0 總期：0
起迄頁次：
出處：2
出版時：1936.11
備注：北新書局 1936.11

篇名：吳趼人的兩篇佚文
作者：魏紹昌
期刊：清末小說研究

注譯者：　　卷：0 期：7 總期：0
起迄頁次：
出處：3
出版時：1983.12
備注：中文版

篇名：吳趼人的社會小說論簡評
作者：賴力行
期刊：研究生學報（華中師院）
注譯者：　　卷：1982 期：3 總期：0
起迄頁次：
出處：5
出版時：1982
備注：

篇名：吳趼人思想、創作縱橫談
作者：時萌
期刊：中國近代文學論稿
注譯者：　　卷：0 期：0 總期：0
起迄頁次：
出處：2
出版時：1986.10
備注：上海古籍出版社 1986.10

篇名：吳趼人研究資料目錄
作者：中島利郎
期刊：清末小說研究
注譯者：　　卷：0 期：3 總期：0
起迄頁次：114～133
出處：1
出版時：1979.12
備注：

篇名：吳趼人著作目錄（初稿）
作者：中島利郎
期刊：野草
注譯者：　　卷：0 期：20 總期：0
起迄頁次：125～142
出處：1
出版時：1977.08
備注：

篇名：吳趼人逸事
作者：張乙廬
期刊：小說日報
注譯者：　　卷：0 期：54 總期：0
起迄頁次：

出處：2
出版時：1923.01
備注：1923.01.06

篇名：吳趼人傳略稿
作者：中島利郎
期刊：清末小說研究
注譯者：　　卷：0 期：1 總期：0
起迄頁次：64～80
出處：1
出版時：1977.10
備注：

篇名：吳趼人與反華工禁約運動
作者：林健司
期刊：咿啞
注譯者：　　卷：0 期：20 總期：0
起迄頁次：
出處：2
出版時：1983.06
備注：

篇名：吳趼人與艾羅補腦汁
作者：王延齡
期刊：羊城晚報
注譯者：　　卷：0 期：0 總期：0
起迄頁次：
出處：5
出版時：1980.09
備注：1980.09.15

篇名：吳趼人と《月月小說》──出版事
　　　項・出版廣告の語る《月月小說》
作者：中島利郎
期刊：咿啞
注譯者：　　卷：0 期：20 總期：0
起迄頁次：18～25
出處：1
出版時：1985.03
備注：

篇名：吳趼人と 反華工禁約運動
作者：林健司
期刊：咿啞
注譯者：　　卷：0 期：20 總期：0
起迄頁次：10～17
出處：1

出版時：1985.03
備注：

篇名：吳趼人の《九命奇冤》について──
　　　──その構成についての一試論
作者：中島利郎
期刊：文藝論叢
注譯者：　　卷：0 期：12 總期：0
起迄頁次：57～67
出處：1
出版時：1979.03
備注：

篇名：吳趼人の《上海游驂錄》を通じて
作者：中島利郎
期刊：野草
注譯者：　　卷：0 期：33 總期：0
起迄頁次：61～72
出處：1
出版時：1984.02
備注：

篇名：吳趼人の《近十年之怪現狀》と《情
　　　變》について
作者：麥生登美江
期刊：清末小說研究
注譯者：　　卷：0 期：5 總期：0
起迄頁次：
出處：3
出版時：1981.12
備注：

篇名：吳趼人の上海旅寓の時期について
　　　──吳趼人はいつ上海に來て、生
　　　活をはじめたか？
作者：王俊年
期刊：野草
注譯者：中島利郎譯卷：0 期：33 總期：0
起迄頁次：85～90
出處：1
出版時：1984.02
備注：

篇名：吳趼人の出自
作者：中島利郎
期刊：咿啞
注譯者：　　卷：0 期：11 總期：0

起迄頁次：42
出處：1
出版時：1978.12
備注：

篇名：吳趼人の民族觀
作者：鈴木郁子
期刊：野草
注譯者：　　卷：0 期：33 總期：0
起迄頁次：73～83
出處：1
出版時：1984.02
備注：

**篇名：吳趼人の佚文二篇──《食品小識》
　　　と《滬上百多談》**
作者：魏紹昌
期刊：野草
注譯者：中島利郎譯卷：0 期：33 總期：0
起迄頁次：91～94
出處：1
出版時：1984.02
備注：

**篇名：吳趼人の歷史小說──《痛史》覺
　　　ぇ書き**
作者：中島利郎
期刊：千里山文學論集
注譯者：　　卷：0 期：19 總期：0
起迄頁次：51～65
出處：1
出版時：1978.04
備注：

**篇名：妙筆寫"絕調"──《明湖居聽書》
　　　賞析**
作者：曾憲森
期刊：玉林師專學報
注譯者：　　卷：1982 期：3 總期：0
起迄頁次：
出處：5
出版時：1982
備注：

**篇名：宋明理學與明清小說的程式化和教
　　　訓化**
作者：陳銘

期刊：浙江學刊
注譯者：　　卷：1982 期：4 總期：0
起迄頁次：
出處：5
出版時：1982
備注：

**篇名：形象的比喻優美的意境──談《明
　　　湖居聽書》中的比喻**
作者：李廣思
期刊：語文教學通訊
注譯者：　　卷：1982 期：9 總期：0
起迄頁次：
出處：5
出版時：1982
備注：語文教學之友 1982.5 期

篇名：我佛山人
作者：江南煙雨客
期刊：江蘇研究
注譯者：　　卷：3 期：2 總期：0
起迄頁次：
出處：2
出版時：1937.03
備注：第 3 卷第 2、3 期合刊

**篇名：我佛山人作品考略──長篇小說部
　　　分**
作者：盧叔度
期刊：中山大學學報（哲學社會科學）
注譯者：　　卷：1980 期：3 總期：0
起迄頁次：86～102
出處：1
出版時：1980
備注：

篇名：我佛山人短篇小說考評
作者：盧叔度
期刊：學術月刊
注譯者：　　卷：0 期：0 總期：0
起迄頁次：
出處：2
出版時：1981.04
備注：

篇名：我佛山人著作目錄
作者：中島利郎

期刊：文藝論叢
注譯者：　　卷：0 期：24 總期：0
起迄頁次：59～72
出處：1
出版時：1985.03
備註：

篇名：我佛山人軼事
作者：清癯
期刊：申報
注譯者：　　卷：0 期：0 總期：0
起迄頁次：
出處：2
出版時：1929.05
備註：1929.05.05

篇名：我所了解的《老殘遊記》外編殘稿
作者：劉蕙孫
期刊：光明日報
注譯者：　　卷：0 期：0 總期：0
起迄頁次：
出處：2
出版時：1983.05
備註：1983.05.10

篇名：我所知道的蔡東藩先生
作者：周明道
期刊：書林
注譯者：　　卷：1980 期：5 總期：0
起迄頁次：
出處：5
出版時：1980
備註：

篇名：我國介紹西洋文學的先驅──周桂笙
作者：胡建人
期刊：華東師大學報
注譯者：　　卷：1982 期：1 總期：0
起迄頁次：
出處：5
出版時：1982
備註：

篇名：我國近代最早的翻譯小說
作者：阮恆輝
期刊：書林

注譯者：　　卷：1980 期：4 總期：0
起迄頁次：48
出處：1
出版時：1980.08
備註：

篇名：我國近代翻譯界的前驅──嚴復
作者：黃明嘉
期刊：長江日報
注譯者：　　卷：0 期：0 總期：0
起迄頁次：
出處：5
出版時：1980.04
備註：1980.04.20

篇名：我國科學幻想小說的先驅──徐念慈
作者：葉永烈
期刊：文匯報
注譯者：　　卷：0 期：0 總期：0
起迄頁次：
出處：5
出版時：1981.12
備註：1981.12.21

篇名：我國獨特的文學理論批評形式──小說評點
作者：蔡景康
期刊：百科知識
注譯者：　　卷：1983 期：9 總期：0
起迄頁次：
出處：5
出版時：1983
備註：

篇名：我對擴大研究領域問題的看法──並賀《中國近代文學研究》叢刊的出版
作者：鄧紹基
期刊：中國近代文學研究
注譯者：　　卷：0 期：1 總期：0
起迄頁次：10～12
出處：1
出版時：1983.11
備註：

篇名：批評《九命奇冤》

作者：正厂
期刊：時事新報・學燈
注譯者：　　卷：0 期：0 總期：0
起迄頁次：
出處：2
出版時：1924.04
備注：1924.04.15

篇名：改良主義與《官場現形記》——兼
　　　評近代小說研究中的一些問題
作者：鍾賢培
期刊：華南師院學報
注譯者：　　卷：0 期：0 總期：0
起迄頁次：
出處：2
出版時：1980.01
備注：

篇名：改良派作家怎麼會寫"鼓吹革命"
　　　的作品?——評《東歐女豪傑》及
　　　其作者羅普
作者：實元
期刊：文學遺產
注譯者：　　卷：0 期：545 總期：0
起迄頁次：
出處：1
出版時：1966
備注：光明日報 1966.03.06

篇名：更收歐亞造新聲——中國近代文學
　　　進走向世界淺論
作者：沈善庭
期刊：學術研究
注譯者：　　卷：1987 期：3 總期：82
起迄頁次：95～101
出處：1
出版時：1987
備注：

篇名：李、吳兩墓得失記
作者：魏紹昌
期刊：鐘山
注譯者：　　卷：1979 期：4 總期：0
起迄頁次：
出處：5
出版時：1979
備注：

篇名：李伯元
作者：孫玉聲
期刊：退醒廬筆記
注譯者：　　卷：0 期：0 總期：0
起迄頁次：
出處：2
出版時：1925.11
備注：上海圖書館 1925.11

篇名：李伯元及其作品
作者：頡剛
期刊：小說月報
注譯者：　　卷：15 期：6 總期：0
起迄頁次：
出處：2
出版時：1924.06
備注：1924.06.10

篇名：李伯元生平事跡大略
作者：李錫奇
期刊：雨花
注譯者：　　卷：0 期：0 總期：0
起迄頁次：
出處：2
出版時：1957.04
備注：

篇名：李伯元年譜
作者：時萌
期刊：清末小說研究
注譯者：　　卷：0 期：9 總期：0
起迄頁次：
出處：3
出版時：1986.12
備注：1986.12.01

篇名：李伯元作品的思想傾向
作者：章培恆
期刊：光明日報
注譯者：　　卷：0 期：0 總期：0
起迄頁次：
出處：2
出版時：1965.06
備注：1965.06.06

篇名：李伯元作品的思想傾向是進步的
作者：海孺

期刊：文學遺產

注譯者：　　卷：0 期：540 總期：0

起迄頁次：

出處：1

出版時：1966

備注：光明日報 1966.01.16

**篇名：李伯元作品思想傾向初探──與章
　　　　培恆同志商榷**

作者：文乃山

期刊：文學遺產

注譯者：　　卷：0 期：530 總期：0

起迄頁次：

出處：1

出版時：1965

備注：光明日報 1965.10.31

篇名：李伯元卒年辨正

作者：谷梁

期刊：學術月刊

注譯者：　　卷：0 期：0 總期：0

起迄頁次：

出處：2

出版時：1980.12

備注：

篇名：李伯元和《官場現形記》

作者：郁乃堯

期刊：教學與進修

注譯者：　　卷：0 期：0 總期：0

起迄頁次：

出處：2

出版時：1979.04

備注：

篇名：李伯元的故居、墓地和後裔

作者：戴博元

期刊：中國近代文學研究

注譯者：　　卷：0 期：3 總期：0

起迄頁次：

出處：2

出版時：1985.12

備注：中山大學出版社 1985.12

篇名：李伯元的創作意識

作者：麥生登美江

期刊：清末小說研究

注譯者：　　卷：0 期：1 總期：0

起迄頁次：

出處：2

出版時：1977.10

備注：

篇名：李伯元的篆刻和繪畫作品

作者：陳晶

期刊：文物

注譯者：　　卷：1979 期：9 總期：0

起迄頁次：

出處：5

出版時：1979

備注：

篇名：李伯元的諷刺藝術

作者：時萌

期刊：中國近代文學論稿

注譯者：　　卷：0 期：0 總期：0

起迄頁次：

出處：2

出版時：1986.10

備注：上海古籍出版社 1986.10

篇名：李伯元研究資料目錄

作者：清末小說研究會

期刊：清末小說研究

注譯者：　　卷：0 期：5 總期：0

起迄頁次：

出處：3

出版時：1981.12

備注：

篇名：李伯元家世、思想三題

作者：李茂肅

期刊：山東師大學報

注譯者：　　卷：0 期：0 總期：0

起迄頁次：

出處：2

出版時：1986.02

備注：

篇名：李伯元逸事

作者：張乙廬

期刊：小說日報

注譯者：　　卷：0 期：54 總期：0

起迄頁次：

出處：2
出版時：1923.01
備注：1923.01.26

篇名：李伯元與《官場現形記》
作者：涉江
期刊：香港新民晚報
注譯者：　　　卷：0 期：0 總期：0
起迄頁次：
出處：2
出版時：1980.05
備注：1980.05.09

篇名：李伯元與劉鐵雲的一段文字案
作者：魏紹昌
期刊：光明日報
注譯者：　　　卷：0 期：0 總期：0
起迄頁次：
出處：2
出版時：1961.08
備注：1961.08.25

篇名：李伯元確曾編輯《繡像小說》
作者：方山
期刊：光明日報
注譯者：　　　卷：0 期：0 總期：0
起迄頁次：
出處：2
出版時：1985.10
備注：1985.10.22

篇名：李伯元編《繡像小說》的最早史料
作者：許國良
期刊：光明日報
注譯者：　　　卷：0 期：0 總期：0
起迄頁次：
出處：2
出版時：1985.01
備注：1985.01.22

篇名：李伯元論
作者：任訪秋
期刊：河南師大學報
注譯者：　　　卷：1980 期：5 總期：0
起迄頁次：
出處：5
出版時：1980.05

備注：中國近代文學作家論

篇名：李伯元と商務印書館──《繡像小說》をめぐって
作者：利波雄一
期刊：中國文學研究
注譯者：　　　卷：0 期：10 總期：0
起迄頁次：51～64
出處：1
出版時：1984.12
備注：

篇名：李伯元の《南亭四話》について
作者：麥生登美江
期刊：清末小說研究
注譯者：　　　卷：0 期：2 總期：0
起迄頁次：43～59
出處：1
出版時：1978.10
備注：

篇名：李伯元の創作意識
作者：麥生美登江
期刊：清末小說研究
注譯者：　　　卷：0 期：1 總期：0
起迄頁次：41～63
出處：1
出版時：1977.10
備注：

篇名：李伯元の雜著四種について
作者：魏紹昌
期刊：野草
注譯者：樽本照雄譯卷：0 期：24 總期：0
起迄頁次：75～82
出處：1
出版時：1979.10
備注：

篇名：李慈銘之藏書印
作者：薛英
期刊：文獻
注譯者：　　　卷：0 期：12 總期：0
起迄頁次：
出處：5
出版時：1982.05
備注：

篇名：李葭榮《我佛山人傳》譯注──附
　　　吳趼人年譜稿・吳趼人世系表
作者：中島利郎
期刊：文藝論叢
注譯者：　　卷：0 期：20 總期：0
起迄頁次：37～53
出處：1
出版時：1983.03
備註：

篇名：李歐梵對林紓的評價
作者：楊義臣
期刊：文學研究動態
注譯者：　　卷：1983 期：5 總期：0
起迄頁次：
出處：5
出版時：1983.05
備註：

篇名：李寶嘉筆下的“變色龍”
作者：韋志成
期刊：教學通訊（鄭州）
注譯者：　　卷：1982 期：12 總期：0
起迄頁次：
出處：5
出版時：1982
備註：

篇名：求新聲於異邦
作者：舒蕪
期刊：古代文學理論研究叢刊
注譯者：　　卷：0 期：5 總期：0
起迄頁次：
出處：5
出版時：1981.10
備註：

篇名：言人所未嘗言──談《老殘遊記》
　　　的思想與藝術
作者：黃澤新
期刊：古典小說戲曲探藝錄
注譯者：　　卷：0 期：0 總期：0
起迄頁次：
出處：2
出版時：1982.09
備註：天津人民出版社

篇名：足本《二十年目睹之怪現狀》敘言
作者：勤廬
期刊：足本二十年目睹之怪現狀
注譯者：　　卷：0 期：0 總期：0
起迄頁次：
出處：2
出版時：1936.09
備註：上海世界書局 1936.09

篇名：辛亥革命前的一聲獅吼──簡話
　　　《獅子吼》
作者：章培恆
期刊：小說界
注譯者：　　卷：0 期：0 總期：0
起迄頁次：
出處：2
出版時：1981.02
備註：

篇名：辛亥革命時期的南社
作者：王承禮
期刊：華東師大學報
注譯者：　　卷：1981 期：6 總期：0
起迄頁次：
出處：5
出版時：1981
備註：

篇名：辛亥時期的文學
作者：茅金
期刊：文學報
注譯者：　　卷：0 期：0 總期：0
起迄頁次：
出處：5
出版時：1981.10
備註：1981.10.08

篇名：邦譯《二十年目睹之怪現狀》──
　　　第一回・第二回
作者：中島利郎
期刊：呷啞
注譯者：　　卷：0 期：17 總期：0
起迄頁次：49～64
出處：1
出版時：1984.05
備註：

〔8劃〕

篇名：亞東破佛傳略
作者：彭長卿
期刊：清末小說研究
注譯者：　　卷：0 期：5 總期：0
起迄頁次：
出處：3
出版時：1981.12
備註：

篇名：佳人才子小說研究
作者：郭昌鶴
期刊：文學季刊
注譯者：　　卷：0 期：1 總期：0
起迄頁次：
出處：1
出版時：1934
備註：1～2 期

篇名：兒女英雄傳
作者：田森襄
期刊：中國の名著
注譯者：　　卷：0 期：0 總期：0
起迄頁次：278～284
出處：1
出版時：1961.10
備註：

篇名：典型的暴露文學──略說《官場現
　　　形記》
作者：周先愼
期刊：中學語文教學
注譯者：　　卷：1982 期：9 總期：0
起迄頁次：
出處：5
出版時：1982
備註：

篇名：刻畫社會怪現象馳譽的吳趼人
作者：韌庵
期刊：中國歷代小說家
注譯者：　　卷：0 期：0 總期：0
起迄頁次：
出處：2
出版時：1963.11
備註：香港上海書局 1963.11

篇名：受《水滸傳》影響之清人俠義小說
作者：劉彥聲
期刊：朔風
注譯者：　　卷：0 期：12 總期：0
起迄頁次：
出處：2
出版時：1939.10
備註：1939.10.01

篇名：周桂笙
作者：楊世驥
期刊：文苑談往
注譯者：　　卷：0 期：0 總期：0
起迄頁次：
出處：2
出版時：1945.04
備註：中華書局 1945.04

篇名：周桂笙著譯目錄初稿
作者：中島利郎編
期刊：咿啞
注譯者：　　卷：0 期：20 總期：0
起迄頁次：46～49
出處：1
出版時：1985.03
備註：

篇名：委宛曲折跌?搖曳──《明湖居聽
　　　書》的藝術特色及其他
作者：陶光友
期刊：山東師大學報
注譯者：　　卷：1982 期：4 總期：0
起迄頁次：
出處：5
出版時：1982
備註：

篇名：官場與民俗──譴責小說研究
作者：林崗
期刊：中國近代文學研究
注譯者：　　卷：0 期：3 總期：0
起迄頁次：
出處：2
出版時：1985.12
備註：中山大學出版社 1985.12

篇名：官僚批判の文學

作者：小野忍
期刊：中國文學
注譯者：　　卷：0 期：102 總期：0
起迄頁次：
出處：1
出版時：1947.12
備注：

篇名：岡本武德譯《官場現形記》
作者：岡崎俊夫
期刊：中國文學
注譯者：　　卷：0 期：76 總期：0
起迄頁次：
出處：2
出版時：1941.09
備注：

篇名：庚子事變在小說上的反映
作者：阿英
期刊：文學
注譯者：　　卷：5 期：2 總期：0
起迄頁次：
出處：2
出版時：1935.08
備注：1935.08.01

篇名：庚子事變をぐる文學
作者：內田道夫
期刊：文化
注譯者：　　卷：23 期：3 總期：0
起迄頁次：1～25
出處：1
出版時：1959.11
備注：

篇名：庚子聯軍戰役中的《老殘遊記》作者劉鐵雲
作者：阿英
期刊：劍腥集
注譯者：　　卷：0 期：0 總期：0
起迄頁次：
出處：2
出版時：1939.03
備注：上海風雨書屋 1939.03

篇名：明清文學概述（上、下）
作者：李春祥

期刊：文學知識
注譯者：　　卷：1983 期：5 總期：0
起迄頁次：
出處：5
出版時：1983
備注：1983.5 期，1983.6 期

篇名：東亞病夫自述與賽金花之關係
作者：崔萬秋
期刊：時事新報
注譯者：　　卷：0 期：0 總期：0
起迄頁次：
出處：2
出版時：1934.11
備注：1934.11.25

篇名：東海覺我徐念慈《新法螺先生譚》小考——中國科學幻想小說史雜記
作者：武田雅哉
期刊：復旦學報（社會科學）
注譯者：王國安譯卷：1986 期：6 總期：0
起迄頁次：40～44
出處：1
出版時：1986.11
備注：

篇名：東海覺我徐念慈《新法螺先生譚》をめぐつて
作者：武田雅哉
期刊：清末小說研究
注譯者：　　卷：0 期：6 總期：0
起迄頁次：
出處：3
出版時：1982.12
備注：

篇名：林琴南的翻譯小說
作者：黨秀臣
期刊：貴陽晚報
注譯者：　　卷：0 期：0 總期：0
起迄頁次：
出處：5
出版時：1983.10
備注：1983.10.08

篇名：林琴南簡介

作者：肖夏
期刊：江城
注譯者：　　卷：1983 期：6 總期：0
起迄頁次：
出處：5
出版時：1983
備注：

篇名：林語堂愛讀的兩本通俗小說
作者：魏紹昌
期刊：清末小說研究
注譯者：　　卷：0 期：10 總期：0
起迄頁次：
出處：3
出版時：1987.12
備注：1987.12.01

篇名：林譯小說的地位與影響
作者：曾憲輝
期刊：福建師大學報
注譯者：　　卷：1982 期：4 總期：0
起迄頁次：
出處：5
出版時：1982
備注：

篇名：林譯小說研究（下）
作者：曾錦漳
期刊：新亞學報
注譯者：　　卷：8 期：1 總期：0
起迄頁次：383〜426
出處：1
出版時：1967.02
備注：

篇名：林紓
作者：任訪秋
期刊：中國近代文學作家論
注譯者：　　卷：0 期：0 總期：0
起迄頁次：211〜226
出處：4
出版時：1984.03
備注：

篇名：林紓生平正誤
作者：張俊才
期刊：江淮論壇

注譯者：　　卷：1983 期：4 總期：0
起迄頁次：
出處：5
出版時：1983
備注：

篇名：林紓事略
作者：林子雙
期刊：江城
注譯者：　　卷：1983 期：6 總期：0
起迄頁次：
出處：5
出版時：1983
備注：

篇名：林紓和《茶花女》
作者：溫凌
期刊：知識
注譯者：　　卷：1981 期：3 總期：0
起迄頁次：
出處：5
出版時：1981
備注：

篇名：林紓和比較文學
作者：陳復興
期刊：讀書
注譯者：　　卷：1982 期：6 總期：0
起迄頁次：
出處：5
出版時：1982
備注：

篇名：林紓和他的譯作
作者：冀剛
期刊：福建師大學報
注譯者：　　卷：1980 期：1 總期：0
起迄頁次：
出處：5
出版時：1980
備注：

篇名：林紓的其他翻譯作品
作者：張俊才
期刊：福建論壇
注譯者：　　卷：1982 期：2 總期：0
起迄頁次：

出處：5
出版時：1982
備注：

**篇名：林紓前期譯書思想管窺──讀"林
　　　譯小說"序跋札記**
作者：薛卓
期刊：福建師大學報
注譯者：　　卷：1980 期：1 總期：0
起迄頁次：
出處：5
出版時：1980
備注：

篇名：林紓逝世六十周年
作者：牟潤孫
期刊：明報
注譯者：　　卷：19 期：3 總期：0
起迄頁次：36～38
出處：1
出版時：1984.03
備注：

篇名：林紓著譯作品補遺
作者：張俊才
期刊：聊城師專學報
注譯者：　　卷：1982 期：2 總期：0
起迄頁次：
出處：5
出版時：1982
備注：

篇名：林紓傳
作者：曾憲輝
期刊：福建師大學報
注譯者：　　卷：1981 期：2 總期：0
起迄頁次：
出處：5
出版時：1981
備注：

篇名：林紓與新文化運動
作者：李景光
期刊：社會科學輯刊
注譯者：　　卷：1983 期：4 總期：0
起迄頁次：
出處：5

出版時：1983
備注：

篇名：林紓論
作者：任訪秋
期刊：開封師院學報
注譯者：　　卷：1978 期：3 總期：0
起迄頁次：
出處：5
出版時：1978
備注：

篇名：林紓翻譯試論
作者：郁奇虹
期刊：福建論壇
注譯者：　　卷：1983 期：4 總期：15
起迄頁次：105～109
出處：1
出版時：1983.08
備注：

篇名：林紓譯書序文鉤沈
作者：馬泰來
期刊：清末小說研究
注譯者：　　卷：0 期：6 總期：0
起迄頁次：
出處：3
出版時：1982.12
備注：

篇名：武俠小說源流考略
作者：上官纓
期刊：江城
注譯者：　　卷：1982 期：10 總期：0
起迄頁次：
出處：5
出版時：1982
備注：

篇名：社會小說《北京》の語法と語彙
作者：太田辰夫
期刊：神戶大論叢
注譯者：　　卷：24 期：3 總期：0
起迄頁次：1～17
出處：1
出版時：1973.08
備注：

篇名：近代小說
作者：李銀珠
期刊：中國古代小說十五講
注譯者：　　卷：0 期：0 總期：0
起迄頁次：
出處：2
出版時：1985.10
備註：北京出版社 1985.10

篇名：近代小說研究
作者：張秀亞
期刊：教育與文化
注譯者：　　卷：0 期：136 總期：0
起迄頁次：14～15
出處：5
出版時：1957.08
備註：

篇名：近代小說理論初探
作者：梁叔安
期刊：江海學刊
注譯者：　　卷：0 期：0 總期：0
起迄頁次：
出處：2
出版時：1963.07
備註：

篇名：近代文學改良運動的目標：自由文
　　　學
作者：王杏根
期刊：上海師範大學學報（哲學社會科學）
注譯者：　　卷：1986 期：4 總期：30
起迄頁次：38～42
出處：1
出版時：1986.12
備註：38～42，171986.12

篇名：近代武俠小說的起源
作者：杜穎陶
期刊：俗文學
注譯者：　　卷：0 期：0 總期：0
起迄頁次：
出處：2
出版時：1948.08
備註：1948.08.06，華北日報

篇名：近代的譴責小說
作者：吉林大學中文系
期刊：中國古點小說講話
注譯者：　　卷：0 期：0 總期：0
起迄頁次：
出處：2
出版時：1981.02
備註：吉林人民出版社 1981.02

篇名：近年來近代文學研究概述
作者：聞竹
期刊：文史知識
注譯者：　　卷：1982 期：12 總期：0
起迄頁次：
出處：5
出版時：1982
備註：

篇名：近百年來的中國文藝思潮
作者：吳文祺
期刊：學林
注譯者：　　卷：0 期：1 總期：0
起迄頁次：
出處：1
出版時：1940.1941
備註：1～3 輯

篇名：金松岑先生行年與著作簡譜
作者：楊友仁
期刊：清末小說研究
注譯者：　　卷：0 期：6 總期：0
起迄頁次：
出處：3
出版時：1982.12
備註：

篇名：金松岑と曾樸の《孽海花》
作者：麥生登美江
期刊：清末小說研究
注譯者：　　卷：0 期：3 總期：0
起迄頁次：61～73
出處：1
出版時：1979.12
備註：

篇名：金港堂・商務印書館・繡像小說
作者：樽本照雄
期刊：清末小說研究

注譯者：　　卷：0 期：3 總期：0
起迄頁次：
出處：3
出版時：1979.12
備注：

篇名：阿英《晚清小說史》試譯ノォト（1）
作者：阿英
期刊：咿啞
注譯者：中島利郎譯註卷：0 期：5 總期：0
起迄頁次：（左）35～57
出處：1
出版時：1975.12
備注：

篇名：阿英著《晚清小說史》人名、書名、事項索引（1）
作者：尾崎實編
期刊：中研ノート
注譯者：　　卷：0 期：9 總期：0
起迄頁次：28～40
出處：1
出版時：1962.12
備注：

篇名：阿富汗與《孽海花》
作者：信川
期刊：明報
注譯者：　　卷：18 期：11 總期：215
起迄頁次：91～93
出處：1
出版時：1983.11
備注：

篇名：青山為屋水為鄰──俞樾和俞樓
作者：莫高
期刊：西湖
注譯者：　　卷：1981 期：9 總期：0
起迄頁次：
出處：5
出版時：1981
備注：

〔9 劃〕
篇名：俠女、十三妹、水冰心
作者：聶紺弩

期刊：讀書
注譯者：　　卷：0 期：0 總期：0
起迄頁次：
出處：2
出版時：1982.08
備注：

篇名：前近代小說の卑俗性をぐつて──《兒女英雄傳》について
作者：杉森正彌
期刊：北海道學藝大學紀要（第一部）
注譯者：　　卷：8 期：1 總期：0
起迄頁次：169～176
出處：1
出版時：1957.08
備注：

篇名：前號揭載鈴木郁子の《上海游驂錄》について
作者：中島利郎
期刊：咿啞
注譯者：　　卷：0 期：16 總期：0
起迄頁次：60～61
出處：1
出版時：1983.09
備注：

篇名：南社小說淺談
作者：藍少成
期刊：廣西師院學報
注譯者：　　卷：1981 期：3 總期：0
起迄頁次：
出處：5
出版時：1981
備注：

篇名：南亭亭長之與安塏第
作者：鄭逸梅
期刊：孤芳集
注譯者：　　卷：0 期：0 總期：0
起迄頁次：
出處：2
出版時：1932.08
備注：益新書局 1932.08

篇名：南亭亭長李伯元
作者：寧遠

期刊：小說新話
注譯者：　　卷：0 期：0 總期：0
起迄頁次：
出處：2
出版時：1961.03
備註：香港上海書局 1961.03

篇名：**建國三十年來近代文學研究的回顧**
作者：王俊年、梁淑安、趙愼修
期刊：文學評論
注譯者：　　卷：0 期：0 總期：0
起迄頁次：
出處：2
出版時：1980.03
備註：

篇名：**建國前三十年中國近代小說研究巡禮**
作者：王俊年
期刊：社會科學輯刊
注譯者：　　卷：1984 期：5 總期：34
起迄頁次：151～154
出處：1
出版時：1984.09
備註：

篇名：**建國前近代文學研究論略**
作者：牛仰山
期刊：青海師院學報
注譯者：　　卷：1983 期：1 總期：0
起迄頁次：
出處：5
出版時：1983
備註：

篇名：**建設的文學革命論**
作者：胡適
期刊：新青年
注譯者：　　卷：4 期：4 總期：0
起迄頁次：
出處：2
出版時：1918.04
備註：1918.04.15

篇名：**怎樣看待《二十年目睹之怪現狀》**
作者：王俊年
期刊：文學遺產

注譯者：　　卷：0 期：506 總期：0
起迄頁次：
出處：1
出版時：1965
備註：光明日報 1965.04.18

篇名：**怎樣評價李伯元的作品──答文乃山同志**
作者：王俊年
期刊：光明日報
注譯者：　　卷：0 期：0 總期：0
起迄頁次：
出處：2
出版時：1965.11
備註：1965.11.28

篇名：**政治、生活、藝術修養與創作──試論晚清小說的特點及其形成的原因**
作者：王俊年
期刊：文學遺產
注譯者：　　卷：0 期：0 總期：0
起迄頁次：
出處：2
出版時：1981.02
備註：

篇名：**歪曲晚清社會現實的《文明小史》**
作者：石雨
期刊：文學遺產
注譯者：　　卷：0 期：537 總期：0
起迄頁次：
出處：1
出版時：1965
備註：光明日報 1965.12.19

篇名：**為賽金花墓碣事答高二適書**
作者：金天翮
期刊：衛星
注譯者：　　卷：1 期：1 總期：0
起迄頁次：
出處：2
出版時：1937.01
備註：1937.01.10

篇名：**看得見的聲音──略談《老殘遊記》"白妞說書"的藝術描寫**

作者：李延祜
期刊：名作欣賞
注譯者：　　卷：1981 期：2 總期：0
起迄頁次：
出處：5
出版時：1981
備注：

篇名：**秋瑾「滬上有感」試釋**
作者：橫山弘
期刊：清末小說研究
注譯者：　　卷：0 期：5 總期：0
起迄頁次：
出處：3
出版時：1981.12
備注：

篇名：**秋瑾自筆「滬上有感」のことども**
作者：麗澤生
期刊：清末小說研究
注譯者：　　卷：0 期：4 總期：0
起迄頁次：
出處：3
出版時：1980.12
備注：

篇名：**秋瑾的藝術形象永垂不朽**
作者：魏紹昌
期刊：清末小說研究
注譯者：　　卷：0 期：6 總期：0
起迄頁次：
出處：3
出版時：1982.12
備注：

篇名：**紀念林紓先生**
作者：孔羅蓀
期刊：江城
注譯者：　　卷：1983 期：6 總期：0
起迄頁次：
出處：5
出版時：1983
備注：

篇名：**胡適**
作者：任訪秋
期刊：中國近代文學作家論

注譯者：　　卷：0 期：0 總期：0
起迄頁次：296～315
出處：4
出版時：1984.03
備注：附錄

篇名：**胡適は《老殘遊記》をどう讀んたか**
作者：樽本照雄
期刊：大阪經大論集
注譯者：　　卷：0 期：120 總期：0
起迄頁次：141～156
出處：1
出版時：1977.11
備注：

〔10 劃〕

篇名：**致徐蔚南書**
作者：柳亞子
期刊：宇宙風
注譯者：　　卷：0 期：2 總期：0
起迄頁次：
出處：2
出版時：1935.10
備注：1935.10.01

篇名：**茂苑惜秋生其人其事**
作者：魏紹昌
期刊：光明日報
注譯者：　　卷：0 期：0 總期：0
起迄頁次：
出處：2
出版時：1962.07
備注：1962.07.14

篇名：**重刊《庚子國變彈詞》序**
作者：阿英
期刊：彈詞小說評考
注譯者：　　卷：0 期：0 總期：0
起迄頁次：
出處：2
出版時：1937.02
備注：中華書局 1937.02

篇名：**重評《老殘遊記》**
作者：池太寧

期刊：臺州師專學報
注譯者：　　卷：0 期：0 總期：0
起迄頁次：
出處：2
出版時：1981.03
備注：

篇名：**重評梁啟超的小說理論**
作者：王齊洲
期刊：荊州師專學報
注譯者：　　卷：1985 期：1 總期：0
起迄頁次：
出處：2
出版時：
備注：

篇名：**重譯《老殘遊記》**
作者：池太寧
期刊：台州師專學報
注譯者：　　卷：1981 期：2 總期：0
起迄頁次：
出處：5
出版時：1981
備注：

篇名：**革命文豪陳天華**
作者：趙瑞勤
期刊：文史知識
注譯者：　　卷：1982 期：12 總期：0
起迄頁次：
出處：5
出版時：1982.12
備注：

篇名：**風俗小說の系譜（II）──いれゆ
　　る譴責小說について（清末小説研
　　究その三）**
作者：中野美代子
期刊：北海道大學外國語外國大學研究
注譯者：　　卷：0 期：7 總期：0
起迄頁次：67〜79
出處：1
出版時：1959.12
備注：

篇名：**風俗小說の系譜（III）──吳趼人
　　論ノート（清末小説研究その四）**

作者：中野美代子
期刊：北海道大學外國語.外國文學研究
注譯者：　　卷：0 期：8 總期：0
起迄頁次：1〜13
出處：1
出版時：1960.12
備注：

篇名：**首先揭發清官罪惡的劉鶚**
作者：韌庵
期刊：中國歷代小說家
注譯者：　　卷：0 期：0 總期：0
起迄頁次：
出處：2
出版時：1962.03
備注：香港上海書局 1962.03

篇名：**借雕蟲之小技，寓逍鐸之微言──
　　晚清小說理論述評**
作者：姜東賦
期刊：古典小說戲曲探藝錄
注譯者：　　卷：0 期：0 總期：0
起迄頁次：
出處：2
出版時：1982.09
備注：天津人民出版社

篇名：**修改後要說的幾句話**
作者：曾樸
期刊：孽海花
注譯者：　　卷：0 期：0 總期：0
起迄頁次：
出處：2
出版時：1928.01
備注：眞善美書店 1928.01.06

篇名：**孫次舟本《孽海花》について**
作者：神田一三
期刊：清末小說研究
注譯者：　　卷：0 期：8 總期：0
起迄頁次：
出處：3
出版時：1985.12
備注：1985.12.01

篇名：**徐念慈**
作者：楊世驥

期刊：文苑談往
注譯者：　　卷：0 期：0 總期：0
起迄頁次：
出處：2
出版時：1945.04
備注：中華書局

篇名：**時萌研究晚清小說家的第一個碩果**
　　　　──讀《曾樸研究》
作者：鄧韶玉
期刊：光明日報
注譯者：　　卷：0 期：0 總期：0
起迄頁次：
出處：5
出版時：1983.01
備注：1983.01.25

篇名：**書南亭亭長**
作者：鄭逸梅
期刊：逸梅小品續集
注譯者：　　卷：0 期：0 總期：0
起迄頁次：
出處：2
出版時：1934.12
備注：中孚書局 1934.12

篇名：**海上花列傳**
作者：內田道夫
期刊：中國の名著
注譯者：　　卷：0 期：0 總期：0
起迄頁次：292～298
出處：1
出版時：1961.10
備注：

篇名：**烘雲托月比奇喻巧**
作者：田宜弘
期刊：教學通訊（鄭州）
注譯者：　　卷：1982 期：11 總期：0
起迄頁次：
出處：5
出版時：1982
備注：

篇名：**病夫日記（1～2）**
作者：東亞病夫
期刊：宇宙風

注譯者：　　卷：0 期：1 總期：0
起迄頁次：
出處：2
出版時：1935.09
備注：1 期 1935.09.16，2 期 1935.10.01

篇名：**記曾孟樸**
作者：郁達夫
期刊：越風
注譯者：　　卷：0 期：1 總期：0
起迄頁次：
出處：2
出版時：1935.10
備注：1935.10.16

篇名：**追悼曾孟樸先生**
作者：蔡元培
期刊：宇宙風
注譯者：　　卷：0 期：2 總期：0
起迄頁次：
出處：2
出版時：1935.10
備注：1935.10.01

篇名：**追憶曾孟樸先生**
作者：胡適
期刊：宇宙風
注譯者：　　卷：0 期：2 總期：0
起迄頁次：
出處：2
出版時：1935.10
備注：1935.10.01

篇名：**高論千言出胸臆──評梁啟超的小**
　　　　說理論
作者：簡茂森
期刊：古代文學理論研究叢刊
注譯者：　　卷：0 期：2 總期：0
起迄頁次：318～336
出處：1
出版時：1980.07
備注：上海古籍出版社 1980.07

〔11 劃〕
篇名：**商務印書館と夏瑞芳**
作者：本郁馬

期刊：清末小說研究
注譯者：　　卷：0 期：4 總期：0
起迄頁次：
出處：3
出版時：1980.12
備註：

篇名：執念の人──《老殘遊記》の作者
　　　劉鶚について
作者：博本照雄
期刊：野草
注譯者：　　卷：2 期：0 總期：0
起迄頁次：13〜31
出處：1
出版時：1971.01
備註：

篇名：寄陳獨秀
作者：錢玄同
期刊：新青年
注譯者：　　卷：3 期：1 總期：0
起迄頁次：
出處：2
出版時：1917.03
備註：1917.03.01

篇名：寄陳獨秀
作者：胡適
期刊：新青年
注譯者：　　卷：3 期：4 總期：0
起迄頁次：
出處：2
出版時：1917.05
備註：1917.05.10

篇名：康有為
作者：任訪秋
期刊：中國近代文學作家論
注譯者：　　卷：0 期：0 總期：0
起迄頁次：82〜103
出處：4
出版時：1984.03
備註：

篇名：張元濟、李伯元與《繡像小說》
作者：葉宋曼瑛
期刊：出版史料

注譯者：　　卷：0 期：5 總期：0
起迄頁次：143〜147
出處：1
出版時：1986.06
備註：

篇名：從《九命奇冤》的表現特色看它在
　　　文學史上的地位
作者：王俊年
期刊：社會科學戰線
注譯者：　　卷：1982 期：2 總期：0
起迄頁次：
出處：5
出版時：1982.02
備註：

篇名：從《三俠五義》談俠義人物──給
　　　一位青年朋友的復信
作者：鄧紹基
期刊：學習與研究
注譯者：　　卷：1982 期：8 總期：0
起迄頁次：
出處：5
出版時：1982.08
備註：

篇名：從《老殘遊記》談到東河
作者：重聞
期刊：中和月刊
注譯者：　　卷：4 期：7 總期：0
起迄頁次：
出處：1
出版時：1943.07
備註：

篇名：從《吳虞文錄》說到《花月痕》
作者：聶紺弩
期刊：讀書
注譯者：　　卷：1983 期：9 總期：0
起迄頁次：
出處：5
出版時：1983
備註：

篇名：從《庚子國變彈詞》看李伯元作品
　　　的思想傾向
作者：江東陽

期刊：文學遺產

注譯者：　　　卷：0 期：532 總期：0

起迄頁次：

出處：1

出版時：1965

備註：光明日報 1965.11.14

篇名：從《活地獄》看李伯元後期作品的
傾向

作者：李茂肅

期刊：文學遺產

注譯者：　　　卷：0 期：545 總期：0

起迄頁次：

出處：1

出版時：1966

備註：光明日報 1966.03.06

篇名：從比較中看《官場現形記》諷刺藝
術的敗筆

作者：莊嚴

期刊：寧波師專學報

注譯者：　　　卷：1983 期：2 總期：0

起迄頁次：

出處：5

出版時：1983.02

備註：

篇名：從石玉昆的《龍圖公案》說到《三
俠五義》

作者：李家瑞

期刊：文學季刊

注譯者：　　　卷：0 期：2 總期：0

起迄頁次：

出處：2

出版時：1934.04

備註：

篇名：從近代思想史看《孽海花》的意義

作者：陳萬雄

期刊：新亞書院歷史學系刊

注譯者：　　　卷：0 期：2 總期：0

起迄頁次：75～86

出處：1

出版時：1972.09

備註：

篇名：從鴉片戰爭到"五四"的社會背景
和文學概況

作者：李何林

期刊：新建設

注譯者：　　　卷：0 期：0 總期：0

起迄頁次：

出處：2

出版時：1954.10

備註：

篇名：惜秋生非李伯元化名考

作者：阿英

期刊：太白半月刊

注譯者：　　　卷：2 期：8 總期：0

起迄頁次：

出處：2

出版時：1935.07

備註：1935.07.15

篇名：悼《孽海花》的作者曾孟樸先生

作者：鄭君平

期刊：新小說

注譯者：　　　卷：2 期：1 總期：0

起迄頁次：

出處：2

出版時：1935.07

備註：1935.07.15

篇名：晚清一部宣揚封建婚姻觀的小說—
—《恨海》

作者：任訪秋

期刊：南陽師專學報

注譯者：　　　卷：1982 期：1 總期：0

起迄頁次：

出處：5

出版時：1982.01

備註：

篇名：晚清上層社會的風俗畫——評《孽
海花》對官僚名士的描寫

作者：王祖獻

期刊：中國近代文學研究

注譯者：　　　卷：0 期：3 總期：0

起迄頁次：

出處：2

出版時：1985.12

備註：中山大學出版社

篇名：晚清小說大系《老殘遊記》の 素性
作者：樽本照雄
期刊：清末小說研究
注譯者：　　卷：0 期：8 總期：0
起迄頁次：
出處：3
出版時：1985.12
備注：1985.12.01

篇名：晚清小說史試譯ノォト（2）——
　　　　翻譯小說（十四章）
作者：
期刊：咿啞
注譯者：中島利郎譯註卷：0 期：6 總期：0
起迄頁次：69～106
出處：1
出版時：1976.06
備注：

篇名：晚清小說史試譯ノォト（3）
作者：
期刊：咿啞
注譯者：中島利郎譯註卷：0 期：7 總期：0
起迄頁次：29～73
出處：1
出版時：1976.12
備注：

篇名：晚清小說史試譯ノォト（4）
作者：
期刊：咿啞
注譯者：中島利郎譯註卷：0 期：8 總期：0
起迄頁次：65～87
出處：1
出版時：1977.05
備注：

篇名：晚清小說史試譯ノォト（5）
作者：
期刊：咿啞
注譯者：中島利郎譯註卷：0 期：9 總期：0
起迄頁次：37～53
出處：1
出版時：1977.11
備注：

篇名：晚清小說史試譯ノォト（6）——

第五章反華工禁約運動
作者：阿英
期刊：咿啞
注譯者：中島利郎注卷：0 期：10 總期：0
起迄頁次：53～74
出處：1
出版時：1978.06
備注：

篇名：晚清小說研究論考——小說《痛史》
　　　　の 思想，吳趼人の 譴責性（2）
作者：宮內保
期刊：語學文學
注譯者：　　卷：0 期：11 總期：0
起迄頁次：48～57
出處：1
出版時：1973.03
備注：

篇名：晚清小說研究論考——吳趼人の 譴
　　　　責性（1.中）
作者：宮內保
期刊：語學文學
注譯者：　　卷：0 期：13 總期：0
起迄頁次：47～54
出處：1
出版時：1975.03
備注：

篇名：晚清小說面面觀
作者：沃白
期刊：克山師專學報
注譯者：　　卷：1983 期：3 總期：0
起迄頁次：
出處：5
出版時：1983.03
備注：

篇名：晚清小說家瑣議
作者：任幾
期刊：關隴文學論叢
注譯者：　　卷：0 期：1 總期：0
起迄頁次：
出處：2
出版時：1982.03

備注：甘肅人民出版社 1982.03

篇名：晚清小說理論外部規律學說初探
作者：常征
期刊：南京師院學報
注譯者：　　卷：1982 期：1 總期：0
起迄頁次：
出處：2
出版時：
備注：

篇名：晚清小說理論初論
作者：蔡景康
期刊：古代文學理論研究叢刊
注譯者：　　卷：0 期：1 總期：0
起迄頁次：403～421
出處：1
出版時：1979.12
備注：

篇名：晚清小說理論研究中的一個問題
作者：顏廷亮
期刊：甘肅師大學報（哲學社會科學）
注譯者：　　卷：1980 期：2 總期：0
起迄頁次：72～77
出處：1
出版時：1980.06
備注：

篇名：晚清小說理論探索
作者：時萌
期刊：中國近代文學論稿
注譯者：　　卷：0 期：0 總期：0
起迄頁次：
出處：2
出版時：1986.10
備注：上海古籍出版社 1986.10

篇名：晚清小說理論發展新階段的一個標誌——晚清革命派關於小說與社會生活關係的論述
作者：顏廷亮
期刊：西北民族學院學報
注譯者：　　卷：1981 期：1 總期：0
起迄頁次：
出處：2
出版時：

備注：

篇名：晚清小說理論管窺
作者：陳謙豫
期刊：古代文學理論研究叢刊
注譯者：　　卷：0 期：3 總期：0
起迄頁次：
出處：2
出版時：1981.02
備注：上海古籍出版社 1981.02

篇名：晚清小說理論簡說
作者：蔡景康
期刊：福建文藝
注譯者：　　卷：1979 期：8 總期：0
起迄頁次：
出處：5
出版時：1979.08
備注：

篇名：晚清小說創作理論述評
作者：周頌喜
期刊：求索
注譯者：　　卷：0 期：0 總期：0
起迄頁次：
出處：2
出版時：1982.02
備注：

篇名：晚清小說搜遺——《臺灣巾幗英雄傳》的發現
作者：秦瘦鷗
期刊：書林
注譯者：　　卷：1980 期：1 總期：0
起迄頁次：48～49
出處：1
出版時：1980.02
備注：

篇名：晚清小說論綱
作者：時萌
期刊：光明日報
注譯者：　　卷：0 期：0 總期：0
起迄頁次：
出處：2
出版時：1986.09
備注：光明日報 1986.09.09

篇名：**晚清文學史話**
作者：楊世驥
期刊：說文月刊
注譯者：　　卷：2 期：2 總期：0
起迄頁次：
出處：1
出版時：1940.05
備註：

篇名：**晚清文學思潮的流派及其論爭**
作者：任訪秋
期刊：社會科學戰線
注譯者：　　卷：1982 期：2 總期：0
起迄頁次：
出處：5
出版時：1982.02
備註：

篇名：**晚清文學革新與五四文學革命**
作者：任訪秋
期刊：文學遺產
注譯者：　　卷：1983 期：1 總期：0
起迄頁次：
出處：5
出版時：1983
備註：

篇名：**晚清文藝報刊拾零**
作者：胡繼武
期刊：文獻
注譯者：　　卷：1980 期：3 總期：0
起迄頁次：
出處：5
出版時：1980
備註：

篇名：**晚清四大譴責小說是哪幾部?**
作者：
期刊：語文教學通訊（山西師院）
注譯者：　　卷：1979 期：5 總期：0
起迄頁次：
出處：5
出版時：1979
備註：

篇名：**晚清四小說家**
作者：包天笑

期刊：小說月報
注譯者：　　卷：0 期：19 總期：0
起迄頁次：
出處：2
出版時：1942.04
備註：1942.04.01

篇名：**晚清西學輸入與中國近代文學的發
　　　展**
作者：任訪秋
期刊：中國近代文學研究
注譯者：　　卷：0 期：3 總期：0
起迄頁次：
出處：2
出版時：1985.12
備註：中山大學出版社 1985.12

篇名：**晚清沒有資產階級革命派的小說理
　　　論嗎?**
作者：文行
期刊：文藝理論研究
注譯者：　　卷：0 期：0 總期：0
起迄頁次：
出處：2
出版時：1980.03
備註：

篇名：**晚清兩部宣傳愛國主義的歷史小說
　　　——讀《海上魂》和《海外扶餘》**
作者：孫遜
期刊：文匯報
注譯者：　　卷：0 期：0 總期：0
起迄頁次：
出處：2
出版時：1983.07
備註：1983.07.11

篇名：**晚清兩部宣傳愛國主義的歷史小說
　　　——讀《海上魂》和《海上扶餘》**
作者：孫遜
期刊：文匯報
注譯者：　　卷：0 期：0 總期：0
起迄頁次：
出處：5
出版時：1983.07
備註：1983.07.11

篇名：晚清的小說理論
作者：劉柏青
期刊：吉林大學社會科學學報
注譯者：　　卷：1962 期：1 總期：0
起迄頁次：
出處：2
出版時：
備注：

篇名：晚清的俠義小說和譴責小說
作者：吳小如
期刊：文藝學習
注譯者：　　卷：0 期：0 總期：0
起迄頁次：
出處：2
出版時：1955.08
備注：

篇名：晚清社會的照妖鏡──重讀近代兩
　　　部譴責小說
作者：王俊年
期刊：讀書
注譯者：　　卷：0 期：0 總期：0
起迄頁次：
出處：2
出版時：1979.04
備注：

篇名：晚清社會的照妖鏡──重讀近代兩
　　　部譴責小說
作者：王俊年
期刊：讀書
注譯者：　　卷：1979 期：4 總期：0
起迄頁次：
出處：5
出版時：1979
備注：

篇名：晚清革命派小說理論中的小說遺產
　　　問題
作者：顏廷亮
期刊：社會科學（蘭州）
注譯者：　　卷：1984 期：5 總期：27
起迄頁次：76～82
出處：1
出版時：1984.10

備注：

篇名：晚清革命派小說理論中的藝術性問
　　　題
作者：顏廷亮
期刊：社會科學
注譯者：　　卷：0 期：0 總期：0
起迄頁次：
出處：2
出版時：1981.02
備注：

篇名：晚清革命派小說理論的歷史地位
作者：顏廷亮
期刊：蘭州大學學報（社會科學）
注譯者：　　卷：1983 期：4 總期：26
起迄頁次：54～60
出處：1
出版時：1983.10
備注：

篇名：晚清革命派關於小說政治方向問題
　　　的理論
作者：顏廷亮
期刊：蘭州大學學報
注譯者：　　卷：1981 期：4 總期：0
起迄頁次：
出處：2
出版時：
備注：

篇名：晚清時期中國關於古西臘文學藝術
　　　的介紹
作者：李長林
期刊：求索
注譯者：　　卷：1987 期：3 總期：37
起迄頁次：114～117
出處：1
出版時：1987.06
備注：

篇名：晚清時期民間文藝學史試探
作者：鍾敬文
期刊：北京師大學報
注譯者：　　卷：1980 期：2 總期：0
起迄頁次：
出處：5

出版時：1980
備注：

篇名：**晚清時期的文藝報刊**
作者：胡繼武
期刊：文獻
注譯者：　　卷：0 期：15 總期：0
起迄頁次：94〜102
出處：1
出版時：1983.03
備注：

篇名：**晚清對小說藝術特徵的認識**
作者：徐鵬緒
期刊：聊城師院學報
注譯者：　　卷：1982 期：3 總期：0
起迄頁次：
出處：5
出版時：1982
備注：

篇名：**晚清翻譯偵探小說一瞥**
作者：許文煥
期刊：書林
注譯者：　　卷：1980 期：5 總期：0
起迄頁次：38
出處：1
出版時：1980.10
備注：

篇名：**晚清譴責小說《孽海花》**
作者：宛鳴
期刊：貴陽晚報
注譯者：　　卷：0 期：0 總期：0
起迄頁次：
出處：5
出版時：1981.09
備注：1981.09.17

篇名：**晚清譴責小說質言**
作者：劉路
期刊：寶雞師院學報
注譯者：　　卷：0 期：0 總期：0
起迄頁次：
出處：2
出版時：1986.01
備注：

篇名：**晚清に於ける虛無黨小說**
作者：中村忠行
期刊：天理大學學報（學術研究會誌）
注譯者：　　卷：0 期：85 總期：0
起迄頁次：108〜154
出處：1
出版時：1973.03
備注：澤田瑞穗教授還曆記念特集

篇名：**晚清の翻譯小說――中島利郎編**
　　　　《華譯日文小說編年目錄初稿》補
　　　　遺
作者：湯友誠
期刊：咿啞
注譯者：　　卷：0 期：12 總期：0
起迄頁次：41〜49
出處：1
出版時：1979.06
備注：

篇名：**晚清の翻譯小說――華譯日文小說**
　　　　編年目錄初稿（1〜2）
作者：中島利郎
期刊：千里山文學論集
注譯者：　　卷：0 期：15 總期：0
起迄頁次：96〜111
出處：1
出版時：1976.01
備注：16 期 75〜89，1976.04

篇名：**梁天來三告御狀**
作者：寧遠
期刊：小說新話
注譯者：　　卷：0 期：0 總期：0
起迄頁次：
出處：2
出版時：1961.03
備注：香港上海書局 1961.03

篇名：**梁啟超**
作者：任訪秋
期刊：中國近代文學作家論
注譯者：　　卷：0 期：0 總期：0
起迄頁次：130〜146
出處：4
出版時：1984.03

備注：

篇名：梁啟超、王國維簡論
作者：李澤厚
期刊：歷史研究
注譯者：　　卷：0 期：0 總期：0
起迄頁次：
出處：2
出版時：1979.07
備注：

**篇名：梁啟超"小說界革命"口號的反動
　　　　實質**
作者：周維德
期刊：文學遺產
注譯者：　　卷：0 期：530 總期：0
起迄頁次：
出處：1
出版時：1965
備注：光明日報 1965.10.31

篇名：梁啟超小說理論試評
作者：連燕堂
期刊：中國近代文學研究
注譯者：　　卷：0 期：1 總期：0
起迄頁次：91～125
出處：2
出版時：1983.11
備注：廣東人民出版社

篇名：梁啟超小說理論試評
作者：連燕堂
期刊：中國近代文學研究
注譯者：　　卷：0 期：1 總期：0
起迄頁次：
出處：5
出版時：1983.11
備注：

篇名：梁啟超王國維簡論
作者：李澤厚
期刊：歷史研究
注譯者：　　卷：1979 期：7 總期：0
起迄頁次：
出處：5
出版時：1979
備注：

篇名：梁啟超和近代文學革新運動
作者：鍾賢培
期刊：語文月刊（廣州）
注譯者：　　卷：1983 期：9 總期：0
起迄頁次：
出處：5
出版時：1983.09
備注：

**篇名：梁啟超的"小說界革命"與日本的
　　　　明治文學**
作者：姜啓
期刊：聊城師院學報
注譯者：　　卷：1982 期：4 總期：0
起迄頁次：
出處：5
出版時：1982
備注：

篇名：梁啟超的小說理論
作者：徐壽凱
期刊：古代文藝思想漫話
注譯者：　　卷：0 期：0 總期：0
起迄頁次：
出處：2
出版時：1984.02
備注：浙江文藝出版社

**篇名：梁啟超的小說理論與《新中國未來
　　　　記》**
作者：謝華
期刊：中國近代文學評林
注譯者：　　卷：0 期：1 總期：0
起迄頁次：
出處：2
出版時：1984.11
備注：中州古籍出版社

**篇名：梁啟超的小說理論與"小說界革
　　　　命"**
作者：王立興
期刊：南京大學學報
注譯者：　　卷：0 期：0 總期：0
起迄頁次：
出處：2
出版時：1963.03

備注：1963.03〜4

篇名：梁啟超政治小說探源
作者：李育中
期刊：羊城晚報
注譯者：　　　卷：0 期：0 總期：0
起迄頁次：
出處：2
出版時：1963.03
備注：1963.03.13

篇名：梁啟超政治小說探源
作者：李育中
期刊：隨筆叢刊
注譯者：　　　卷：0 期：1 總期：0
起迄頁次：
出處：5
出版時：1979.06
備注：

篇名：梁啟超與小說界革命
作者：朱眉叔
期刊：文學遺產增刊
注譯者：　　　卷：0 期：9 總期：0
起迄頁次：111〜129
出處：1
出版時：1962.06
備注：

篇名：梁啟超の小說への道程
作者：橋本高勝
期刊：野草
注譯者：　　　卷：2 期：0 總期：0
起迄頁次：58〜65
出處：1
出版時：1971.01
備注：

篇名：淺談《制台見洋人》及其教學
作者：向新華
期刊：語文教學與研究（華中師院）
注譯者：　　　卷：1982 期：7 總期：0
起迄頁次：
出處：5
出版時：1982
備注：

篇名：淺談《明湖居聽書》

作者：李厚肅、汪華藻
期刊：中學語文教學
注譯者：　　　卷：1982 期：7 總期：0
起迄頁次：
出處：5
出版時：1982
備注：

篇名：淺論陳天華
作者：張連起
期刊：西藏民族學院學報
注譯者：　　　卷：0 期：0 總期：0
起迄頁次：
出處：2
出版時：1981.01
備注：

篇名：清代公案小說的思想傾向——以施
　　　公案、彭公案和三俠五義為例兼論
　　　清官和俠義的實質
作者：劉世德、鄧紹基
期刊：文學評論
注譯者：　　　卷：1964 期：2 總期：0
起迄頁次：41〜60
出處：1
出版時：1964.04
備注：

篇名：清代石印精圖小說戲曲目
作者：阿英
期刊：安徽師大學報
注譯者：　　　卷：1977 期：5 總期：0
起迄頁次：
出處：5
出版時：
備注：

篇名：清代の小說論について
作者：內田道夫
期刊：漢學會雜誌
注譯者：　　　卷：10 期：3 總期：0
起迄頁次：
出處：1
出版時：1942.1943
備注：

篇名：清末小說目略

作者：香阪順一
期刊：清末文學言語研究會報
注譯者：　　卷：0 期：1 總期：0
起迄頁次：33～38
出處：1
出版時：1962.07
備注：

篇名：清末小説在日本
作者：增田涉
期刊：大陸雜誌
注譯者：張良澤譯卷：42 期：3 總期：0
起迄頁次：30～33
出處：1
出版時：1971.02
備注：

篇名：清末小説研究ガイド
作者：清末小説研究會
期刊：清末小説研究
注譯者：　　卷：0 期：10 總期：0
起迄頁次：
出處：3
出版時：1987.12
備注：1987.12.01

篇名：清末小説理論について──雜誌の
　　　發刊詞，序を中心として
作者：五四文學研究グループ
期刊：野草
注譯者：　　卷：2 期：0 總期：0
起迄頁次：49～57
出處：1
出版時：1971.01
備注：

篇名：清末小説における寫實精神につい
　　　て
作者：宮內保
期刊：語學文學
注譯者：　　卷：9 期：0 總期：0
起迄頁次：10～18
出處：1
出版時：1971.04
備注：

篇名：清末小説についての感想

作者：島田虔次
期刊：野草
注譯者：　　卷：2 期：0 總期：0
起迄頁次：66～67
出處：1
出版時：1971.01
備注：

篇名：清末文語言の特色──林紓譯《巴
　　　黎茶花女遺事》を例として
作者：太田辰夫
期刊：神戶外大論叢
注譯者：　　卷：15 期：3 總期：0
起迄頁次：11～25
出處：1
出版時：1964.09
備注：

篇名：清末文學一隅
作者：澤田瑞穗
期刊：清末小説研究
注譯者：　　卷：0 期：1 總期：0
起迄頁次：81～86
出處：1
出版時：1977.10
備注：

篇名：清末四大小說家
作者：魏如晦
期刊：小說月報
注譯者：　　卷：0 期：13 總期：0
起迄頁次：
出處：2
出版時：1941.10
備注：1941.10.01

篇名：清末民初小說目錄の構想
作者：樽本照雄
期刊：清末小説研究
注譯者：　　卷：0 期：10 總期：0
起迄頁次：
出處：3
出版時：1987.12
備注：1987.12.01

篇名：清末的諷刺文學
作者：武田泰淳

期刊：同仁
注譯者：　　卷：11 期：1 總期：0
起迄頁次：
出處：2
出版時：1937.01
備注：

篇名：清末的譴責小說
作者：張志建
期刊：歷史教學（天津）
注譯者：　　卷：1983 期：9 總期：0
起迄頁次：
出處：5
出版時：1983
備注：

篇名：清末社會小說（上、中、下）
作者：大村益夫
期刊：東洋文學研究
注譯者：　　卷：0 期：12 總期：0
起迄頁次：
出處：1
出版時：1964.02
備注：12 號 1964.02，14 號 p1～6，1966.03，
15 號 p50～64，1967.03

篇名：清末科學小說概述
作者：武田雅哉
期刊：科學文藝
注譯者：　　卷：1981 期：4 總期：0
起迄頁次：
出處：5
出版時：1981
備注：

篇名：清末革命派小說家瑣記
作者：黃霖
期刊：復旦學報
注譯者：　　卷：1981 期：5 總期：0
起迄頁次：
出處：5
出版時：1981.05
備注：

篇名：清末探偵小說史稿（1,2,3 完）——
　　　翻譯を中心として
作者：中村忠行

期刊：清末小說研究
注譯者：　　卷：0 期：2 總期：0
起迄頁次：9～42
出處：1
出版時：1978.10
備注：2～4 期，3 期 10～60，1979.12，4 期
10～66，1980.12

篇名：清末の小說
作者：澤田瑞穗
期刊：清末小說研究
注譯者：　　卷：0 期：1 總期：0
起迄頁次：1～26
出處：1
出版時：1977.10
備注：

篇名：清末の小說雜誌
作者：
期刊：支那及支那語
注譯者：　　卷：3 期：7 總期：0
起迄頁次：
出處：1
出版時：1940.1941
備注：

篇名：清末の文人群像（1）——包世臣
　　　の文藝觀を中心として
作者：大谷敏夫
期刊：書論
注譯者：　　卷：0 期：5 總期：0
起迄頁次：66～73
出處：1
出版時：1974.11
備注：

篇名：清末の社會小說に就いて
作者：大高巖
期刊：同仁
注譯者：　　卷：8 期：6 總期：0
起迄頁次：
出處：1
出版時：1934
備注：

篇名：清末の寓話——《海國妙喻》をめ
　　　ぐって

作者：中村忠行
期刊：天理大學學報（學術研究會誌）
注譯者：　　卷：0 期：86 總期：0
起迄頁次：12～32
出處：1
出版時：1973.03
備註：

篇名：清末の譴責小說について
作者：內田道夫
期刊：東北大學文學部研究年報
注譯者：　　卷：0 期：11 總期：0
起迄頁次：110～161
出處：1
出版時：1961.03
備註：

篇名：清朝末年的科學幻想小說
作者：葉永烈
期刊：光明日報
注譯者：　　卷：0 期：0 總期：0
起迄頁次：
出處：5
出版時：1981.08
備註：1981.08.07

篇名：略說中國近代小說理論的特點
作者：姜東賦
期刊：天津師大學報
注譯者：　　卷：1985 期：2 總期：59
起迄頁次：66～69
出處：1
出版時：1985.04
備註：66～69，851985.04

篇名：略談《三俠五義》
作者：侯岱麟
期刊：讀書月報
注譯者：　　卷：0 期：0 總期：0
起迄頁次：
出處：2
出版時：1956.06
備註：

篇名：略談《老殘遊記》
作者：張畢來
期刊：文藝學習

注譯者：　　卷：0 期：0 總期：0
起迄頁次：
出處：2
出版時：1955.03
備註：

篇名：略談吳趼人的小說理論
作者：陳永標
期刊：廣州研究
注譯者：　　卷：0 期：0 總期：0
起迄頁次：
出處：2
出版時：1985.01
備註：

篇名：略談晚清小說理論
作者：陳建生
期刊：徐州師範學院學報（哲學社會科學）
注譯者：　　卷：1983 期：2 總期：34
起迄頁次：24～29
出處：1
出版時：1983.06
備註：

篇名：略談晚清的譴責小說
作者：相儒
期刊：讀書月報
注譯者：　　卷：1957 期：11 總期：0
起迄頁次：
出處：2
出版時：1957.11
備註：

篇名：略談晚清革命派的小說理論
作者：顏廷亮
期刊：光明日報
注譯者：　　卷：0 期：0 總期：0
起迄頁次：
出處：2
出版時：1983.02
備註：1983.02.08

篇名：略談鴉片戰爭以來文學史分期的幾
　　　個問題
作者：馬良春
期刊：中國現代文學研究叢刊
注譯者：　　卷：1987 期：3 總期：32

起迄頁次：74～87
出處：1
出版時：1987.08
備註：

篇名：**略談譴責小說**
作者：汪家熔
期刊：北京文藝
注譯者：　　卷：0 期：0 總期：0
起迄頁次：
出處：2
出版時：1980.05
備註：

篇名：**略論《二十年目睹之怪現狀》**
作者：劍奇
期刊：光明日報
注譯者：　　卷：0 期：0 總期：0
起迄頁次：
出處：2
出版時：1957.07
備註：1957.07.14

篇名：**略論中國近代小說的歷史分期及其**
　　　特點
作者：侯忠義
期刊：北京大學學報（哲學社會科學）
注譯者：　　卷：1980 期：2 總期：0
起迄頁次：55～63
出處：1
出版時：1980.04
備註：

篇名：**略論中國近代文學思潮的變遷**
作者：趙慎修
期刊：中國近代文學研究
注譯者：　　卷：0 期：1 總期：0
起迄頁次：41～74
出處：1
出版時：1983.11
備註：廣東人民出版社

篇名：**略論王國維及其文藝思想**
作者：任訪秋
期刊：開封師院學報
注譯者：　　卷：1978 期：5 總期：0
起迄頁次：

出處：5
出版時：1978
備註：

篇名：**略論黃摩西的小說理論**
作者：蔡景康
期刊：古代文學理論研究叢刊
注譯者：　　卷：0 期：5 總期：0
起迄頁次：
出處：5
出版時：1981.10
備註：

篇名：**略論資產階級革命派的小說理論**
作者：張如法
期刊：社會科學戰線
注譯者：　　卷：1987 期：5 總期：52
起迄頁次：82～86
出處：1
出版時：1987.03
備註：

篇名：**略論蘇曼殊的創作**
作者：張如法
期刊：中州學刊
注譯者：　　卷：1982 期：1 總期：0
起迄頁次：
出處：5
出版時：1982
備註：

篇名：**第一次全國近代文學學術討論會綜**
　　　述
作者：何芝
期刊：社會科學輯刊
注譯者：　　卷：1983 期：2 總期：25
起迄頁次：158～160
出處：1
出版時：1983.03
備註：

篇名：**第一部反映黃花崗起義的小說**
作者：楊紹練
期刊：廣州日報
注譯者：　　卷：0 期：0 總期：0
起迄頁次：
出處：5

出版時：1980.05

備注：1980.05.27

篇名：這"曼殊"並非蘇曼殊

作者：顏廷亮

期刊：文學遺產

注譯者：　　卷：0 期：614 總期：0

起迄頁次：

出處：5

出版時：1983

備注：光明日報 1983.11.29

篇名：釧影樓筆記：吳趼人

作者：包天笑

期刊：小說月報

注譯者：　　卷：0 期：19 總期：0

起迄頁次：

出處：2

出版時：1942.04

備注：

篇名：陳天華《獅子吼》批駁梁啟超《新
　　　中國未來記》

作考：王鑑清

期刊：求索

注譯者：　　卷：1983 期：4 總期：0

起迄頁次：

出處：5

出版時：1983.04

備注：

篇名：陳天華的反封建思想

作者：張連起

期刊：北方論叢

注譯者：　　卷：0 期：0 總期：0

起迄頁次：

出處：2

出版時：1980.04

備注：

篇名：陳天華的反帝反清思想

作者：王鑑清

期刊：社會科學

注譯者：　　卷：0 期：0 總期：0

起迄頁次：

出處：2

出版時：1981.05

備注：

篇名：陳天華的少青年時代

作者：羅元鯤

期刊：湖南歷史資料

注譯者：　　卷：0 期：0 總期：0

起迄頁次：

出處：2

出版時：1959.01

備注：

篇名：陳天華思想研究

作者：肖萬源

期刊：晉陽學刊

注譯者：　　卷：0 期：0 總期：0

起迄頁次：

出處：2

出版時：1983.02

備注：

篇名：陳天華殉國記

作者：楊源浚

期刊：湖南歷史資料

注譯者：　　卷：0 期：0 總期：0

起迄頁次：

出處：2

出版時：1959.01

備注：

篇名：章回小說和敘事文學的民族風格

作者：何滿子

期刊：文史知識

注譯者：　　卷：1982 期：3 總期：0

起迄頁次：

出處：5

出版時：1982

備注：

篇名：章炳麟

作者：任訪秋

期刊：中國近代文學作家論

注譯者：　　卷：0 期：0 總期：0

起迄頁次：147〜170

出處：4

出版時：1984.03

備注：

篇名：麥生登美江氏の《〈九命奇冤〉と

〈梁天來〉》を讀んで
作者：中島利郎
期刊：咿啞
注譯者：　　卷：0 期：8 總期：0
起迄頁次：88～91
出處：1
出版時：1977.05
備注：

〔12 劃〕
篇名：最早的長篇反帝文學作品《庚子國
　　　變彈詞》
作者：梁球
期刊：學術論壇
注譯者：　　卷：1983 期：3 總期：0
起迄頁次：
出處：5
出版時：1983
備注：

篇名：描寫深刻之清代兩部社會人情小說
作者：硯齋
期刊：朔風
注譯者：　　卷：0 期：14 總期：0
起迄頁次：
出處：2
出版時：1939.11
備注：1939.11.01

篇名：揭穿胡適對於中國近代文學面貌的
　　　歪曲
作者：吳小如
期刊：
注譯者：　　卷：0 期：0 總期：0
起迄頁次：
出處：2
出版時：1956.12
備注：中國小說講話及其他，古典文學出版
社新 1 版

篇名：曾孟樸先生年譜（1～3）
作者：虛白
期刊：宇宙風
注譯者：　　卷：0 期：2 總期：0
起迄頁次：
出處：2

出版時：1935.10
備注：2～4 期，1935.10.01，1935.10.16，
1935.11.01

篇名：曾孟樸和他的《孽海花》小說
作者：吳農
期刊：新華日報
注譯者：　　卷：0 期：0 總期：0
起迄頁次：
出處：2
出版時：1957.02
備注：1957.02.20

篇名：曾孟樸的《孽海花》
作者：趙景深
期刊：小說閑話
注譯者：　　卷：0 期：0 總期：0
起迄頁次：
出處：2
出版時：1937.01
備注：上海北新書局

篇名：曾孟樸研究資料目錄
作者：清末小說研究會
期刊：清末小說研究
注譯者：　　卷：0 期：2 總期：0
起迄頁次：78～113
出處：1
出版時：1978.10
備注：圖版 8

篇名：曾孟樸與賽金花
作者：商鴻逵
期刊：宇宙風
注譯者：　　卷：0 期：2 總期：0
起迄頁次：
出處：2
出版時：1935.10
備注：1935.10.01

篇名：曾孟樸の青春
作者：樽本照雄
期刊：清末小說研究
注譯者：　　卷：0 期：2 總期：0
起迄頁次：60～74
出處：1
出版時：1978.10

備注：

篇名：曾孟樸の修學
作者：樽本照雄
期刊：清末小說研究
注譯者：　　卷：0 期：4 總期：0
起迄頁次：
出處：3
出版時：1980.12
備注：

篇名：曾虛白氏のこと
作者：樽本照雄
期刊：清末小說研究
注譯者：　　卷：0 期：2 總期：0
起迄頁次：75～77
出處：1
出版時：1978.10
備注：

篇名：曾樸及其《孽海花》
作者：謝曼諾夫・弗
期刊：文學評論
注譯者：艾立譯卷：1960 期：5 總期：0
起迄頁次：116～121
出處：1
出版時：1960.11
備注：

篇名：曾樸及其《孽海花》的再評價
作者：王立興
期刊：南京大學學報（哲學社會科學）
注譯者：　　卷：1979 期：4 總期：0
起迄頁次：128～135
出處：1
出版時：1979.11
備注：

篇名：曾樸和他的《孽海花》
作者：任訪秋
期刊：中國近代文學作家論
注譯者：　　卷：0 期：0 總期：0
起迄頁次：273～282
出處：4
出版時：1984.03
備注：

篇名：曾樸著《孽海花》之人物諷刺（1
　　　～3）
作者：孫次舟
期刊：學思
注譯者：　　卷：1 期：4 總期：0
起迄頁次：
出處：2
出版時：1942.02
備注：4～6 期，1942.02.28，1942.03.15，
1942.03.30

篇名：曾樸續作《孽海花》的一些問題
作者：朱雪清
期刊：江海學刊
注譯者：　　卷：0 期：0 總期：0
起迄頁次：
出處：2
出版時：1962.10
備注：

篇名：曾樸の文學論と《孽海花》
作者：麥生登美江
期刊：中國文學論集
注譯者：　　卷：0 期：3 總期：0
起迄頁次：37～52
出處：1
出版時：1972.05
備注：

篇名：曾樸の孽海花と張鴻の續孽海花—
　　　—兩書の第三十一回より第三十
　　　五回について
作者：嚴薇青
期刊：野草
注譯者：中島利郎譯卷：0 期：33 總期：0
起迄頁次：95～100
出處：1
出版時：1984.02
備注：

篇名：游戲——清末小說管見
作者：澤田瑞穗
期刊：野草
注譯者：　　卷：2 期：0 總期：0
起迄頁次：1～12
出處：1
出版時：1971.01

備注：

篇名：**游戲主人選定『庚子蕊宮花選』**
作者：樽本照雄
期刊：清末小說研究
注譯者：　　卷：0 期：5 總期：0
起迄頁次：
出處：3
出版時：1981.12
備注：

篇名：**評《九命奇冤》**
作者：許君遠
期刊：晨報副刊
注譯者：　　卷：0 期：0 總期：0
起迄頁次：
出處：2
出版時：1924.12
備注：1924.12.08──09

篇名：**評《三俠五義》**
作者：華夫
期刊：實踐
注譯者：　　卷：1981 期：5 總期：0
起迄頁次：
出處：5
出版時：1981.05
備注：

篇名：**評《三俠五義》**
作者：張世俊、李中流
期刊：青海社會科學
注譯者：　　卷：1981 期：3 總期：0
起迄頁次：
出處：5
出版時：1981.03
備注：

篇名：**評《兒女英雄傳》的思想傾向**
作者：李令媛
期刊：滿族文學研究
注譯者：　　卷：0 期：0 總期：0
起迄頁次：
出處：2
出版時：1984.01
備注：

篇名：**評《林紓研究資料》兼論林紓對世**

界文學的貢獻
作者：鄭朝宗
期刊：福建論壇（文史哲）
注譯者：　　卷：1984 期：6 總期：23
起迄頁次：52～55
出處：1
出版時：1984.12
備注：

篇名：**評《俠女奇緣》**
作者：陳虞孫
期刊：文匯月刊
注譯者：　　卷：1981 期：7 總期：0
起迄頁次：
出處：5
出版時：1981
備注：

篇名：**評《洪秀全演義》**
作者：齊裕焜
期刊：明清小說研究
注譯者：　　卷：0 期：3 總期：0
起迄頁次：
出處：2
出版時：1986.04
備注：中國文聯出版公司

篇名：**評《孽海花》的思想內容和社會作用**
作者：徐夢湘
期刊：文史哲
注譯者：　　卷：0 期：0 總期：0
起迄頁次：
出處：2
出版時：1966.01
備注：

篇名：**評北京大學中文系 1955 級編著《中國小說史稿》**
作者：陸樹侖等
期刊：文學評論
注譯者：　　卷：1960 期：4 總期：0
起迄頁次：115～118
出處：1
出版時：1960
備注：

篇名：評北京大學中文系 1955 級編著《中國小說史稿》
作者：內田道夫
期刊：文化
注譯者：　　卷：25 期：1 總期：0
起迄頁次：162～165
出處：1
出版時：1961
備注：

篇名：評北京大學中文系 1955 級編著《中國小說史稿》
作者：橋本堯
期刊：中國文學報
注譯者：　　卷：0 期：15 總期：0
起迄頁次：110～116
出處：1
出版時：1961
備注：

篇名：評李希凡《論中國古典小說的藝術形象》
作者：入谷仙介
期刊：中國文學報
注譯者：　　卷：0 期：16 總期：0
起迄頁次：132～139
出處：1
出版時：
備注：

篇名：評阿英《晚清小說史》
作者：劉世德
期刊：文學研究
注譯者：　　卷：1957 期：2 總期：0
起迄頁次：150～153
出處：1
出版時：1957
備注：

篇名：評郭箴一《中國小說史》
作者：增田涉
期刊：中國文學
注譯者：　　卷：0 期：67 總期：0
起迄頁次：
出處：1
出版時：

備注：

篇名：評復旦大學中文系《中國近代文學史稿》
作者：王雙啓
期刊：文學評論
注譯者：　　卷：1960 期：6 總期：0
起迄頁次：122～125
出處：1
出版時：1960
備注：

篇名：評新本《三俠五義》
作者：侯岱麟
期刊：光明日報
注譯者：　　卷：0 期：0 總期：0
起迄頁次：
出處：2
出版時：1956.09
備注：1956.09.30

篇名：評價《老殘遊記資料》
作者：太田辰夫
期刊：大安
注譯者：　　卷：9 期：3 總期：0
起迄頁次：
出處：2
出版時：1963
備注：

篇名：評價陳天華、秋瑾、朱執信的三篇小說
作者：吳泰昌
期刊：光明日報
注譯者：　　卷：0 期：0 總期：0
起迄頁次：
出處：5
出版時：1982.01
備注：1982.01.04

篇名：評論晚清社會小說《小額》——中國小說戲曲史研究
作者：波多野太郎
期刊：日本中國學會報
注譯者：　　卷：0 期：19 總期：0
起迄頁次：200～217
出處：1

出版時：1967.11

備註：

篇名：評樽本照雄《清末小說閑談》

作者：中島利郎

期刊：大阪經大論集

注譯者：　　卷：0 期：171 總期：0

起迄頁次：115～117

出處：1

出版時：1986.05

備註：

篇名：評魏紹昌所編晚清作家資料

作者：艾以

期刊：瀋陽師範學院學報（社會科學）

注譯者：　　卷：1986 期：1 總期：37

起迄頁次：60～62

出處：1

出版時：1986.01

備註：

篇名：詞章小說《花月痕》

作者：上官纓

期刊：書林

注譯者：　　卷：0 期：0 總期：0

起迄頁次：

出處：2

出版時：1984.04

備註：

篇名：開展自鴉片戰爭到"五四"時期文
　　　學的研究學概況

作者：舒蕪

期刊：光明日報

注譯者：　　卷：0 期：0 總期：0

起迄頁次：

出處：2

出版時：1956.01

備註：1956.01.15

篇名：閑談《繡像小說》

作者：澤田瑞穗

期刊：清末小說研究

注譯者：　　卷：0 期：4 總期：0

起迄頁次：5～9

出處：1

出版時：1980.12

備註：

篇名：間接描寫的藝術魅力──讀《老殘
　　　遊記》第二回札記

作者：趙振漢

期刊：教學與研究中學語文版（浙江師院）

注譯者：　　卷：1981 期：12 總期：0

起迄頁次：

出處：5

出版時：1981

備註：

篇名：閒話《三俠五義》

作者：潤荃

期刊：黑龍江日報

注譯者：　　卷：0 期：0 總期：0

起迄頁次：

出處：5

出版時：1981.11

備註：1981.11.10

篇名：閒話一甲子以來的武俠小說

作者：葉洪生

期刊：明報

注譯者：　　卷：18 期：4 總期：206

起迄頁次：34～38

出處：1

出版時：1983.02

備註：

篇名：飯牛翁醜詆李伯元

作者：鄭逸梅

期刊：人物品藻錄

注譯者：　　卷：0 期：0 總期：0

起迄頁次：

出處：2

出版時：1946.11

備註：日新出版社 1946.11

篇名：黃小配的小說

作者：阿英

期刊：人民日報

注譯者：　　卷：0 期：0 總期：0

起迄頁次：

出處：2

出版時：1961.10

備註：1961.10.30

篇名：黃小配與《二十載繁華夢》
作者：洗玉清
期刊：羊城晚報
注譯者：　　卷：0 期：0 總期：0
起迄頁次：
出處：2
出版時：1962.07
備注：1962.07.06

篇名：黃世仲
作者：楊世驥
期刊：文苑談往
注譯者：　　卷：0 期：0 總期：0
起迄頁次：
出處：2
出版時：1945.04
備注：中華書局

篇名：黃世仲小傳
作者：顏廷亮
期刊：中國近代文學研究
注譯者：　　卷：0 期：3 總期：0
起迄頁次：
出處：2
出版時：1985.12
備注：中山大學出版社

篇名：黃世仲昆仲的小說理論
作者：顏廷亮
期刊：寧夏社會科學
注譯者：　　卷：1986 期：2 總期：0
起迄頁次：
出處：2
出版時：
備注：

篇名：黃世仲的幾種革命歷史小說
作者：宗平
期刊：羊城晚報
注譯者：　　卷：0 期：0 總期：0
起迄頁次：
出處：2
出版時：1960.11
備注：1960.11.11

篇名：黃世仲與《洪秀全演義》
作者：陳華新

期刊：隨筆叢刊
注譯者：　　卷：0 期：2 總期：0
起迄頁次：
出處：2
出版時：1979.07
備注：廣東人民出版社 1979.07

篇名：黃摩西、徐念慈小說理論的矛盾與
　　　局限
作者：袁進
期刊：華東師範大學學報（哲學社會科學）
注譯者：　　卷：1986 期：3 總期：65
起迄頁次：15～19
出處：1
出版時：1986.06
備注：

篇名：黃遵憲小說見解述略
作者：蔡景康
期刊：廈門大學學報（哲學社會科學）
注譯者：　　卷：0 期：0 總期：0
起迄頁次：68～71
出處：1
出版時：1983.04
備注：（增刊）（文學、語言專號），30

篇名：黃遵憲論
作者：任訪秋
期刊：中國近代文學作家論
注譯者：　　卷：0 期：0 總期：0
起迄頁次：43～58
出處：4
出版時：1984.03
備注：

〔13 劃〕
篇名：傳神之筆──談《明湖居聽書》的
　　　寫作特色
作者：申潤
期刊：貴陽師院學報
注譯者：　　卷：1982 期：3 總期：0
起迄頁次：
出處：5
出版時：1982
備注：

篇名：徬徨於兩個世界之間──蘇曼殊小
　　　說淺評
作者：林崗
期刊：文學遺產
注譯者：　　卷：0 期：598 總期：0
起迄頁次：
出處：5
出版時：1983
備註：光明日報 1983.08.09

篇名：愛國歌愛國心愛國者──晚清文學
　　　家李伯元
作者：黎程
期刊：北京日報
注譯者：　　卷：0 期：0 總期：0
起迄頁次：
出處：5
出版時：1983.09
備註：1983.09.12

篇名：新見吳趼人《政治維新要言》及其
　　　他
作者：張純
期刊：文獻
注譯者：　　卷：1989 期：3 總期：0
起迄頁次：
出處：5
出版時：1989.07
備註：

篇名：新聞に見る 徐錫麟事件、秋瑾事件
作者：澤本香子
期刊：清末小說研究
注譯者：　　卷：0 期：11 總期：0
起迄頁次：41〜97
出處：3
出版時：1988.12
備註：1988.12.01

篇名：蜃樓志──清代譴責小說之先驅
作者：王孝廉
期刊：西南學院大學文理論集
注譯者：　　卷：25 期：1 總期：0
起迄頁次：61〜98
出處：1
出版時：1984.08

備註：

篇名：試論《玉梨魂》的思想傾向
作者：隋千存
期刊：山東師大學報
注譯者：　　卷：1982 期：3 總期：0
起迄頁次：
出處：5
出版時：1982
備註：

篇名：試論《老殘遊記》──與張畢來商
　　　討《老殘遊記》的另一面
作者：時萌
期刊：文學遺產增刊
注譯者：　　卷：0 期：2 總期：0
起迄頁次：204〜213
出處：1
出版時：1956.01
備註：

篇名：試論《老殘遊記》的思想內容
作者：劉義生
期刊：通化師院學報
注譯者：　　卷：0 期：0 總期：0
起迄頁次：
出處：2
出版時：1982.01
備註：

篇名：試論《老殘遊記》的思想內容
作者：劉義發
期刊：通化師院學報
注譯者：　　卷：1982 期：1 總期：0
起迄頁次：
出處：5
出版時：1982
備註：

篇名：試論《老殘遊記》的思想性
作者：屈有成
期刊：蘭州大學學生科學論文集刊
注譯者：　　卷：0 期：0 總期：0
起迄頁次：
出處：2
出版時：1957.01
備註：

篇名：試論《官場現形記》的思想傾向
作者：許國良
期刊：青海師院學報
注譯者：　　卷：0 期：0 總期：0
起迄頁次：
出處：2
出版時：1984.01
備注：

篇名：試論中國近代小說的興盛和演變
作者：裴效維
期刊：浙江學刊
注譯者：　　卷：0 期：0 總期：0
起迄頁次：
出處：2
出版時：1985.02
備注：

篇名：試論中國近代小說運動中的 "文
　　　章" 化傾向
作者：袁進
期刊：晉陽學刊
注譯者：　　卷：1986 期：6 總期：39
起迄頁次：86～90
出處：1
出版時：1986.11
備注：

篇名：試論中國近代文學史的研究範圍
作者：張中
期刊：社會科學輯刊
注譯者：　　卷：1984 期：4 總期：33
起迄頁次：122～131
出處：1
出版時：1984.07
備注：

篇名：試論民間文學對晚清小說的影響
作者：王延齡
期刊：齊魯學刊
注譯者：　　卷：0 期：0 總期：0
起迄頁次：
出處：2
出版時：1984.05
備注：

篇名：試論明清小說評點派對我國古典小

說美學的貢獻
作者：陳年希
期刊：上海師範學院學報
注譯者：　　卷：1983 期：3 總期：0
起迄頁次：
出處：5
出版時：1983
備注：

篇名：試論近代文學審美觀念和思維方式
　　　的演變
作者：陳永標
期刊：華南師範大學學報（社會科學）
注譯者：　　卷：1986 期：3 總期：59
起迄頁次：23～29
出處：1
出版時：1986.07
備注：

篇名：試論晚清的白話短篇小說
作者：顧越
期刊：明清小說研究
注譯者：　　卷：0 期：3 總期：0
起迄頁次：
出處：2
出版時：1986.04
備注：中國文聯出版公司

篇名：試論晚清第二次文學運動
作者：任訪秋
期刊：中州學刊
注譯者：　　卷：1981 期：1 總期：0
起迄頁次：
出處：5
出版時：1981.01
備注：

篇名：試論梁啟超的小說理論
作者：齊魯青
期刊：文科教學
注譯者：　　卷：1983 期：4 總期：0
起迄頁次：
出處：5
出版時：1983
備注：

篇名：試論鴛鴦蝴蝶派

作者：范伯群執筆
期刊：中國現代文學研究叢刊
注譯者：　　卷：1981 期：2 總期：0
起迄頁次：
出處：5
出版時：1981
備注：

篇名：**試論鴛鴦蝴蝶派**
作者：王延齡
期刊：讀書
注譯者：　　卷：1981 期：8 總期：0
起迄頁次：
出處：5
出版時：1981
備注：

篇名：**資料：《老殘遊記》の下書き手稿**
作者：清末小說研究會
期刊：清末小說研究
注譯者：　　卷：0 期：9 總期：0
起迄頁次：
出處：3
出版時：1986.12
備注：1986.12.01

〔14 劃〕
篇名：**境遇に敗北しん詩僧について ——
　　　蘇曼殊**
作者：松崎治之
期刊：中國文藝座談會ノート
注譯者：　　卷：0 期：10 總期：0
起迄頁次：19～36
出處：1
出版時：1957.06
備注：

篇名：**對《從鴉片戰爭到"五四"的社會
　　　背景和文學概況》一文的商榷及其
　　　他**
作者：傅璇琮
期刊：光明日報
注譯者：　　卷：0 期：0 總期：0
起迄頁次：
出處：2
出版時：1956.09

備注：1956.09.30

篇名：**對《編寫中國近代文學史若干問題
　　　的商兌》一文的商兌**
作者：張宜雷
期刊：津門文學論叢
注譯者：　　卷：0 期：3 總期：0
起迄頁次：
出處：5
出版時：1982.01
備注：

篇名：**對"兩個問題"之我見**
作者：張畢來
期刊：文學遺產
注譯者：　　卷：0 期：0 總期：0
起迄頁次：
出處：2
出版時：1982.03
備注：

篇名：**對於《恨海》的審評**
作者：于錦章
期刊：天津益世報·益知椶
注譯者：　　卷：0 期：0 總期：0
起迄頁次：
出處：2
出版時：1929.07
備注：1929.07.24-～25

篇名：**演義小說有什麼特點？**
作者：趙明政
期刊：文史知識
注譯者：　　卷：1983 期：10 總期：0
起迄頁次：
出處：5
出版時：1983
備注：

篇名：**漫談《孽海花》**
作者：王延齡
期刊：書林
注譯者：　　卷：1981 期：5 總期：0
起迄頁次：
出處：5
出版時：1981.05
備注：

篇名：漫談《轟天雷》
作者：范煙橋
期刊：雨花
注譯者：　　卷：0 期：0 總期：0
起迄頁次：
出處：2
出版時：1961.07
備注：

篇名：漫談鴛鴦蝴蝶派
作者：吳立昌
期刊：書林
注譯者：　　卷：1981 期：1 總期：0
起迄頁次：
出處：5
出版時：1981
備注：

篇名：與《儒林外史》有連續性的小說
作者：王璸
期刊：東方雜誌
注譯者：　　卷：42 期：5 總期：0
起迄頁次：
出處：2
出版時：1946.03
備注：1946.03.01

篇名：與胡適之先生論《三俠五義》書
作者：李玄伯
期刊：猛進
注譯者：　　卷：0 期：9 總期：0
起迄頁次：
出處：2
出版時：1925.05
備注：

篇名：認真求實、共同探索——中國近、
　　　現、當代文學史分期問題討論會紀
　　　實
作者：李葆炎，王保生
期刊：中國現代文學研究叢刊
注譯者：　　卷：1987 期：1 總期：30
起迄頁次：170～185
出處：1
出版時：1987.02
備注：

篇名：說《二十年目睹之怪現狀》
作者：劉葉秋
期刊：語文學習
注譯者：　　卷：1957 期：11 總期：0
起迄頁次：30～32
出處：1
出版時：1957.11
備注：

篇名：說《三俠五義》
作者：吳曉鈴
期刊：大晚報‧每周文學
注譯者：　　卷：0 期：19 總期：0
起迄頁次：
出處：2
出版時：1946.12
備注：1946.12.03

篇名：說《三俠五義》
作者：吳小如
期刊：古典小說漫稿
注譯者：　　卷：0 期：0 總期：0
起迄頁次：
出處：2
出版時：1982.02
備注：上海古籍出版社 1982.02

篇名：說《孽海花》
作者：吳小如
期刊：中國古典小說評論集
注譯者：　　卷：0 期：0 總期：0
起迄頁次：205～213
出處：1
出版時：1957.12
備注：文藝學習 1957.07

篇名：說苑珍聞‧青樓夢
作者：陳汝衡
期刊：中央日報
注譯者：　　卷：0 期：0 總期：0
起迄頁次：
出處：2
出版時：1947.06
備注：1947.06.27

篇名：說苑珍聞‧品花寶鑑
作者：陳汝衡

期刊：中央日報
注譯者：　　卷：0 期：0 總期：0
起迄頁次：
出處：2
出版時：1947.04
備注：1947.04.11

篇名：**說書的白妞**
作者：張稚廬
期刊：大眾日報
注譯者：　　卷：0 期：0 總期：0
起迄頁次：
出處：5
出版時：1983.09
備注：1983.09.01

篇名：**說唱藝人石玉昆和他的清官包公及**
　　　俠義故事
作者：李福清（蘇聯）
期刊：曲藝藝術論叢
注譯者：陳瑜卷：1982 期：3 總期：0
起迄頁次：
出處：5
出版時：1982
備注：

篇名：**說部考──清末における小說意識**
　　　の成立
作者：中野美代子
期刊：東方學
注譯者：　　卷：0 期：47 總期：0
起迄頁次：55～65
出處：1
出版時：1974.01
備注：

〔15 劃〕
篇名：**劉師培**
作者：任訪秋
期刊：中國近代文學作家論
注譯者：　　卷：0 期：0 總期：0
起迄頁次：171～196
出處：4
出版時：1984.03
備注：

篇名：**劉鐵雲先生軼事**
作者：劉大鈞
期刊：人間世
注譯者：　　卷：0 期：4 總期：0
起迄頁次：
出處：2
出版時：1934.05
備注：1934.05.20

篇名：**劉鐵雲年譜**
作者：蔣逸雪
期刊：揚州師院學報
注譯者：　　卷：0 期：0 總期：0
起迄頁次：
出處：2
出版時：1959.03
備注：

篇名：**劉鐵雲辛丑日記を再構成する**
作者：澤本香子
期刊：清末小說研究
注譯者：　　卷：0 期：9 總期：0
起迄頁次：
出處：3
出版時：1986.12
備注：1986.12.01

篇名：**劉鐵雲研究資料目錄**
作者：清末小說研究會編
期刊：清末小說研究
注譯者：　　卷：0 期：1 總期：0
起迄頁次：87～111
出處：1
出版時：1977.10
備注：

篇名：**劉鐵雲軼事**
作者：劉大杰
期刊：宇宙風
注譯者：　　卷：0 期：11 總期：0
起迄頁次：
出處：2
出版時：1936.02
備注：1936.02.16

篇名：**劉鐵雲が李伯元を盜用したのか──**
　　　──汪家熔說を批判する

作者：樽本照雄
期刊：大阪經大論集
注譯者：　　卷：0 期：166 總期：0
起迄頁次：121～127
出處：1
出版時：1985.07
備注：

篇名：劉鐵雲と《老殘遊記》
作者：樽本照雄
期刊：大阪經大論集
注譯者：　　卷：0 期：97 總期：0
起迄頁次：50～75
出處：1
出版時：1974.01
備注：

篇名：劉鐵雲と友人たち――內藤湖南の
　　　中國旅行記を手掛かりとして
作者：樽本照雄
期刊：野草
注譯者：　　卷：0 期：17 總期：0
起迄頁次：57～74
出處：1
出版時：1976.06
備注：

篇名：劉鐵雲と日本人
作者：樽本照雄
期刊：清末小說研究
注譯者：　　卷：0 期：10 總期：0
起迄頁次：
出處：3
出版時：1987.12
備注：1987.12.01

篇名：劉鶚之死
作者：玄公
期刊：文化知識
注譯者：　　卷：0 期：1 總期：0
起迄頁次：
出處：5
出版時：1981.10
備注：

篇名：劉鶚及其《老殘遊記》
作者：勞洪

期刊：光明日報
注譯者：　　卷：0 期：0 總期：0
起迄頁次：
出處：2
出版時：1956.01
備注：1956.01.08

篇名：劉鶚及其《老殘遊記》
作者：任訪秋
期刊：安陽師專學報
注譯者：　　卷：0 期：0 總期：0
起迄頁次：
出處：2
出版時：1982.02
備注：

篇名：劉鶚及其《老殘遊記》
作者：任訪秋
期刊：中國近代文學作家論
注譯者：　　卷：0 期：0 總期：0
起迄頁次：283～295
出處：4
出版時：1984.03
備注：

篇名：劉鶚和《老殘遊記》
作者：伊藍
期刊：香港文匯報
注譯者：　　卷：0 期：0 總期：0
起迄頁次：
出處：2
出版時：1973.11
備注：1973.11.13

篇名：劉鶚和《老殘遊記》
作者：
期刊：語文戰線
注譯者：　　卷：1980 期：8 總期：0
起迄頁次：
出處：5
出版時：1980
備注：

篇名：劉鶚和太谷學派
作者：嚴薇青
期刊：柳泉
注譯者：　　卷：0 期：0 總期：0

起迄頁次：
出處：2
出版時：1980.02
備注：

篇名：劉鶚和他的《老殘遊記》
作者：寧遠
期刊：小說新話
注譯者：　　卷：0 期：0 總期：0
起迄頁次：
出處：2
出版時：1961.03
備注：香港上海書局 1961.03

篇名：劉鶚和李伯元誰抄襲誰
作者：汪家熔
期刊：光明日報
注譯者：　　卷：0 期：0 總期：0
起迄頁次：
出處：2
出版時：1984.11
備注：1984.11.06

篇名：劉鶚的思想與《老殘遊記》的背景
作者：李維豪
期刊：語文學習
注譯者：　　卷：0 期：0 總期：0
起迄頁次：
出處：2
出版時：1982.06
備注：

篇名：劉鶚是漢奸嗎?
作者：池太寧
期刊：臺州師專學報
注譯者：　　卷：0 期：0 總期：0
起迄頁次：
出處：2
出版時：1981.03
備注：

篇名：劉鶚被戍之真因
作者：南湖
期刊：中央日報
注譯者：　　卷：0 期：0 總期：0
起迄頁次：
出處：2

出版時：1961.08
備注：1961.08.27

篇名：劉鶚與《老殘遊記》二集
作者：佐卿
期刊：讀書青年
注譯者：　　卷：2 期：3 總期：0
起迄頁次：
出處：2
出版時：1945.02
備注：1945.02.10

篇名：劉鶚與《老殘遊記》中的影射人物
作者：周燕謀
期刊：古今談
注譯者：　　卷：0 期：45 總期：0
起迄頁次：
出處：2
出版時：1968.11
備注：台灣古今談月刊社 1968.11

篇名：劉鶚論──中國晚清社會的一個悲劇性人物
作者：時萌
期刊：江海學刊
注譯者：　　卷：1983 期：3 總期：87
起迄頁次：102～109
出處：1
出版時：1983
備注：

篇名：劉鶚論辨
作者：鍾賢培
期刊：華南師大學報
注譯者：　　卷：0 期：0 總期：0
起迄頁次：
出處：2
出版時：1983.01
備注：

篇名：增田涉先生舊藏清末小說書目
作者：中島利郎編
期刊：咿啞
注譯者：　　卷：0 期：10 總期：0
起迄頁次：75～81
出處：1
出版時：1978.06

備注：

篇名：寫情小說《恨海》──吳趼人研究ノォト（2）
作者：中島利郎
期刊：咿啞
注譯者：　　卷：0 期：12 總期：0
起迄頁次：53～66
出處：1
出版時：1979.06
備注：

篇名：寫情小說《恨海》における寫實法について
作者：宮內保
期刊：漢文學會會報
注譯者：　　卷：0 期：23 總期：0
起迄頁次：37～40
出處：1
出版時：1964.06
備注：

篇名：寫景描物的精彩篇章──介紹《老殘遊記》第二回
作者：周寅賓
期刊：湖南群眾文藝
注譯者：　　卷：1980 期：10 總期：0
起迄頁次：
出處：5
出版時：1980
備注：

篇名：廣東才子黃小配
作者：山風
期刊：廣州日報
注譯者：　　卷：0 期：0 總期：0
起迄頁次：
出處：5
出版時：1980.10
備注：1980.10.19

篇名：憂患餘生是誰?
作者：徐夢湘
期刊：光明日報
注譯者：　　卷：0 期：0 總期：0
起迄頁次：
出處：2

出版時：1957.11
備注：1957.11.24

篇名：歐陽鉅源とその作品
作者：麥生登美江
期刊：清末小說研究
注譯者：　　卷：0 期：6 總期：0
起迄頁次：
出處：3
出版時：1982.12
備注：

篇名：編寫中國近代文學史若干問題商兌
作者：時萌
期刊：群眾論叢
注譯者：　　卷：1980 期：2 總期：0
起迄頁次：
出處：5
出版時：1980
備注：

篇名：蔡東藩和《歷朝通俗演義》
作者：蔡福恒、蔡福源、蔡福綏
期刊：浙江日報
注譯者：　　卷：0 期：0 總期：0
起迄頁次：
出處：5
出版時：1982.04
備注：1982.04.14

篇名：蔡東藩與《中國歷代通俗演義》
作者：吳澤
期刊：文匯報
注譯者：　　卷：0 期：0 總期：0
起迄頁次：
出處：5
出版時：1979.06
備注：1979.06.15

篇名：蔡東藩與《中國歷代通俗演義》
作者：陳廣蕃
期刊：南寧晚報
注譯者：　　卷：0 期：0 總期：0
起迄頁次：
出處：5
出版時：1981.11
備注：1981.11.06

篇名：談《二十年目睹之怪現狀》
作者：劉葉秋
期刊：語文學習
注譯者：　　卷：0 期：0 總期：0
起迄頁次：
出處：2
出版時：1957.11
備注：

篇名：談《文明小史》中的媚外奇觀
作者：江漢
期刊：仙人掌
注譯者：　　卷：0 期：12 總期：0
起迄頁次：
出處：2
出版時：1978.06
備注：1978.06.05

篇名：談《官場現形記》
作者：默齋
期刊：改造
注譯者：　　卷：0 期：0 總期：0
起迄頁次：
出處：2
出版時：1940.02
備注：

篇名：談《孽海花》
作者：拙軒
期刊：中和月刊
注譯者：　　卷：2 期：1 總期：0
起迄頁次：
出處：1
出版時：1941.01
備注：1941.01.01

篇名：談《續孽海花》
作者：曉今
期刊：解放日報
注譯者：　　卷：0 期：0 總期：0
起迄頁次：
出處：5
出版時：1982.07
備注：1982.07.04

篇名：談近代翻譯文學
作者：李碧玲

期刊：華國
注譯者：　　卷：0 期：5 總期：0
起迄頁次：187～228
出處：1
出版時：1967.12
備注：

篇名：談晚清小說論壇上的論爭
作者：姜東賦
期刊：天津師大學報
注譯者：　　卷：1984 期：4 總期：55
起迄頁次：73～78
出處：1
出版時：1984.08
備注：

篇名：談清末資產階級革命小說
作者：黃霖
期刊：書林
注譯者：　　卷：1981 期：2 總期：0
起迄頁次：
出處：5
出版時：1981
備注：

篇名：談劉鶚的《老殘遊記》
作者：尺松
期刊：文學遺產
注譯者：　　卷：0 期：467 總期：0
起迄頁次：
出處：1
出版時：1964
備注：光明日報 1964.06.28

篇名：談談《包公案》
作者：孫楷第
期刊：國語旬刊
注譯者：　　卷：1 期：8 總期：0
起迄頁次：
出處：2
出版時：1929.10
備注：1929.10.11

篇名：談談《老殘遊記》的寫作刊印情況
作者：魏紹昌
期刊：光明日報
注譯者：　　卷：0 期：0 總期：0

起迄頁次：
出處：2
出版時：1983.05
備註：1983.05.10

篇名：談談《明湖居聽書》的藝術成就
作者：劉國盈
期刊：語文教學之友
注譯者：　　卷：1982 期：4 總期：0
起迄頁次：
出處：5
出版時：1982
備註：

篇名：談談《麻瘋女邱麗玉》
作者：左懸
期刊：中國通俗文藝
注譯者：　　卷：1982 期：3 總期：0
起迄頁次：
出處：5
出版時：1982
備註：

篇名：談談近代文學研究的一些問題——
　　　致中國近代文學全國首次學術討
　　　論會全體同志的賀信
作者：鍾敬文
期刊：中國近代文學研究
注譯者：　　卷：0 期：1 總期：0
起迄頁次：1～9
出處：1
出版時：1983.11
備註：

篇名：談談劉鶚與李伯元的一段文字案—
　　　—兼與魏紹昌、汪家熔兩先生商榷
作者：張純
期刊：明清小說研究
注譯者：　　卷：0 期：4 總期：0
起迄頁次：
出處：2
出版時：1986.12
備註：中國文聯出版公司 1986.12，出版史
料 5 期 p148～150，1986.06

篇名：談談嚴復研究中的幾處疏誤
作者：王民

期刊：歷史教學（天津）
注譯者：　　卷：1983 期：5 總期：0
起迄頁次：
出處：5
出版時：1983
備註：

篇名：談魯迅對近代作家和作品的評論
作者：牛仰山
期刊：語言文學
注譯者：　　卷：1981 期：5 總期：0
起迄頁次：
出處：5
出版時：1981
備註：

篇名：談蘇曼殊的翻譯
作者：徐重慶
期刊：文科教學
注譯者：　　卷：1983 期：4 總期：0
起迄頁次：
出處：5
出版時：1983
備註：

篇名：論《九命奇冤》在寫作時序安排上
　　　的特徵——西方的影響和本國的
　　　傳統
作者：吉爾伯特‧方（加拿大）
期刊：新疆師大學報
注譯者：趙鑫虎譯、郭世緒校卷：1983 期：
1 總期：0
起迄頁次：
出處：5
出版時：1983
備註：

篇名：論《三俠五義》的思想傾向及其廣
　　　泛流傳的原因
作者：曲家源
期刊：四平師院學報
注譯者：　　卷：1983 期：2 總期：0
起迄頁次：
出處：5
出版時：1983.02
備註：

篇名：論《小五義》
作者：譚正璧
期刊：上海師院學報
注譯者：　　卷：1981 期：2 總期：0
起迄頁次：
出處：5
出版時：1981.02
備註：

篇名：論《老殘遊記》結構形式的選擇
作者：蔡鐵鷹
期刊：清末小說研究
注譯者：　　卷：0 期：11 總期：0
起迄頁次：24～32
出處：3
出版時：1988.12
備註：1988.12.01

篇名：論《官場現形記》的思想性
作者：路遙
期刊：文史哲
注譯者：　　卷：1958 期：8 總期：0
起迄頁次：38～47
出處：1
出版時：1958.08
備註：

篇名：論《孽海花》歷史小說的特點
作者：王祖獻
期刊：社會科學輯刊
注譯者：　　卷：1984 期：4 總期：33
起迄頁次：141～145
出處：1
出版時：1984.07
備註：

篇名：論“小說界革命”的反文學傾向
作者：馬嘯
期刊：中國近代文學研究
注譯者：　　卷：0 期：3 總期：0
起迄頁次：
出處：2
出版時：1985.12
備註：中山大學出版社

篇名：論中國近代文學的過渡特點
作者：管林

期刊：華南師範大學學報（社會科學）
注譯者：　　卷：1986 期：3 總期：59
起迄頁次：1～8
出處：1
出版時：1986.07
備註：

篇名：論中國近代翻譯文學和魯迅的關係
作者：牛仰山
期刊：魯迅研究
注譯者：　　卷：0 期：4 總期：0
起迄頁次：
出處：5
出版時：1981.07
備註：

篇名：論早期鴛鴦蝴蝶派代表作──《玉梨魂》
作者：范伯群
期刊：文學遺產
注譯者：　　卷：1983 期：2 總期：0
起迄頁次：118～125
出處：1
出版時：1983.02
備註：

篇名：論西方文學對近代譴責小說的影響
作者：張化
期刊：江海學刊
注譯者：　　卷：1983 期：5 總期：89
起迄頁次：102～104
出處：1
出版時：1983
備註：

篇名：論李伯元作品的思想傾向
作者：章培恆
期刊：文學遺產
注譯者：　　卷：0 期：511 總期：0
起迄頁次：
出處：1
出版時：1965
備註：光明日報 1965.06.06

篇名：論林紓對近代小說理論的貢獻
作者：林薇
期刊：中國社會科學

注譯者： 卷：1987 期：6 總期：48
起迄頁次：137～155
出處：1
出版時：1987.11
備注：

篇名：論武俠小說
作者：范鴟夷
期刊：大眾
注譯者： 卷：0 期：2 總期：0
起迄頁次：
出處：2
出版時：1942.12
備注：1942.12.01

篇名：論武俠小說
作者：鄭振鐸
期刊：海燕
注譯者： 卷：0 期：0 總期：0
起迄頁次：
出處：2
出版時：1932.07
備注：新中國書店 1932.07

篇名：論近代翻譯文學
作者：李慈健
期刊：河南大學學報（哲學社會科學）
注譯者： 卷：1987 期：2 總期：95
起迄頁次：16～20
出處：1
出版時：1987.03
備注：

篇名：論胡適《中國章回小說考證》的方
法論
作者：朱文華
期刊：江淮論壇
注譯者： 卷：1982 期：6 總期：0
起迄頁次：
出處：5
出版時：1982
備注：

篇名：論晚清"譴責小說"中的揭露和譴
責
作者：江東陽
期刊：文學遺產

注譯者： 卷：0 期：553 總期：0
起迄頁次：
出處：1
出版時：1966
備注：光明日報 1966.05.22

篇名：論晚清譴責小說中的愛國題材
作者：莊嚴
期刊：寧波師院學報
注譯者： 卷：0 期：0 總期：0
起迄頁次：
出處：2
出版時：1984.03
備注：

篇名：論晚清譴責小說的『匡世』特點
作者：許國良
期刊：社會科學（上海）
注譯者： 卷：1983 期：11 總期：39
起迄頁次：92～92
出處：1
出版時：1983.11
備注：

篇名：論晚清譴責小說的思想傾向
作者：章培恆
期刊：學術月刊
注譯者： 卷：0 期：0 總期：0
起迄頁次：
出處：2
出版時：1964.12
備注：

篇名：論梁啟超的情感說
作者：姚全興
期刊：文學評論叢刊
注譯者： 卷：0 期：9 總期：0
起迄頁次：
出處：5
出版時：1981.05
備注：

篇名：論歐風東漸對近代文學的影響
作者：牛仰山
期刊：社會科學輯刊
注譯者： 卷：1985 期：4 總期：39
起迄頁次：85～95

出處：1
出版時：1985.07
備註：

篇名：**論翻譯——與曾孟樸先生書**
作者：胡適
期刊：眞善美
注譯者：　　卷：1 期：12 總期：0
起迄頁次：
出處：2
出版時：1928.04
備註：1928.04.16

篇名：**論翻譯小說與晚清創作小說之合流**
作者：邢鐵華
期刊：阜陽師院學報
注譯者：　　卷：0 期：0 總期：0
起迄頁次：
出處：2
出版時：1982.01
備註：

篇名：**論嚴復**
作者：王介平
期刊：教學與研究
注譯者：　　卷：1957 期：12 總期：0
起迄頁次：25～34
出處：1
出版時：1957.12
備註：

篇名：**論蘇曼殊**
作者：姜東賦
期刊：天津師範大學學報
注譯者：　　卷：1982 期：5 總期：0
起迄頁次：
出處：5
出版時：1982
備註：

篇名：**趣談近代小說的環境要素**
作者：張式弼
期刊：沈陽師院學報
注譯者：　　卷：1982 期：2 總期：0
起迄頁次：
出處：5
出版時：1982

備註：

篇名：**鄰女語・老殘遊記・ガリヴァ一旅行記——《老殘遊記》の改竄問題をめぐつて**
作者：中村忠行
期刊：野草
注譯者：　　卷：0 期：33 總期：0
起迄頁次：19～38
出處：1
出版時：1984.02
備註：

篇名：**魯迅《中國小說の歷史的變遷》について**
作者：竹內實
期刊：文學
注譯者：　　卷：26 期：3 總期：0
起迄頁次：97～106
出處：1
出版時：1958.03
備註：

篇名：**魯迅茅盾等談鴛鴦蝴蝶派**
作者：王瑞生
期刊：福建日報
注譯者：　　卷：0 期：0 總期：0
起迄頁次：
出處：5
出版時：1981.05
備註：1981.05.06

篇名：**魯迅與中國小說史研究**
作者：丁錫根
期刊：古典文學論叢（復旦學報社科增刊）
注譯者：　　卷：0 期：0 總期：0
起迄頁次：
出處：5
出版時：1980.08
備註：

篇名：**魯迅與嚴復**
作者：徐重慶
期刊：魯迅研究文叢
注譯者：　　卷：0 期：2 總期：0
起迄頁次：
出處：5

出版時：1980.11

備註：

篇名：魯迅論鴛鴦蝴蝶派

作者：范伯群

期刊：魯迅研究

注譯者：　　卷：0 期：4 總期：0

起迄頁次：

出處：5

出版時：1981.07

備註：

篇名：鴉片戰爭的通俗演義──《罌粟花》

作者：張承宗

期刊：中學歷史

注譯者：　　卷：0 期：0 總期：0

起迄頁次：

出處：2

出版時：1980.03

備註：

〔16 劃〕

篇名：樽本照雄《清末小說閑談》索引

作者：清末小說研究會

期刊：清末小說研究

注譯者：　　卷：0 期：8 總期：0

起迄頁次：

出處：3

出版時：1985.12

備註：1985.12.01

篇名：歷史中的小說

作者：吳晗

期刊：文學

注譯者：　　卷：2 期：6 總期：0

起迄頁次：

出處：1

出版時：1934

備註：

篇名：歷史這面鏡子

作者：阿布

期刊：安徽日報

注譯者：　　卷：0 期：0 總期：0

起迄頁次：

出處：5

出版時：1978.09

備註：1978.09.03（談《文明小史》）

篇名：錢玄同

作者：任訪秋

期刊：中國近代文學作家論

注譯者：　　卷：0 期：0 總期：0

起迄頁次：316～334

出處：4

出版時：1984.03

備註：附錄

篇名：應是趼人非研人

作者：麥衡

期刊：羊城晚報

注譯者：　　卷：0 期：0 總期：0

起迄頁次：

出處：5

出版時：1980.07

備註：1980.07.25

篇名：應該以慎重嚴謹的態度來評價《老殘遊記》

作者：念如

期刊：明清小說研究論文集

注譯者：　　卷：0 期：0 總期：0

起迄頁次：400～409

出處：1

出版時：1959.02

備註：

篇名：應該全面評價蘇曼殊

作者：凌霄

期刊：北京晚報

注譯者：　　卷：0 期：0 總期：0

起迄頁次：

出處：5

出版時：1982.12

備註：1982.12.09

篇名：應該怎樣評價李伯元的作品──答文乃山同志

作者：章培恆

期刊：文學遺產

注譯者：　　卷：0 期：534 總期：0

起迄頁次：

出處：1

出版時：1965
備注：光明日報 1965.11.28

〔17劃〕

篇名：還我魂靈記
作者：我佛山人
期刊：清末小說研究
注譯者：　　卷：0 期：3 總期：0
起迄頁次：
出處：3
出版時：1979.12
備注：

〔18劃〕

篇名：簡述梁啟超論現實主義和浪漫主義
作者：關賢柱
期刊：貴陽師院學報
注譯者：　　卷：1980 期：1 總期：0
起迄頁次：
出處：5
出版時：1980
備注：

篇名：簡論革命派的理論貢獻與晚清小說理論的深入發展
作者：解志熙
期刊：河南大學學報（哲學社會科學）
注譯者：　　卷：1985 期：2 總期：83
起迄頁次：25～29
出處：1
出版時：1985.03
備注：25～29，1985.03

篇名：簡論曾樸《孽海花》和張鴻《續孽海花》兩書的第三十一回至三十五回
作者：嚴薇青
期刊：清末小說研究
注譯者：　　卷：0 期：7 總期：0
起迄頁次：
出處：3
出版時：1983.12
備注：中文版，山東師大學報

篇名：翻譯に譯者の研究姿勢が見える――――阿英《晚清小說史》の翻譯を讀

む
作者：樽本照雄
期刊：野草
注譯者：　　卷：0 期：25 總期：0
起迄頁次：23～32
出處：1
出版時：1980.05
備注：

篇名：雜誌所收清末小說關係文獻目錄（初稿）――日本、中國
作者：中島利郎編
期刊：咿啞
注譯者：　　卷：0 期：4 總期：0
起迄頁次：13P
出處：1
出版時：1975.07
備注：

篇名：雜誌所收清末小說關係文獻目錄（初稿補遺）
作者：中島利郎編
期刊：咿啞
注譯者：　　卷：0 期：5 總期：0
起迄頁次：（左）58～61
出處：1
出版時：1975.12
備注：

篇名：魏子安
作者：汪國垣
期刊：小說海
注譯者：　　卷：1 期：1 總期：0
起迄頁次：
出處：2
出版時：1915.11
備注：

篇名：魏秀仁的生平及著作考辨
作者：陳新
期刊：文學評論叢刊
注譯者：　　卷：0 期：13 總期：0
起迄頁次：
出處：2
出版時：1982.05
備注：中國社會科學出版社 1982.05

篇名：**魏紹昌氏**のこと
作者：樽本照雄
期刊：清末小說研究
注譯者：　　卷：0 期：3 總期：0
起迄頁次：
出處：3
出版時：1979.12
備注：

篇名：**魏紹昌編『吳趼人研究資料』**につ
　　　いて
作者：中島利郎
期刊：清末小說研究
注譯者：　　卷：0 期：5 總期：0
起迄頁次：
出處：3
出版時：1981.12
備注：

篇名：**魏源論**
作者：任訪秋
期刊：中國近代文學作家論
注譯者：　　卷：0 期：0 總期：0
起迄頁次：26～42
出處：4
出版時：1984.03
備注：

〔19 劃〕

篇名：**譚嗣同**
作者：任訪秋
期刊：中國近代文學作家論
注譯者：　　卷：0 期：0 總期：0
起迄頁次：104～129
出處：4
出版時：1984.03
備注：

篇名：**鏡中取影，窮形盡神──試論晚清**
　　　現實主義小說理論
作者：陳建生
期刊：徐州師範學院學報（哲學社會科學）
注譯者：　　卷：1986 期：1 總期：45
起迄頁次：128～131
出處：1
出版時：1986

備注：

篇名：**關於《二十年目睹之怪現狀》**
作者：阿英
期刊：明清小說研究論文集
注譯者：　　卷：0 期：0 總期：0
起迄頁次：364～370
出處：1
出版時：1959.02
備注：文藝學習 1957.01

篇名：**關於《三俠五義》之類**
作者：吳顯
期刊：讀書
注譯者：　　卷：0 期：0 總期：0
起迄頁次：
出處：2
出版時：1981.04
備注：

篇名：**關於《中國小說史略》**
作者：阿英
期刊：文藝報
注譯者：　　卷：1956 期：20 總期：0
起迄頁次：30～31
出處：1
出版時：1956.10
備注：

篇名：**關於《老殘遊記》**
作者：李流
期刊：學術
注譯者：　　卷：0 期：1 總期：0
起迄頁次：
出處：2
出版時：1940.02
備注：

篇名：**關於《老殘遊記》**
作者：盛成
期刊：清末小說研究
注譯者：　　卷：0 期：7 總期：0
起迄頁次：
出處：3
出版時：1983.12
備注：中文版

篇名：**關於《老殘遊記》（1，3，4，5）**
作者：劉大紳
期刊：宇宙風乙刊
注譯者：　　卷：0 期：20 總期：0
起迄頁次：
出處：2
出版時：1940.01
備註：20 期 1940.01.01，22 期 03.01，23 期 04.01，24 期 05.01

篇名：**關於《老殘遊記》（2）——《老殘遊記》之影射**
作者：劉大紳
期刊：宇宙風乙刊
注譯者：　　卷：0 期：21 總期：0
起迄頁次：
出處：2
出版時：1940.02
備註：1940.02.01

篇名：**關於《老殘遊記》——《晚清小說史》改稿的一節**
作者：阿英
期刊：文學評論
注譯者：　　卷：1962 期：4 總期：0
起迄頁次：71～76
出處：1
出版時：1962.08
備註：

篇名：**關於《老殘遊記》二題**
作者：魏如晦
期刊：宇宙風乙刊
注譯者：　　卷：0 期：31 總期：0
起迄頁次：
出處：2
出版時：1940.10
備註：1940.10.16

篇名：**關於《老殘遊記》之續集**
作者：畢樹棠
期刊：文館小品
注譯者：　　卷：0 期：3 總期：0
起迄頁次：
出處：2
出版時：1935.04

備註：1935.04.05

篇名：**關於《老殘遊記》外篇殘稿的寫作年代問題**
作者：劉蕙孫
期刊：清末小說研究
注譯者：　　卷：0 期：7 總期：0
起迄頁次：
出處：3
出版時：1983.12
備註：中文版

篇名：**關於《老殘遊記》外編殘稿的寫作年代**
作者：樽本照雄
期刊：清末小說研究
注譯者：　　卷：0 期：7 總期：0
起迄頁次：
出處：3
出版時：1983.12
備註：中文版

篇名：**關於《老殘遊記》外編殘稿的寫作時間——與劉蕙孫先生磋商**
作者：張純
期刊：徐州師範學院學報（哲學社會科學）
注譯者：　　卷：1984 期：3 總期：39
起迄頁次：89～90
出處：1
出版時：1984.09
備註：

篇名：**關於《老殘遊記》的作者劉鶚**
作者：嚴薇青
期刊：文史哲
注譯者：　　卷：0 期：0 總期：0
起迄頁次：
出處：2
出版時：1962.01
備註：

篇名：**關於《老殘遊記》的版本和修改**
作者：樽本照雄
期刊：大阪經大論集
注譯者：　　卷：0 期：109 總期：0
起迄頁次：
出處：2

出版時：1976.03
備註：109～110

篇名：關於《老殘遊記》的草稿
作者：樽本照雄
期刊：清末小說研究
注譯者：　　卷：0 期：9 總期：0
起迄頁次：
出處：2
出版時：1986.12
備註：

篇名：關於《李伯元研究資料》的通信
作者：管林、魏紹昌
期刊：文學遺產
注譯者：　　卷：0 期：562 總期：0
起迄頁次：
出處：5
出版時：1982
備註：光明日報 1982.11.09

篇名：關於《兒女英雄傳》
作者：孫楷第
期刊：國立北平圖書館館刊
注譯者：　　卷：4 期：6 總期：0
起迄頁次：
出處：2
出版時：1930.12
備註：

篇名：關於《兒女英雄傳》的成書年代
作者：趙志輝
期刊：遼寧大學學報
注譯者：　　卷：0 期：0 總期：0
起迄頁次：
出處：2
出版時：1981.06
備註：

篇名：關於《兒女英雄傳》的成書年代
作者：趙志輝
期刊：遼寧大學學報
注譯者：　　卷：1981 期：6 總期：0
起迄頁次：
出處：5
出版時：1981
備註：

篇名：關於《官場現形記》
作者：武田泰淳
期刊：同仁
注譯者：　　卷：8 期：12 總期：0
起迄頁次：
出處：2
出版時：1934.12
備註：

篇名：關於《官場現形記》的印本
作者：宮田一郎
期刊：清末語言文學研究會會報
注譯者：　　卷：0 期：3 總期：0
起迄頁次：
出處：2
出版時：1963.03
備註：

篇名：關於《恨海》
作者：松井秀吉
期刊：滿蒙
注譯者：　　卷：0 期：0 總期：0
起迄頁次：
出處：2
出版時：1935.06
備註：

篇名：關於《洪秀全演義》
作者：王俊年
期刊：文學遺產
注譯者：　　卷：1983 期：3 總期：0
起迄頁次：110～118
出處：1
出版時：1983.09
備註：

篇名：關於《蕩寇志》
作者：公盾
期刊：學術月刊
注譯者：　　卷：0 期：0 總期：0
起迄頁次：
出處：2
出版時：1962.12
備註：

篇名：關於《繡像小說》半月刊的終刊時間

作者：張純
期刊：徐州師範學院學報（哲學社會科學）
注譯者：　　卷：1986 期：2 總期：46
起迄頁次：109～110
出處：1
出版時：1986
備注：

篇名：關於《孽海花》
作者：瞿兌之
期刊：古今
注譯者：　　卷：0 期：32 總期：0
起迄頁次：
出處：2
出版時：1943.10
備注：

篇名：關於《孽海花》
作者：陳汝衡
期刊：大晚報・通俗文學
注譯者：　　卷：0 期：23 總期：0
起迄頁次：
出處：2
出版時：1947.03
備注：1947.03.31

篇名：關於《孽海花》的評價問題
作者：葛杰
期刊：文學評論
注譯者：　　卷：1964 期：6 總期：0
起迄頁次：84～96
出處：1
出版時：1964.12
備注：

**篇名：關於“李伯元與劉鐵雲的一段文字
　　　案”——問汪家熔先生**
作者：樽本照雄
期刊：大阪經大論集
注譯者：　　卷：0 期：165 總期：0
起迄頁次：49～52
出處：1
出版時：1985.05
備注：

**篇名：關於天津日日新聞版《老殘遊記》
　　　二集**

作者：樽本照雄
期刊：野草
注譯者：　　卷：0 期：0 總期：0
起迄頁次：
出處：2
出版時：1976.04
備注：

篇名：關於石玉昆
作者：趙景深
期刊：銀字集
注譯者：　　卷：0 期：0 總期：0
起迄頁次：
出處：2
出版時：1946.03
備注：永祥印書館 1946.03

篇名：關於吳趼人
作者：傅立滬
期刊：書林
注譯者：　　卷：1980 期：2 總期：0
起迄頁次：
出處：5
出版時：1980
備注：

篇名：關於我佛山人二三事
作者：盧叔度
期刊：中山大學學報（哲學社會科學）
注譯者：　　卷：1979 期：3 總期：0
起迄頁次：90～91
出處：1
出版時：1979
備注：

篇名：關於我國早期小說史的研究
作者：吳礽六
期刊：社會科學（上海）
注譯者：　　卷：1984 期：9 總期：49
起迄頁次：75
出處：1
出版時：1984.09
備注：

篇名：關於李伯元作品評價的幾個問題
作者：章培恆
期刊：文學遺產

注譯者：　　卷：0 期：546 總期：0

起迄頁次：

出處：1

出版時：1966

備註：光明日報 1966.03.13

篇名：關於李伯元研究資料的通信

作者：魏紹昌

期刊：光明日報

注譯者：　　卷：0 期：0 總期：0

起迄頁次：

出處：2

出版時：1982.11

備註：1982.11.09

篇名：關於林琴南

作者：錫金

期刊：江城

注譯者：　　卷：1983 期：6 總期：0

起迄頁次：

出處：5

出版時：1983

備註：

篇名：關於秋瑾的一部小說《六月霜》

作者：阿英

期刊：人間世

注譯者：　　卷：0 期：27 總期：0

起迄頁次：

出處：2

出版時：1935.05

備註：1935.05.05

篇名：關於秋瑾與《六月霜》

作者：秋宗章

期刊：人間世

注譯者：　　卷：0 期：33 總期：0

起迄頁次：

出處：2

出版時：1935.08

備註：1935.08.05

篇名：關於孫次舟本《孽海花》

作者：神田一山

期刊：清末小說研究

注譯者：　　卷：0 期：8 總期：0

起迄頁次：

出處：2

出版時：1985.12

備註：

篇名：關於清末的社會小說

作者：大高岩

期刊：同仁

注譯者：　　卷：8 期：6 總期：0

起迄頁次：

出處：2

出版時：1934.06

備註：

篇名：關於陳天華幾件史實的考訂和糾誤

作者：遲雲飛

期刊：近代史研究

注譯者：　　卷：0 期：0 總期：0

起迄頁次：

出處：2

出版時：1984.05

備註：

篇名：關於評價晚清小說的一些看法

作者：時萌

期刊：光明日報

注譯者：　　卷：0 期：0 總期：0

起迄頁次：

出處：1

出版時：1978.11

備註：1978.11.28

篇名：關於評價晚清譴責小說的一些看法

作者：時萌

期刊：光明日報

注譯者：　　卷：0 期：0 總期：0

起迄頁次：

出處：5

出版時：1978.11

備註：1978.11.28

篇名：關於黃世仲生平之筆者考誤辨正

作者：顏廷亮

期刊：清末小說研究

注譯者：　　卷：0 期：10 總期：0

起迄頁次：

出處：3

出版時：1987.12

備注：1987.12.01

篇名：關於黑妞白妞
作者：雨生
期刊：宇宙風乙刊
注譯者：　　卷：0 期：22 總期：0
起迄頁次：
出處：2
出版時：1940.03
備注：1940.03.01

篇名：關於蔣逸雪先生所作《劉鶚年略》
作者：劉大鈞
期刊：文史雜誌
注譯者：　　卷：4 期：1 總期：0
起迄頁次：
出處：2
出版時：1944.07
備注：1、2 期合刊

篇名：關於賽瓦公案的真相──從《孽海
　　　花》說到《賽金花》
作者：魏紹昌
期刊：清末小說研究
注譯者：　　卷：0 期：4 總期：0
起迄頁次：73～84
出處：1
出版時：1980.12
備注：

篇名：關於蘇曼殊
作者：裴效維
期刊：文史知識
注譯者：　　卷：1982 期：9 總期：0
起迄頁次：
出處：5
出版時：1982
備注：

篇名：關於蘇曼殊生平的幾個問題
作者：馬以君
期刊：華南師院學報
注譯者：　　卷：1982 期：1 總期：0
起迄頁次：
出處：5
出版時：1982
備注：

〔20 劃〕

篇名：嚴復
作者：任訪秋
期刊：中國近代文學作家論
注譯者：　　卷：0 期：0 總期：0
起迄頁次：59～81
出處：4
出版時：1984.03
備注：

篇名：嚴復文藝觀散論──兼與周振甫先
　　　生商兌
作者：姜東賦
期刊：古代文學理論研究叢刊
注譯者：　　卷：0 期：3 總期：0
起迄頁次：
出處：5
出版時：1981.02
備注：

篇名：嚴復私論──翻譯論と文藝觀より
　　　みて
作者：岡本宏
期刊：藝文研究
注譯者：　　卷：0 期：22 總期：0
起迄頁次：1～17
出處：1
出版時：1966.11
備注：

篇名：嚴復的生平及其思想
作者：王栻
期刊：群眾論叢
注譯者：　　卷：1980 期：2 總期：0
起迄頁次：
出處：5
出版時：1980
備注：

篇名：嚴復論
作者：任訪秋
期刊：河南師大學報
注譯者：　　卷：1979 期：5 總期：0
起迄頁次：
出處：5
出版時：1979

備注：

篇名：嚴復について（覺書）──文學史
　　　的にみて
作者：增田涉
期刊：人文研究
注譯者：　　卷：8 期：7 總期：0
起迄頁次：45〜59
出處：1
出版時：1957.08
備注：

篇名：蘇曼殊
作者：任訪秋
期刊：中國近代文學作家論
注譯者：　　卷：0 期：0 總期：0
起迄頁次：197〜210
出處：4
出版時：1984.03
備注：

篇名：蘇曼殊二三事
作者：伏琛
期刊：西湖
注譯者：　　卷：1983 期：6 總期：0
起迄頁次：
出處：5
出版時：1983
備注：

篇名：蘇曼殊小說論
作者：裴效維
期刊：文學遺產
注譯者：　　卷：1983 期：1 總期：0
起迄頁次：123〜132
出處：1
出版時：1983.03
備注：

篇名：蘇曼殊及其小說
作者：林志儀
期刊：江漢論壇
注譯者：　　卷：1983 期：7 總期：35
起迄頁次：34〜40
出處：1
出版時：1983.07
備注：

篇名：蘇曼殊及其小說
作者：林志儀
期刊：江漢論壇
注譯者：　　卷：1983 期：7 總期：0
起迄頁次：
出處：5
出版時：1983
備注：

篇名：蘇曼殊作品辨誤二則
作者：裴效維
期刊：藝譚
注譯者：　　卷：1983 期：4 總期：0
起迄頁次：
出處：5
出版時：1983
備注：

篇名：蘇曼殊其人其事
作者：朱小平
期刊：藝譚
注譯者：　　卷：1982 期：4 總期：0
起迄頁次：
出處：5
出版時：1982
備注：

篇名：蘇曼殊和小說《慘世界》
作者：志一
期刊：四川日報
注譯者：　　卷：0 期：0 總期：0
起迄頁次：
出處：5
出版時：1983.08
備注：1983.08.13

篇名：蘇曼殊的生平
作者：黃慳華
期刊：文化史料叢刊
注譯者：　　卷：0 期：4 總期：0
起迄頁次：
出處：5
出版時：1983.01
備注：

篇名：蘇曼殊論
作者：飯塚朗

期刊：中國文學月報
注譯者：　　卷：0 期：14 總期：0
起迄頁次：
出處：1
出版時：1936
備註：

篇名：蘇曼殊論
作者：任訪秋
期刊：河南師大學報
注譯者：　　卷：1980 期：2 總期：0
起迄頁次：
出處：5
出版時：1980
備註：

篇名：蘇曼殊に關する資料
作者：飯塚朗
期刊：中國文學月報
注譯者：　　卷：0 期：17 總期：0
起迄頁次：
出處：1
出版時：1936
備註：

〔21 劃〕
篇名：譴責小說
作者：西諦
期刊：文學周報
注譯者：　　卷：0 期：176 總期：0
起迄頁次：
出處：2
出版時：1925.06
備註：1925.06.07

篇名：譴責小說的大家吳趼人
作者：葉易
期刊：文史知識
注譯者：　　卷：1982 期：10 總期：0
起迄頁次：
出處：5
出版時：1982
備註：

**篇名：襯墊描寫巧評──《明湖居聽書》
　　　的藝術手法**

作者：張漢清、方弢
期刊：語文教學與研究（華中師院）
注譯者：　　卷：1982 期：4 總期：0
起迄頁次：
出處：5
出版時：1982
備註：

〔22 劃〕
篇名：讀《九命奇冤》記
作者：松井秀吉
期刊：滿蒙
注譯者：　　卷：0 期：4 總期：0
起迄頁次：
出處：1
出版時：1935
備註：4～5 期

篇名：讀《二十年目睹之怪現狀》札記
作者：吳小如
期刊：中國古典小說評論集
注譯者：　　卷：0 期：0 總期：0
起迄頁次：183～198
出處：1
出版時：1957.12
備註：

篇名：讀《三俠五義》札記
作者：吳小如
期刊：文藝學習
注譯者：　　卷：0 期：0 總期：0
起迄頁次：
出處：2
出版時：1957.04
備註：

**篇名：讀《六月霜》後之感想──關於先
　　　母秋瑾女士**
作者：王仙之
期刊：人間世
注譯者：　　卷：0 期：28 總期：0
起迄頁次：
出處：2
出版時：1935.05
備註：1935.05.20

篇名：讀《老殘遊記》
作者：郁達夫
期刊：達夫全集
註譯者：　　卷：5 期：0 總期：0
起迄頁次：
出處：2
出版時：1928.04
備註：達夫全集第 5 卷敝帚集，現代書局
1928.04.15

篇名：讀《老殘遊記》
作者：吳強
期刊：中央日報
註譯者：　　卷：0 期：0 總期：0
起迄頁次：
出處：2
出版時：1959.04
備註：1959.04.03

篇名：讀《老殘遊記》
作者：松井秀吉
期刊：滿蒙
註譯者：　　卷：0 期：0 總期：0
起迄頁次：
出處：2
出版時：1932.05
備註：1932.05-07

篇名：讀《老殘遊記》手稿
作者：郭群一、王少華
期刊：隨筆（廣東人民）
註譯者：　　卷：0 期：9 總期：0
起迄頁次：100～103
出處：1
出版時：1980.07
備註：

篇名：讀《老殘遊記》札記
作者：嚴薇青
期刊：柳泉
註譯者：　　卷：0 期：0 總期：0
起迄頁次：
出處：2
出版時：1982.02
備註：

篇名：讀《兒女英雄傳》

作者：劉葉秋
期刊：民族文學研究
註譯者：　　卷：1985 期：3 總期：8
起迄頁次：22～26
出處：1
出版時：1985.08
備註：

篇名：讀《恨海》
作者：許嘯天
期刊：嘯天讀書筆記
註譯者：　　卷：0 期：0 總期：0
起迄頁次：
出處：2
出版時：1926.07
備註：上海大仁書店 1926.07

篇名：讀《恨海》隨想
作者：王俊年
期刊：中國近代文學研究
註譯者：　　卷：0 期：2 總期：0
起迄頁次：
出處：2
出版時：1985.12
備註：中國文聯出版公司 1985.12

篇名：讀《海上花列傳》
作者：趙景深
期刊：小說戲曲新考
註譯者：　　卷：0 期：0 總期：0
起迄頁次：
出處：2
出版時：1939.01
備註：上海世界書局 1939.01.01

篇名：讀《曾孟樸先生年譜》
作者：徐一士
期刊：國聞周報
註譯者：　　卷：12 期：40 總期：0
起迄頁次：
出處：2
出版時：1935.10
備註：1935.10.14

篇名：讀《痛史》雜記
作者：長田夏樹
期刊：清末語言文學研究會會報

注譯者：　　卷：0 期：2 總期：0

起迄頁次：

出處：2

出版時：1962.10

備註：

篇名：讀《魏秀仁的生平及著作考》

作者：官桂銓

期刊：文學評論

注譯者：　　卷：1983 期：3 總期：0

起迄頁次：132～134

出處：1

出版時：1983.05

備註：

篇名：龔自珍論

作者：任訪秋

期刊：中國近代文學作家論

注譯者：　　卷：0 期：0 總期：0

起迄頁次：1～25

出處：4

出版時：1984.03

備註：

**篇名：シユウォーツの嚴復論──一つの
　　　　東西文明論**

作者：高田淳

期刊：比較文化

注譯者：　　卷：0 期：12 總期：0

起迄頁次：41～75

出處：1

出版時：1966.02

備註：

篇名：ワクドキ清末小說

作者：澤本香子

期刊：清末小說研究

注譯者：　　卷：0 期：8 總期：0

起迄頁次：

出處：3

出版時：1985.12

備註：1985.12.01

三、臺灣地區近十年來（1992～2001）的「晚清小說」研究概況概述

（一）前言

　　筆者於民國七十九年（西元 1990 年）撰寫碩士論文時，彼時海峽對岸天津教育出版社出版一套《學術研究指南叢書》。該叢書中有一本《晚清小說研究概說》。內容大致分兩個方向：一是晚清小說研究的回顧（民國以來至 1986 年）及展望；二是晚清小說研究資料解題（內容分小說理論、作品總集、研究資料集、專著及刊物等），書後並附重要論文索引，論述範圍包括港、臺與日本，使用起來頗為利便。此為筆者當時撰文時，常擺案頭之參考書。後於民國八十年五月底口考之口試委員林明德教授於八十一年於中國古典文學研究會所舉辦之「二十世紀中國古典文學研究會議」時，提出一篇〈臺灣地區的晚清小說研究（1968～1991）〉的論文發表。該文內容以臺灣地區自 1968 年夏志清所發表的〈老殘遊記新論〉起的晚清小說相關研究範圍的專著與散論部分，約有八十種，並提出臺灣的晚清小說研究可以分為兩個階段（一是 1968～1983，一是 1984～1991）和三種類型（外緣、內在、理論）的研究分析報告，文後並附這近八十種的研究書目供學者參考。

　　本文即是從時間與空間兩個因素下，決定只採錄臺灣地區晚清小說的相

關書目收集整理，而且將時間斷限與林教授之論文接軌，而且筆者相信在這十年時間裏，有關同好應有一定的成績展現，故將題目定為「臺灣地區近十年來（1992～2001）的『晚清小說』研究概況概述」。

（二）內容與收集方法

由於筆者於當年撰寫碩士論文時，即已有系統性地將相關研究書目收錄，故此次之收錄方式大致沿襲當年作法。唯時代進步，科技亦隨之發展，借助電腦與網路的輔助，也使筆者省去一些功夫。將所獲得之資料（包含之前研究目錄未收補進的），依最基本的分類方法分為三類：一是書籍；二是報紙、期刊；三是論文。所收含括文學史、小說史、小說總集與晚清小說作者、作品各方面。統計成果如下：專著書籍有 100 筆；報紙、期刊則有 126 筆；論文則有 43 筆。其中在民國八十一年以後出版的書籍有 55 筆；期刊、報紙有 74 筆；論文 20 筆，超過本次收錄筆數的一半以上。

（三）近十年晚清小說研究概況

基本上筆者同意林明德教授對晚清小說研究狀況的分析（即將分別為兩個時間與三種類型），是以在將所收集之文獻目錄流覽後有如下幾點見解：

1. 書籍專著方面：文學史（尤其是現代文學史或小說史）的描述多半從晚清小說談起，特別是大陸地區的文學史最明顯。臺灣地區則僅有皮述民師等所撰寫之《二十世紀中國新文學史》，由此可見大陸地區整理與文學有關之各類文學專史較台灣發達。第二可以看出晚清小說四大家個人全集的整理與出版，已經問世的有李伯元與吳趼人全集；及晚清小說的收集與小說理論的整理（如：中國近代文學大系各編等）。第三，就臺灣地區言，博、碩士論文轉變成專著出版的情形甚多，如黃錦珠、吳淳邦等人即為代表。第四，晚清小說專著出版中，除大部分為文學史或小說史外，晚清小說作家（特別是四大家）及晚清小說（特別是四大小說）的專門研究著作數量有增加的趨勢，這是一種好的發展方向。第五，除了晚清小說專書、專人研究外，有關晚清小說理論的研究則似乎停滯不前。

2. 報紙、期刊方面：第一個顯現的應是晚清小說各類型的單篇散論的數量增多，而且為文研究者擴大，不再局限於少數人，這是有異於過往的發展，這也是值得關注的。第二，散論中仍以學報或專門期刊為多，且素質較佳，刊載於一般雜誌上的則多屬概論或簡介居多。第三，發表的散論仍以針對晚

清小說作家專人或晚清小說專書居多，晚清小說理論研究則相當少。第四，發表在學報上的散論作者，多爲其碩士或博士論文的再延伸，或爲論文中的某章某節或從其論文題目核心外擴出去。

　　3. 論文方面：八十年以前之論文多集中於四大小說之專著研究，近十年來則見轉變爲類型研究。擴及於政治、女性、文學藝術等。若從研究周期看，筆者以爲晚清小說的研究周期約爲四至六年會有一個高峰，上一個高峰在民國八十年前後，第二個高峰出現在 1995 年，第三個高峰似乎已經在 2000 年開始了。

四、回顧與展望

　　筆者以爲在學術研究上，必須要借助前人的研究成果，方能對未來的研究與判斷有相當的助益，且可以在研撰過程中，先行過濾可供參考利用之文獻資料。因此站在前人的肩膀上往前進，成績自是不能落後於前人。晚清小說的研究，在臺灣地區的研究，至今已歷四十年左右，呼應林明德教授所言：未來應開設晚清文學專題，而且要借助科際整合開展新視野，方利於未來晚清小說的研究。

四、臺灣地區近十年來（1992～2001）的「晚清小說」研究期刊論文與研究書目

一、研究書目

1. 《晚清小說》，平雲等著，桂冠，民國 81 年 6 月。
2. 《晚清小說》，時萌著，萬卷樓發行；三民總經銷，民國 82 年 1 月。
3. 《晚清小說理論研究》，康來新，大安，民國 79 年 7 月。
4. 《晚清小說》，王潤卿等著，桂冠。
5. 《市變之亟──世變之亟──，由中研院文哲所「世變中的文學世界」主題計畫談晚明晚清研究》，胡曉眞，民國 90 年 5 月。
6. 《劉鶚散論》，劉德隆著，雲南人民出版社。
7. 《晚清文學思想論》，李瑞騰，漢光文化，民國 81 年 6 月。
8. 《晚清四大小說家》，魏紹昌，臺灣商務，民國 82 年 7 月。
9. 《李伯元全集》，薛正興主編，江蘇古籍出版社。
10. 《吳趼人全集》，北方文藝出版社。
11. 《我與老殘遊記》，劉蕙孫著，建安，民國 86 年 4 月。

12. 《老殘夢與愛——《老殘遊記》的意象研究》，李瑞騰，九歌，民國 90 年 8 月。

二、期刊論文

1. 〈晚清商人的群體意識與時代使命感〉，朱英，《歷史月刊》142，民國 88.11，頁 120～126。

2. 〈晚清改良派的辦報活動及其作用〉，盧正明、章奕虹，《圖書館學研究》（大陸）1998：4（111），頁 91～93+65，民國 87.08。

3. 〈晚清奇俠傳——血滴子的後裔〉（1～7），峻驤，《力與美》89～95，民國，86.09～87.03。

4. 〈文化與思想——晚清西方小說的中譯〉，馬森，《國魂》627，民國 87.02，頁 83～85。

5. 〈沒有晚清，何來五四？——被壓抑的現代性〉，王德威，《聯合文學》12：7（119），民國 85.05，頁 45～51。

6. 〈晚清、民國期刊的版本類型〉，轟家昱，《圖書館雜誌》（大陸）2001：3（119），2001.03，頁 50～53。

7. 〈中國現代文學國際研討會論文集：民族國家論述：從晚清、五四到日據時代臺灣新文學〉，胡曉真，《中央研究院中國文哲研究所中國文哲論集》5 中央研究院中國文哲研究所。

8. 〈李伯元小說、報刊研究〉，周明華，中國文化大學中文所碩士論文（79 年）。

9. 〈李伯元《官場現形記》研究〉，陳美玲，高雄師範大學中文所碩士論文（81 年）。

10. *A Biographical and Critical Study on Li Pao-chia：The Pioneer of New Journalism in China*〈中國新新聞先驅者李寶嘉之傳記與評論研究〉，范文馨，《空大人文學報》8，民國 88.06，頁 43～79。

11. *Upton Beall Sinclair's the Jungle and Li Pao-chia's the Bureaucracy Exposed：A Parallel Study*〈辛克萊的叢林與李寶嘉的官場現形記：平行研究〉，范文馨，《空大人文學報》3，民國 83.04，頁 31～34。

12. *Li Pao-Chia and His The Bureaucracy Exposed* 李寶嘉及其〈官場現形記〉，范文馨，《明新學報》11，民國 82.01，頁 205～224。

13. 〈吳趼人三部小說中的主人公研究〉，李梁淑，東海大學中文所碩士論文（83 年）。

14. 〈論吳趼人寫情小說的演變〉，*On the Transition of Wu Jianren's Novels of Sentiment*，黃錦珠，《國立中正大學學報》8：1（人文分冊），民國 86.12，頁 139～164。

15. 〈中國現代廣告初期最具爭議性的名人證言式廣告——吳趼人與「艾羅補腦汁」廣告〉，卓聖格，《臺中商專學報》29，民國 86.06，頁左 175～186。

16. 〈吳趼人「寫情小說」的情論與道德觀〉，趙孝萱，《中外文學》21：11（251），民國 82.04，頁 148～179。

17. 〈人壽室回憶錄之 91：「二十年目睹怪現狀」〉，作者吳趼人、鄭逸梅，《大成》223，民國 81.06，頁 22～25。

18. 〈劉鶚及其老殘遊記研究〉，王瑞雪，東吳大學中文所碩士論文（74 年）。

19. 〈以文述樂——白居易的「琵琶行」與劉鶚「老殘遊記」的「明湖居聽書」〉，*VerbalMusic——On Pai Chu-Yi's "P'i-P'a-Hsing" and Liu E's "Ming-Hu-Chu-Ting-Shu"*，羅基敏，《中外文學》27：4（316），民國 87.09，頁 76～93。

20. 〈劉鶚「明湖居聽書」取材運材的方法分析〉，林義烈，《建中學報》2，民國 85.12，頁 7～29。

21. 〈劉鶚「明湖居聽書」試析〉，林義烈，《建中學報》1，民國 84.12，頁 5～19。

22. 〈劉鶚生平及其老殘遊記〉，陳正雄，《崇右學報》5，民國 84.12，頁 206～237。

23. 〈白居易的（琵琶行並序）與劉鶚的（明湖居聽書）之寫作動機比較〉，莊韶玲，《儒林學報》9，民國 82.06，頁 65～66。

24. 〈老殘遊記析評（1）：處士空懷報國心——劉鶚〉，戈壁，《明道文藝》224，民國 83.11，頁 21～32。

25. 〈新資料、新方法、新見解——「劉鶚及老殘遊記國際學術討論會」總結報告〉（摘要），郭延禮，《文訊月刊》58（97），民國 82.11，頁 4～6。

26. 〈曾樸與孽海花〉，葉經柱，《國文天地》14：8（164），民國 88.01，頁 60～70。

27. 〈讀「老殘遊記」雜記——玉賢不賢〉，劉鑑平，《明道文藝》268，民國 87.07，頁 100～103。

28. 〈讀「老殘遊記」雜誌〉，，《明道文藝》265，民國 87.0，頁 104～107。

29. 〈讀「〈老殘遊記〉，的意象研究」〉，劉德隆，《明道文藝》261，民國 86.12，頁 118～121。

30. 〈孔子家和老殘遊記寫別字〉，倪兆雄，《中國語文》81：5（485），民國 86.11，頁 65～66。

31. 〈雙懸照乾坤——「老殘遊記」的日月意象〉，李瑞騰，《歷史月刊》117，民國 86.10，頁 122～127。

32. 〈文學本事——一本詳細刻畫山水描寫風景的「老殘遊記」〉，楊萬昌文、洪義男圖，《小作家月刊》3：3（27），民國 85.07，頁 68～72。

33. 〈從「老殘遊記」的版本談起〉，李瑞騰，《國文天地》12：4（136），民國 85.09，頁 4～5

34. 〈孽海花論稿〉，王祖獻，《貫雅文化》，民國 79 年 07 月。

35. 〈閒話孽海花〉，周錫鞍著，《遠流》，民國 79 年 07 月。

36. 〈曾樸、曾園和「孽海花」〉，毛巧珍，《檔案與建設》（大陸）2001：9（147）2001.09，頁 57。

37. 〈從梁啟超到世界主義〉，李歐梵，《亞洲週刊》15：22，民國 90.05.28-06.03，頁 23。

38. 〈梁啟超研究與「日本」狹間〉，直樹撰、張玉林譯，《近代中國史研究通訊》24，民國 86.09，頁 44～53。

39 〈耿雲志、崔志海著：〈梁啟超〉〉，黃克武，《近代中國史研究通訊》21，民國 85.03，頁 216～223。

40. 〈嶺南才子梁啟超〉，黃克武，《當代青年》10：2（56），民國 85.03，頁 47～49。

41. 〈一個被放棄的選擇：梁啟超調適思想之研究〉，黃克武，《中央研究院近代史研究所專刊》；70，中央研究院近代史研究所。

42. 〈梁啟超研究叢稿〉，吳銘能，《臺灣學生》，民國 90 年 02 月。

43. 〈秩序追求與末世恐懼──由彈詞小說「四雲亭」看晚清上海婦女的時代意識〉Siyunting Tanci and the Sense of Decline of Late Qing Women in Shanghai，胡曉真，《近代中國婦女史研究》8，民國 89.06，頁 89～128。

44. 〈晚清小說報刊「繡像小說」試探〉，周明華，《景文技術學院學報》10：1，民國 88.09，頁 25～36。

45. 〈試論「九尾龜」的敘述秩序及其道德規劃〉Discussion on the Order of Narration and Moral Standard of The Nine-Tailed Turtle，李志宏，《台北師院語文集刊》4，民國 88.06，頁 11～40。

46. 〈晚清（1902～1911）短篇小說發展試論──以晚清六種小說雜誌為例〉，黃錦珠，《中正大學中文學術年刊》2，民國 88.03，頁 275～294。

47. 〈試談晚清翻譯小說〉，高英姬，《國立中正大學學報》2，民國 88.06，頁 115～124。

48. 〈晚清官員貪污的特點與根源〉，袁偉時，《亞洲研究》23，民國 86.07，頁 33～44。

49. 〈晚清前期女性彈詞小說試探──非政治文本的政治解讀〉A Political Reading of Non-Political Narratives by Women in the Opening Years of the Late Ch'ing 胡曉真，《中國文哲研究集刊》11，民國 86.09，頁 89～135。

50. 〈一種前行──評〈晚清文人婦女觀〉，〔夏曉虹著〕〉，洪越，《讀書人》17／18，民國 85.07～08，頁 22～25。

51. 〈晚清狹邪小說中的娼妓形象——以「風月夢」、「海上花列傳」、「海天鴻雪記」爲探討對象〉，徐雅文，《問學集》5，民國 84.09，頁 77～103。

52. 〈試析「黃繡球」——一本晚清時鼓吹婦女解放運動的小說〉，戚心怡，《問學集》3，民國 82.05，頁 102～109。

53. 〈寓教於惡——三部晚清狎邪小說〉，王德威，《中外文學》21：6（246），民國 81.11，頁 6～28。

54. 〈關於晚清幾部庚子事變的小說彈詞〉，賴芳伶，《文史學報》（中興大學）22，民國 81.03，頁 31～53。

55. 〈甲午之役與晚清小說界〉，黃錦珠，《中國文學研究集》5，民國 80.05，頁 237～254。

56. 〈梁啓超與晚清小說界革命〉，林明德，《輔仁學誌——文學院之部》20，民國 80.06，頁 57～94。

57. 〈晚清迷信與反迷信小說〉，賴芳伶，《中外文學》19：10（226），民國 80.03，頁 33～60。